DUMONT

Mitten in einem Schneesturm kommen Petra und ihre elfjährige Nichte Charlie in Nyponviken an, einem kleinen Dorf im südschwedischen Schonen. Ihr Leben in Stockholm haben sie hinter sich gelassen. Nach dem Tod von Petras Schwester, Charlies Mutter, und der Insolvenz ihres Friseurgeschäfts brauchen sie dringend einen Neuanfang. In dem Ort gibt es einen Hof mit kleiner Gärtnerei, wo sie hoffen, Zuflucht zu finden. Viveca, die Eigentümerin, empfängt die beiden mit offenen Armen und bietet Petra eine Stelle an. Langsam gewöhnen sich Petra und Charlie an ihr neues Leben und lernen den Rest der Dorfbewohner kennen. Eines Morgens steht ein Adventskalender vor der Tür. Er enthält eine Geschichte – über das Dorf und die ehemals dort ansässige Künstlerin Lilly. Jedes Türchen enthüllt ein neues Detail aus ihrem Leben und weist außerdem den Weg zu einem besonderen Ort in Nyponviken. Petra erkennt bald, dass der Kalender noch viel mehr zu erzählen hat …

Jenny Fagerlund wurde 1979 geboren und lebt mit ihrem Ehemann und vier Kindern in Stockholm. Sie arbeitet als freie Journalistin und hat bereits zahlreiche Romane veröffentlicht, bei DuMont erschienen ›24 gute Taten‹ (2020), ›Briefe an Moa‹ (2022) und ›24 Wege nach Hause‹ (2023).

Alina Becker übersetzt Romane und Sachbücher aus dem Englischen, Schwedischen und Dänischen, u. a. von Karl Eidem, Jale Poljarevius und Sharon Falsetto.

Jenny Fagerlund

24 WEGE
NACH HAUSE

Roman

Aus dem Schwedischen
von Alina Becker

DUMONT

Von Jenny Fagerlund sind bei DuMont außerdem erschienen:
24 gute Taten
Briefe an Moa

Das bei der Produktion dieses Buches entstandene CO_2 wurde
durch die Finanzierung von Klimaschutzprojekten kompensiert:
climate-id.com/17531-2110-1001/de

September 2024
DuMont Buchverlag, Köln
Alle Rechte vorbehalten
© Jenny Fagerlund 2022 by agreement with Enberg Agency
Die schwedische Ausgabe Originalausgabe erschien 2022 unter dem
Titel ›Den sista adventskalendern‹ bei Norstedts, Stockholm.
© 2023 für die deutsche Ausgabe: DuMont Buchverlag, Köln
Übersetzung: Alina Becker
Umschlaggestaltung: Lübbeke Naumann Thoben, Köln
Umschlagabbildung: © Nastya Sklyarova/depositphotos;
© Olya Haifisch/istockimages
Satz: Angelika Kudella, Köln
Gesetzt aus der Minion Pro
Druck und Verarbeitung: CPI books GmbH, Leck
Gedruckt auf säurefreiem und chlorfrei gebleichtem Papier
Printed in Germany
ISBN 978-3-7558-0517-5

www.dumont-buchverlag.de

Für Alexander, Isabelle,
Vilhelm & Maximilian.
Ihr macht jeden Tag ein bisschen heller.

1

Die Scheibenwischer quietschten auf höchster Stufe über die Windschutzscheibe, aber im Schneetreiben war es unmöglich, mehr als ein paar Meter weit zu sehen. Bei diesem Wetter mit einem Auto plus Anhänger bis nach Nyponviken zu fahren, war nicht die beste Entscheidung, die sie zuletzt getroffen hatte, zumal niemand wusste, dass sie auf dem Weg waren. Was, wenn sie irgendwo stecken blieben? Oder sich verfuhren? Petra umklammerte das Lenkrad so stark, dass ihre Knöchel hervortraten. *Ich muss das jetzt durchziehen. Für Charlie,* dachte sie und schielte zur Seite. Ihre Nichte hatte die Augen geschlossen, soweit sie das hinter dem wirren, lockigen Haar erkennen konnte. Vielleicht war es ganz gut, dass sie schlief. Seit sie Stockholm hinter sich gelassen hatten, war die Stimmung im Wagen ausgesprochen frostig gewesen. Charlie hatte kaum ein Wort von sich gegeben.

Petra wandte den Blick wieder nach vorn. Die Straße war unter der dichten Schneedecke kaum zu erkennen, und mehr als einmal wäre sie fast im Graben gelandet. Probeweise schaltete sie das Fernlicht ein, aber die Schneeflocken verwandelten sich im hellen Schein nur in eine einzige dichte Masse.

»So funktioniert das nicht.« Petra stellte den Motor ab,

lehnte die Stirn gegen das Lenkrad und schloss die Augen. *Ich schaffe das nicht*, dachte sie und schniefte. Eine Bewegung auf dem Beifahrersitz ließ sie aufschrecken, und hastig fuhr sie sich mit dem Handrücken übers Gesicht.

»Bist du wach?«, flüsterte sie, erhielt aber keine Antwort.

Nach einer Weile entspannte Petra sich wieder und warf einen Blick aus dem Seitenfenster. Vor ein paar Minuten war sie in eine Allee eingebogen, und wenn man dem Navi trauen konnte, sollte es nicht mehr allzu weit sein. Sie drehte den Schlüssel im Zündschloss. Ohne Erfolg. Der Wagen sprang nicht an. Frustriert versuchte sie noch ein paarmal, den Motor wieder zum Laufen zu bringen, bis sie einsah, dass es keinen Zweck hatte und sie das letzte Stück zu ihrem neuen Zuhause wohl oder übel zu Fuß zurücklegen mussten.

*

Ihre Stiefel hielten nicht dicht, und schon nach wenigen Metern klebte ihr die Jeans an der Haut. Petra rückte ihren Rucksack zurecht und streckte die Hand nach Charlie aus, die sie aber ignorierte.

»Ich verstehe nicht, warum wir unbedingt hierherziehen müssen«, murrte Charlie, während sie weiter durch den Schnee stapften.

»Es ist die beste Lösung«, erklärte Petra und bemühte sich, aufmunternd zu klingen. Sie wusste immer noch nicht, wie sie mit Charlies Wut und Traurigkeit umgehen sollte. Obwohl sie immer wieder versuchte, ihrer Nichte die Situation begreiflich zu machen, hatte sie das Gefühl, gegen eine Mauer zu reden. »Ich weiß, dass du nicht umziehen wolltest, aber wir sollten Nyponviken eine Chance geben.«

»Wir wissen doch noch nicht mal, ob das Haus wirklich hier ist.«

»Es gibt auf jeden Fall einen Hof. Mit mehreren Gebäuden und einer Gärtnerei.«

Das zumindest hatte Alice ihr erzählt. Die Erinnerungen an die letzten Tage im Leben ihrer Schwester flackerten wieder auf. Alice war todkrank gewesen, hatte unter starken Schmerzen gelitten und hätte eigentlich ins Krankenhaus gehört, doch sie hatte darauf bestanden, bis zum Schluss zu Hause im Kreise ihrer Liebsten zu bleiben. Die Geschichte über den geheimnisvollen Hof hatte sie stückchenweise erzählt. Zuerst war Petra davon ausgegangen, dass ihre Schwester halluzinierte, aber nach der Beerdigung war sie in Alice' Kleiderschrank auf eine Kiste gestoßen und hatte nun die Gewissheit, dass es wirklich einen solchen Hof gab. Sie hatte nicht nur den Schlüssel zu dem Haus gefunden, das Alice zufolge einst ihren Eltern gehört hatte und nun ihres sein sollte, sondern auch Fotos, die ein hellgelbes Gebäude mit weißen Zierleisten zeigten, das nun Petras sein sollte.

»Mir ist kalt.«

Charlies Stimme riss Petra aus ihren Gedanken, und sie musterte ihre Nichte in der dünnen Jacke.

»Willst du meinen Pullover haben?«

»Das geht doch nicht.«

»Doch, kein Problem. Ich habe noch ein T-Shirt darunter an.«

»Nein, danke.« Charlie wandte den Blick ab.

»Wir können ein bisschen schneller gehen, damit uns warm wird.« Tatsächlich war es gar nicht so einfach, im Schnee das Tempo zu erhöhen. »Eigentlich kann es nicht mehr weit sein.« Sie hoffte wirklich, dass sie damit recht hatte, denn lange würden sie nicht mehr durchhalten können. Als sie im Radio von starken Niederschlägen gesprochen hatten, war Petra davon ausgegangen, dass es in Südschweden eher regnen als schneien würde, und sie bereute es, den Wetterbericht nicht ernst genommen zu haben.

In einiger Entfernung meinte sie, ein blinkendes Licht zu erkennen. Sie kniff die Augen zusammen. Waren sie am Ziel? Das Licht bewegte sich, irgendjemand war dort im Schneegestöber unterwegs.

»Hallo!«

Die Lichtquelle blieb einen kurzen Moment stehen und bewegte sich dann langsam in ihre Richtung.

»Ich bin mit dem Auto und dem Anhänger stecken geblieben, die Straße ist komplett zugeschneit, und …« Petra schrie erschrocken auf, als ein riesiger Bernhardiner auf sie zusprang.

»Sitz!«, sagte eine schroffe Stimme. Der massige Hund kam abrupt zum Stehen, wedelte einmal mit dem Schwanz und stürmte dann wieder los.

»Verdammt, ich geb's auf. Dieser Hund lernt es einfach nicht.« Eine ältere Frau in einem übergroßen Parka bahnte sich ihren Weg durch den Schnee. »Was in aller Welt haben Sie hier draußen verloren?«

»Ich konnte nicht mehr weiterfahren, der Wagen ist im Schnee stecken geblieben, und …«

Die Frau wedelte mit einer Hand, die in einem dicken Fäustling steckte, und unterbrach Petras Erklärung. »Ja, aber was wollen Sie hier? Am Ende der Straße gibt es nur eine Gärtnerei und ein paar Privathäuser.«

»Ich weiß«, sagte Petra und wählte ihre Worte mit Bedacht. »Wir suchen eine Viveka.«

»Ach ja?« Die Frau hob die Augenbrauen. »Was wollen Sie von ihr?«

»Also, ich …« Petra verstummte und überlegte, ob sie der Fremden den Grund ihres Besuchs anvertrauen sollte, aber als sie sah, wie Charlie fröstelnd die Schultern zusammenzog, wurde ihr klar, dass sie zuerst ins Warme kommen mussten. Glücklicherweise schien die Frau dasselbe zu denken, denn sie machte kehrt und marschierte in die andere Richtung davon.

»Hier können wir jedenfalls nicht stehen bleiben. Kommen Sie mit, bevor wir noch alle erfrieren!«

2

Zu Petras unendlicher Erleichterung tauchte bald ein hell erleuchtetes Haus im Schneegestöber auf. Als sie sich ihm näherten, zeichneten sich die Umrisse weiterer Gebäude ab. Petra umklammerte die Träger ihres Rucksacks und holte tief Luft.

»Hatten Sie eine weite Reise?«, fragte die Frau und steuerte das einzige Haus an, in dem Licht brannte.

»Wir kommen aus Stockholm.« Petra schaute sich nach Charlie um. »Alles in Ordnung?«, fragte sie. Eine dumme Frage, denn Charlie bot definitiv keinen Anblick, den man mit den Worten ›in Ordnung‹ hätte beschreiben können. Sie schien den Tränen nahe.

»Mir geht's gut.«

»Bist du sicher? Wenn du irgendetwas brauchst …«

»Ich bin mir sicher! Nerv nicht.«

»So, da wären wir«, unterbrach die Fremde ihre Auseinandersetzung und bat sie in die Diele des Hauses. »Herzlich willkommen.«

Petra rang sich ein Lächeln ab und ließ ihre Gastgeberin und Charlie durch den großen Flur vorangehen. Sie fing die Jacke ihrer Nichte auf, bevor sie auf dem Boden landete, und achtete darauf, dem Hund nicht zu nahe zu kommen.

»Rufus tut nichts. Kinder sind immer ganz begeistert von ihm.«

Die Frau musterte Petra, bevor sie sich abwandte und ihren Parka an einen Haken hängte. Ihre Bewegungen wirkten etwas steif, als fühlte sie sich in dieser Situation nicht ganz wohl. Aber wen würde es nicht stören, wenn zwei Fremde so spät in der Nacht auftauchten und nach Aufmerksamkeit verlangten?, überlegte Petra und rieb die eiskalten Hände aneinander.

»Er sieht nett aus«, murmelte Charlie und streckte dem großen Hund die Hand entgegen, der ihr kurz über die Finger leckte.

Petra betrachtete die nassen Kleider ihrer verfrorenen Nichte und bekam augenblicklich ein schlechtes Gewissen, weil sie Charlie bei diesen Temperaturen durch das halbe Land geschleppt hatte. Mit dem Anhänger hinter dem Auto hatte sich die Fahrt zudem länger hingezogen als erwartet.

»Ich mache uns eine heiße Schokolade«, verkündete die Frau, während sie ihre Stiefel auszog. »Aber zuerst besorge ich trockene Kleidung zum Wechseln.«

»Wir haben welche in unseren Rucksäcken«, sagte Petra und hoffte, dass diese den kurzen Weg über dicht geblieben waren.

»Gut. Das Gästezimmer finden Sie am Ende des Flurs, wenn Sie sich umziehen möchten. Das Badezimmer ist direkt daneben. Ich warte dort in der Küche.« Die Frau deutete auf eine weitere Tür.

»Danke.«

Mit einem knappen Nicken ließ ihre Gastgeberin sie allein.

»Gehen wir?«, fragte Charlie und machte sich auf den Weg in Richtung des Gästezimmers.

Die Holzdielen knarrten unter ihren Füßen, und für einen kurzen Moment fühlte Petra sich in ihr Elternhaus in Norrtälje zurückversetzt, in dem es überall geächzt und geknarzt hatte, als ob das Haus versucht hätte, mit seinen Bewohnern zu sprechen. Petra spürte, wie erneut Traurigkeit Besitz von ihr ergriff. Wenn sie das Haus nach dem Tod ihrer Eltern behalten hätten, stünden sie und Charlie heute nicht hier.

»Kommst du?«, fragte Charlie von der anderen Seite des langen Flurs. Petra nickte und folgte ihrer Nichte. Sie kam an einer Wand voller Fotos und Gemälde vorbei, die ihr Gefühl verstärkten, sich wie ein Eindringling Zugang zum Heim einer Fremden verschafft zu haben. Am besten wäre es, wenn sie schnellstmöglich mit dieser Viveka sprach und das Haus, das nun ihr gehören sollte, fand. In welchem Zustand es wohl sein mochte? Soweit sie wusste, waren ihre Eltern seit über dreißig Jahren nicht mehr hier gewesen. Was, wenn Alice sich geirrt hatte? Sie besaß nicht einmal Unterlagen, mit denen sie belegen konnte, dass ihrer Familie ein Haus in Nyponviken gehörte. Alles, was sie hatte, waren ein Schlüssel und ein Foto.

Aus dem Gästezimmer drang ein Geräusch, und Petra beeilte sich, um ihre Nichte nicht zu lange allein zu lassen. In dem Moment, als sie das Zimmer betrat, verschwand Charlie allerdings im angrenzenden Badezimmer und schloss die Tür hinter sich ab.

Petra stieß einen leisen Seufzer aus und schaute sich um. Das Zimmer war wirklich einladend. Das große Bett in der

Mitte des Raumes wurde durch eine Sitzgruppe mit zwei Sesseln am Fenster ergänzt. Petra zog sich um, ließ ihre nasse Kleidung neben der Badezimmertür auf den Boden fallen und machte es sich in einem der Sessel bequem. Draußen schneite es noch immer heftig. Zum ersten Mal an diesem Tag konnte sie sich entspannen, und sie schloss für einen Moment die Augen, während sie sich den steifen Nacken massierte. *Nur kurz ausruhen*, dachte sie. *Nur, bis Charlie im Bad fertig ist.*

✳

»Petra?« Charlies Stimme ließ Petra aufschrecken, und sie schaute sich verwirrt um, bis ihr langsam wieder dämmerte, wo sie sich befand.

»Ich bin wohl eingenickt.« Sie gähnte. »Bist du fertig im Badezimmer?«

»Mhm«, gab Charlie zurück und schaute auf ihr Handy.

»Okay, dann hänge ich nur noch schnell unsere Klamotten auf.«

»Ist schon erledigt.«

»Alles klar … danke.« Charlie wandte den Blick nicht mal eine Sekunde von ihrem Smartphone ab.

Auf dem Weg zur Küche zerbrach sich Petra den Kopf darüber, wie sie zu Charlie, die jeden Kontaktversuch brüsk abwies, durchdringen könnte. Keine Frage, ihr Verhalten war absolut nachvollziehbar. Petra kämpfte gegen ihre Schuldgefühle an. Wenn sie sich mehr Mühe gegeben hätte, wären sie vielleicht nicht gezwungen gewesen, ihr ganzes Hab und Gut einzupacken und hier in Nyponviken Zuflucht zu suchen. Aber sie hatte einfach keinen anderen Ausweg gesehen:

Nichts, was sie anstellte, schien irgendetwas zu bewirken – als säße jemand anderes am Steuer und ihr bliebe keine Wahl, als dabei zuzusehen, wie alles um sie herum den Bach hinunterging.

In der Küche empfing sie eine wohlige Wärme, und der große Bernhardiner klopfte zur Begrüßung mit dem Schwanz auf den Boden. Das war es allerdings nicht, weshalb Petra und Charlie, die ihr gefolgt war, wie angewurzelt stehen blieben und große Augen machten. Der ganze Raum war vollgestopft mit Kartons, aus denen kleine Wichtelfiguren, Weihnachtsschmuck und Strohböcke quollen.

»Ich habe diese Woche eine Lieferung bekommen, und weil in der Gärtnerei Land unter war, habe ich erst einmal alles hier abgeladen«, erklärte ihre Gastgeberin lächelnd. Sie holte drei Emailletassen mit aufgemalten Tannenbäumen aus einem der Küchenschränke. »Wir wollen in einem der Gewächshäuser einen kleinen Weihnachtsmarkt einrichten.«

»Das sieht aus, als wären wir direkt in der Werkstatt des Weihnachtsmanns gelandet«, flüsterte Charlie und nestelte an einem Wichtel herum, der auf dem Boden stand und ihr bis zur Taille reichte.

»Toll, nicht wahr?« Die Frau füllte die Tassen mit heißem Kakao und gab ein paar Marshmallows dazu. »Wenn ihr die Kartons dort zur Seite schiebt, können wir uns an den Tisch setzen.«

Petra folgte ihrem Rat und ließ sich dann auf einem der Stühle an dem großen Holztisch nieder. Als Charlie mit der Begutachtung der Wichtel fertig war, setzte sie sich auf einen Hocker an der Stirnseite des Tischs.

»Jetzt will ich aber wissen, was euch hierher verschlagen

hat.« Ihre Gastgeberin schaute aufmerksam zwischen ihnen hin und her.

»Meinen Eltern gehört hier ein Haus ... Und Charlie und ich, wir wollen dort einziehen«, erklärte Petra. Sie hoffte inständig, dass das kein dummes Missverständnis war. Falls doch, was sollte sie dann tun?

»Hier auf dem Hof?«

»Wir haben hier gewohnt, als ich noch klein war. Bis vor etwa dreißig Jahren.«

»Ach ja?«

»So hat meine Schwester es mir gesagt. Sie hat uns von dem Haus erzählt, bevor sie starb, und da Charlie und ich jetzt als Einzige übrig sind und ... ähm ... einen Neuanfang brauchen, sind wir hierhergefahren.« Wie absurd das klang! Petra nippte an ihrem Kakao. Er schmeckte göttlich, und die Wärme breitete sich sofort in ihrem ganzen Körper aus.

»Und Sie sagten, Sie suchen nach Viveka?«, fragte die Frau.

»Alice – das ist meine Schwester – hat mir den Namen genannt. Ich hätte mich melden sollen, bevor wir hier einfach so aufkreuzen. Vielleicht lebt diese Viveka ja gar nicht mehr?«

Ihre Gastgeberin starrte sie eine Weile an, bevor sie sich räusperte. »Ich bin Viveka.«

»Sie sind das?« Petra spürte, wie eine Last von ihr abfiel. »Kannten Sie meine Eltern? Ann-Louise und Daniel Nilsson. Sie sind schon seit ein paar Jahren tot, und ...«

»Es ist schon spät, und die Kleine sieht aus, als gehörte sie ins Bett.«

Viveka stand auf und stieß auf dem Weg zur Anrichte versehentlich mit dem Fuß gegen den Hundenapf. Das Wasser schwappte über und verteilte sich auf dem Holzboden. »Verdammt noch mal.«

»Ich helfe Ihnen«, bot Petra an und schnappte sich einen Lappen aus dem Spülbecken.

»Ist schon in Ordnung.« Viveka schob Petra zur Seite. »Das Haus, das Sie meinen, gibt es noch, aber ich fürchte, Sie werden heute dort nicht übernachten können.«

»Nicht?«

»Bleiben Sie erst einmal hier. Und dann … sehen wir weiter.«

Petra musterte Viveka prüfend, aber die ältere Dame wandte den Blick ab und nahm einen großen Schluck von ihrem Kakao.

»Wenn Ihnen das nichts ausmacht. Ich meine, Sie kennen uns ja gar nicht.«

»Das ist schon in Ordnung. Sie können das Gästezimmer haben. Mein Schlafzimmer ist oben im ersten Stock.«

3

FREITAG, 25. NOVEMBER

Um halb sieben wachte Petra auf, überrascht, dass sie die ganze Nacht durchgeschlafen hatte. Sie warf einen Blick auf Charlie, die noch tief und fest schlummerte, und setzte sich dann auf. Die Anspannung und der Stress der letzten Tage forderten ihren Tribut, und sie fühlte sich, als wäre sie von einem Bus überrollt worden.

Vorsichtig, um ihre Nichte nicht zu wecken, schlug Petra die Decke zur Seite. Sie erschauderte, als ihre Füße die kalten Holzdielen berührten, und huschte schnell zum Sessel, auf dem sie ihre Kleider abgelegt hatte. Sie zog sich an, schlüpfte in ihre Wollpantoffeln und drehte ihre langen Haare zu einem Knoten ein. Ein Blick durch die Terrassentür zeigte ihr, dass der Himmel nach dem gestrigen Schneesturm strahlend blau war. Der Garten lag unter einer dicken Schneedecke verborgen. *Wie auf einer Postkarte*, dachte Petra. Jenseits der Hecke, die den Garten begrenzte, war das spiegelglatte Meer zu erkennen. Der Gegensatz zu den Menschenmassen und dem Großstadtverkehr in Stockholm konnte nicht größer sein. Petra musste schlucken. Wie sehr sie ihr altes Leben vermissen würde! Zu Fuß zur Arbeit zu schlendern, während die Leute an ihr vorbei zur U-Bahn oder zum Bus hasteten, irgendwo für ein schnelles Mittagessen oder einen Kaffee einzukehren und zusammen mit Alice eine Kleinigkeit zu essen. Hier war es einfach … verlassen und still.

Ihr Handy gab ein leises Brummen von sich. Als sie den Namen des Anrufers las, erstarrte sie. Nick hatte seit ihrer Abreise aus Stockholm einige Nachrichten geschickt und mehrmals versucht, sie anzurufen, aber Petra hatte nicht darauf reagiert. Das war feige, aber sie schaffte es einfach nicht, mit ihm zu reden. Nicht jetzt. Langsam griff sie zum Telefon und starrte auf das blinkende Display. Dann drückte sie den Anruf weg. So war es für alle am besten.

Sie steckte das Handy in die Tasche und schlich zurück zum Bett. Charlie war noch nicht aufgewacht, und Petra wollte sie schlafen lassen. Vorsichtig strich sie ihr eine Haarsträhne aus dem Gesicht, bevor sie das Gästezimmer verließ, um Viveka zu suchen. Hoffentlich würde sich Zeit finden, um ihrer Gastgeberin all die Fragen über ihre Eltern und das Haus zu stellen, die ihr auf der Seele brannten.

Im Flur blieb sie einen Augenblick stehen. Bei Tageslicht sah es hier ganz anders aus. Sie betrachtete erneut das Durcheinander aus Bildern und Fotos an der Wand. Es wirkte, als hätte jemand einfach hier und dort ein Bild aufgehängt, wo gerade Platz war, ohne sich auch nur im Ansatz Gedanken darüber zu machen, ob die Motive oder Rahmen zusammenpassten.

Ein Aquarell erregte ihre Aufmerksamkeit. Es strahlte eine Intensität aus, die es ihr unmöglich machte, den Blick abzuwenden. Die Frau auf dem Bild wirkte fast lebendig, wie sie mit halb abgewandtem Gesicht dastand und auf einen blühenden Garten hinausschaute.

»Du musst die Wahrheit sagen!«, ertönte in diesem Moment eine dunkle Stimme aus der Küche, und Petra zuckte zusammen.

»Die Wahrheit ist nicht immer angebracht. Zumindest ist sie es jetzt nicht«, erwiderte Viveka und klapperte mit einigen Töpfen herum. »Manchmal schadet sie mehr, als dass sie nutzt.«

Stuhlbeine kratzten über den Boden. »Das ist doch Wahnsinn. Du hast …«

Petra war drauf und dran, sich wieder zurück ins Gästezimmer zu schleichen, als der Hund laut bellend verriet, dass sie im Flur stand. Zögernd betrat sie die Küche.

»Guten Morgen. Ich hoffe, ich störe nicht.«

»Guten Morgen!« Viveka lächelte freundlich und warf dann dem Mann, zu dem die Stimme gehören musste, einen warnenden Blick zu. »Keine Sorge. Holger ist nur vorbeigekommen, um zu fragen, warum ich nicht beim Frühstück aufgetaucht bin.«

»Ich habe …«, setzte der Mann an.

»Viel zu tun, ja, ich weiß. Aber wie ich eben sagte, kümmere ich mich jetzt erst mal um Petra und Charlie. Kannst du vielleicht heute nach der Gärtnerei sehen? Ich komme ein bisschen später.«

Vivekas Besucher sah aus, als wollte er widersprechen, stand aber auf und fuhr sich mit der Hand durch sein buschiges graues Haar. Er nickte Petra kurz zu und verschwand im Flur. Erst als die Haustür zuschlug, schien sich die Stimmung im Raum zu entspannen.

»Manchmal kann Holger ein wenig mürrisch sein. Er hat ein Herz aus Gold, aber wenn nicht alles so läuft, wie er es gewohnt ist, wird er zickig«, erklärte Viveka und schaufelte Pfannkuchen auf eine Platte. »Wo ist Charlie?«

»Sie schläft noch. Ich wollte sie nicht wecken.« Petra zog sich einen der Küchenstühle heran. »Ich habe doch hoffentlich wirklich nicht gestört?«

»Ach, nicht doch. Holger hat sich wegen einer Lieferung an die Gärtnerei aufgeregt. Die Hälfte dessen, was wir bestellt haben, ist unbrauchbar. Er meint, dass wir sie reklamieren müssen, und ich finde, wir sollten nicht so viel Aufhebens machen, nicht so kurz vor Weihnachten.« Viveka schob Petra den Teller mit den Pfannkuchen hin. »Bitte sehr.«

Petra bediente sich. Sie hatte zwar nur einen Bruchteil des Gesprächs mit angehört, konnte Holgers Bedenken aber verstehen. Minderwertige Ware konnte ein Geschäft ruinieren. Aber natürlich stand es ihr nicht zu, sich darin einzumischen, wie Viveka die Gärtnerei führte. Und überhaupt, was hätte sie beizutragen? Nichts allzu Wertvolles, wenn man bedachte, dass sie es geschafft hatte, ihr eigenes Geschäft in den Ruin zu treiben.

»Das mit der Lieferung tut mir leid«, sagte sie nach einem Moment der Stille.

»Es ist, wie es ist.« Viveka wirkte plötzlich müde. »Habt ihr wenigstens gut geschlafen?«

»Wie die Murmeltiere. Charlie und ich waren beide völlig platt.«

»Das hört man doch gern.«

»Danke, dass wir hier im Gästezimmer übernachten durften.« Petra gab einen Klecks Erdbeermarmelade auf einen Pfannkuchen und rollte ihn ein.

»Gern geschehen.« Viveka goss sich eine Tasse Kaffee ein und setzte sich an den Tisch. »Gestern hast du gesagt, dass deine Eltern verstorben sind. Ist das schon lange her?«

Petra schaute überrascht auf. Die plötzliche Frage erstaunte sie. »Sieben Jahre.«

»Mein Beileid. Ich habe sie nicht oft getroffen, fand sie aber sehr nett. Wie ist es passiert?«

»Sie hatten im Urlaub in Italien einen Autounfall auf einer sehr schmalen Straße. Der andere Fahrer wurde von der Sonne geblendet und hat sie nicht gesehen.«

Ihre Eltern hatten sich so sehr auf die Reise gefreut, die erste nach der Pensionierung ihres Vaters. Petra hatte kurz mit ihnen telefoniert, bevor sie zum Flughafen Arlanda aufgebrochen waren. Hätte sie gewusst, dass es ihr letztes Gespräch sein würde, hätte sie sich mehr Zeit dafür genommen. Petra blinzelte ein paarmal und schaute hinunter auf die Tischplatte.

»Das tut mir wirklich sehr leid«, sagte Viveka mit sanfter Stimme. »Hattet ihr ein gutes Verhältnis?«

»Ein sehr gutes. Meine Eltern hatten beide keine Geschwister, also bestand unsere Familie nur aus uns dreien, meiner Schwester und Charlie.«

»Und deine Schwester ist jetzt auch gestorben?«

»Vor neun Monaten. Charlie ist meine Nichte.«

Am besten wäre es wohl, wenn sie Viveka die ganze Geschichte erzählte, aber im Moment konnte Petra sich nicht dazu durchringen. Stattdessen konzentrierte sie sich auf den Pfannkuchen.

»Es wird euch hier gefallen«, sagte Viveka, als hätte sie gemerkt, dass Petra gerade nicht nach Gesprächen über die Vergangenheit zumute war. »Eure Wohnung ist wirklich schön.«

»Eine Wohnung? Ich dachte, es wäre ein Haus?«

»Ist es auch, aber im Erdgeschoss befindet sich ein Café.«

»Oh, das wusste ich nicht.« Petra lag die Frage auf der Zunge, ob ihnen nicht eigentlich das ganze Haus gehörte, aber sie war sich nicht sicher, ob sie angebracht war. Immerhin war sie gerade erst hier angekommen. Was, wenn Viveka glaubte, sie wolle dem Café den Raum streitig machen?

»Euer Auto war ja ziemlich vollgepackt, ihr wollt wohl länger bleiben?«, fragte Viveka und nahm einen Schluck Kaffee.

»Ähm, das ist der Plan, ja. Bisher der einzige, den wir haben. Wir mussten einfach weg aus Stockholm. Und jetzt … Müssen wir schauen, wie es weitergeht. Ich brauche einen Job, und Charlie muss erst mal online mit ihrer alten Klasse lernen. Nach den Weihnachtsferien kann sie vielleicht hier zur Schule gehen.«

»Das klingt vernünftig. Da kann sie sich ganz in Ruhe an das Dorf und die Umgebung gewöhnen. Wenn ihr in der Wohnung die Decke auf den Kopf fällt und sie keine Lust mehr hat, zu lernen, kann sie jederzeit im Café oder in der Gärtnerei vorbeischauen.«

Petra legte ihre Gabel zur Seite. »Wir könnten also sofort in die Wohnung einziehen? Sie steht doch bestimmt schon jahrelang leer, oder nicht?«

»Eigentlich ist sie über die Sommerzeit immer vermietet. Die Einnahmen haben wir in den Erhalt und die Renovierung des Hauses gesteckt.«

»Ach so?«

»Deine …« Viveka zögerte. »Das war der Wunsch deiner Eltern.«

»Verstehe.« Petra rang nach Worten. »Entschuldige, dass ich so viele Fragen stelle, aber keiner von ihnen hat jemals Nyponviken erwähnt. Alice wusste auch nicht viel, sie meinte nur, es habe irgendwelche Streitigkeiten gegeben.« Kurz kam ihr der Gedanke, dass Viveka sie möglicherweise gar nicht hier haben wollte.

»Ach, darüber ist längst Gras gewachsen. Manchmal sind wir Menschen einfach stur und schaffen es nicht, über den eigenen Tellerrand hinauszuschauen.«

»Weißt du, was passiert ist?«

»Das ist eine lange Geschichte. Ich …«, setzte Viveka an, wurde aber durch ein schrilles Klingeln aus dem Flur unterbrochen. »Das muss einer meiner Lieferanten sein. Ich würde dir gerne mehr erzählen, aber ich muss mich zuerst darum kümmern.« Sie sprang auf. »Ruht euch nach dem Abenteuer gestern erst mal aus. Im Brotkorb dort drüben findet ihr ein wenig Luciagebäck, falls die Pfannkuchen nicht reichen. Sagt Bescheid, wenn ihr so weit seid und die Wohnung sehen wollt. Ich bin oben in meinem Büro.« Petra schaute ihr nach, als sie die Küche verließ. Sie hatte zwar keine Antworten auf ihre Fragen erhalten, aber Viveka brachte ihr ehrliche Freundlichkeit entgegen. Alice hatte gesagt, dass sie ihr helfen würde, aber so viel Herzlichkeit hatte sie nicht erwartet. Und auch nicht, dass man ihr einfach so ein Bett und ein Frühstück anbieten würde und ihr half, Ordnung in die Dinge zu bringen. Petras Blick fiel auf die Pappkartons, die sich in der Küche stapelten. Vivekas Heim erinnerte sie an das Haus ihrer Eltern. Chaotisch, warm und gemütlich. Wenn sie doch nur auch so ein Zuhause für Charlie schaffen könnte! Einen sicheren Ort, an dem sie nicht ständig von Sorgen erdrückt zu werden drohten.

*

Die Kälte biss ihnen in die Wangen, als sie den Hof überquerten, und Petra vergrub die Hände tief in den Taschen. Sie hoffte inständig, dass es in der Wohnung, die den ganzen Herbst über leer gestanden haben musste, nicht allzu frostig war.

»Da vorn liegt die Gärtnerei«, erklärte Viveka und deutete auf drei große Gewächshäuser.

»Betreibt ihr dort auch einen Laden?«, fragte Petra.

»Genau. Einen Teil der Fläche nutzen wir für den Anbau, den Rest für den Kundenverkehr.«

»Und was wird so am meisten gekauft?«

»Hyazinthen gehen eigentlich immer gut weg. Amaryllen und Christrosen sind aber auch beliebt.« Viveka gestikulierte in Richtung der Straße. »Am Ende der Allee gibt es einen Kundenparkplatz, aber die Leute aus dem Dorf kommen meistens zu Fuß oder mit dem Fahrrad, wenn sie nicht gerade einen Großeinkauf planen. Manche verbinden den Einkauf mit einem Cafébesuch. Meine Mutter Berit führt das Café seit … na ja, irgendwie schon immer. Nächstes Jahr wird sie fünfundachtzig, deswegen habe ich eine Aushilfe eingestellt.«

»Dass deine Mutter das noch schafft!«

»Sie behauptet, dass alles den Bach heruntergehen würde, wenn sie nicht mehr die Zügel in der Hand hält. Aber im Moment sitzt sie meistens auf einem Stuhl und dirigiert Maja herum.«

»Backt sie selbst?«, fragte Charlie, die kein Wort gesagt hatte, seit sie Vivekas Haus verlassen hatten.

»Ja, vor allem zu Weihnachten göttliche Plätzchen und weiche Pfefferkuchen mit Zuckerguss. Solange ich denken kann, versuchen die Leute, ihr das Rezept abzuluchsen.« Viveka wies auf das Haus gegenüber den Gewächshäusern. »Das ist das Café. Eure Wohnung liegt im ersten Stock.«

Petra betrachtete das gelbe Haus. Es sah genauso aus wie auf den Fotos, die Alice ihr hinterlassen hatte. Die Fenster im Erdgeschoss waren weihnachtlich dekoriert, und in den Auslagen stapelten sich Kuchen und Gebäck. *Kaum vorstellbar, dass Mama und Papa hier gewohnt haben*, dachte sie und musterte die Veranda im amerikanischen Stil, die jemand großzügig mit Grüngewächsen und Töpfen voller Zierpflanzen dekoriert hatte. Um das Verandadach war eine Lichterkette gewickelt, und zwischen den Pflanzen standen Laternen in unterschiedlichen Größen.

»Die kommen aus dem Obstgarten hinter dem Haus.« Viveka zeigte auf einen Korb mit roten Äpfeln.

»Dann gehören euch auch die Felder hinter den Gewächshäusern?«

»Ein Teil davon. Der Rest gehört einem Mann namens Jönsson, auch die Felder auf der anderen Seite des Baches.« Viveka öffnete die Tür zum Haus. »Ihr seid bestimmt gespannt auf euer neues Zuhause.«

»Können wir uns auch das Café anschauen?«, fragte Charlie.

»Natürlich, aber lieber danach. Ich muss erst noch meine Mutter vorwarnen.«

»Wieso das?«

»Sie tut sich mit Veränderungen ein wenig schwer und muss sich wahrscheinlich erst daran gewöhnen, dass jetzt jemand dauerhaft im ersten Stock wohnt. Wie gesagt, normalerweise haben wir dort höchstens Sommergäste.« Viveka zeigte ihnen die Treppe. »Dort hinauf.«

Petra schaute die Stufen hoch zur Wohnungstür. *Nick würde es hier gefallen*, dachte sie, bevor sie sich jeden weiteren Gedanken verbat. Es hatte keinen Sinn mehr. Sie musste ohne ihn weitermachen, egal, wie sehr es schmerzte.

»Willst du nicht aufschließen?«, fragte Charlie und knuffte sie in den Rücken.

»Doch.« Petra verdrängte Nick aus ihren Gedanken und steckte den Schlüssel ins Schloss. Er passte perfekt. Langsam drehte sie den Knauf und stieß die Tür auf.

4

Das sollte also von nun an ihr Zuhause sein. Petra schaute sich in dem geräumigen Flur um. Eine eingebaute Garderobe mit einigen Kleiderhaken erstreckte sich über eine Wand, an der gegenüberliegenden stand eine altmodische Kommode.

»Modern ist die Wohnung nicht«, sagte Viveka, die ihnen die Treppe hinauf gefolgt war, »wir haben hier nichts verändert, sondern nur Kaputtes ersetzt. Vielleicht wollt ihr neue Betten haben? Die könnt ihr euch von IKEA liefern lassen.«

»Es ist …«, setzte Petra an.

»Schrecklich!«, platzte Charlie heraus und musterte bestürzt den Flickenteppich auf dem Boden.

»Ich finde es gemütlich«, versuchte Petra die Stimmung zu heben.

»Wenn du nicht alles verbockt hättest, müssten wir nicht hier sein! Das ist alles deine Schuld!«

»Bitte, Charlie, lass uns doch erst mal den Rest der Wohnung anschauen.«

»Warum hast du nicht einfach Nick gefragt, ob er uns hilft? Wir hätten bestimmt bei ihm wohnen können!«

»Darüber brauchen wir gar nicht zu diskutieren. Er …« Weiter kam Petra nicht, denn Charlie stürmte aus der Wohnung und trampelte die Treppe hinunter.

»Ich gehe ihr mal nach«, sagte Viveka und legte eine Hand auf Petras Arm. »Schau dir in Ruhe die Wohnung an und überleg dir, was du behalten willst und was du noch brauchst.«

Petra wollte widersprechen, aber da sie ohnehin nicht wusste, was sie zu Charlie sagen sollte, gab sie schließlich nach. Ihre Nichte hatte nicht unrecht: Wenn sie nicht so kläglich versagt hätte, wären sie in Stockholm geblieben. Was Nick anbelangte, irrte sie sich allerdings. Vielleicht hätte er sie aus Höflichkeit bei sich wohnen lassen, aber begeistert wäre er nicht davon gewesen. Nicht wirklich.

Als sich die Tür hinter Viveka geschlossen hatte, ging Petra ins Wohnzimmer. Es roch ein bisschen muffig, aber das lag wahrscheinlich daran, dass sie seit dem Sommer leer stand. Dafür war der Raum wunderbar hell und der Blick auf den Apfelgarten sicher fantastisch, wenn erst die Bäume in voller Blüte standen. Petra strich mit der Hand über den Wohnzimmertisch und wirbelte die feine Staubschicht auf, die sich darauf gelegt hatte. Die gemusterten Kissen auf dem Sofa würde sie austauschen, genau wie die lila Vorhänge. Ihr Blick blieb an drei kleinen Bildern hängen. Sie zeigten den Hof und seine Umgebung und strahlten die gleiche Intensität aus wie das Aquarell in Vivekas Flur.

Widerstrebend wandte Petra sich von den kleinen Kunstwerken ab und begutachtete stattdessen den Balkon. Vor ihrem inneren Auge entstand eine gemütliche Sitzecke mit vielen Kissen und Laternen, die Charlie gefallen würde. Beim Gedanken an ihre zwölfjährige Nichte krampfte sich Petras Magen zusammen. Sie starrte aus dem Fenster. Egal, wie wütend Charlie war: Sie sah keine andere Möglichkeit, als hier zu wohnen, wenn sie weiterhin zusammenbleiben wollten.

Mit einem resignierten Seufzer setzte Petra die Wohnungsbesichtigung fort. *Es wird schon alles gut,* wiederholte sie im Geiste wie ein Mantra. *Das muss es. Alles, was mir jetzt noch fehlt, ist ein Job.* Sie fragte sich, ob Viveka vielleicht eine Aushilfe in der Gärtnerei brauchte. Allerdings hatte sie nicht viel Ahnung von Pflanzen. Eigentlich gar keine. Die einzige Hobbygärtnerin in der Familie war ihre Mutter gewesen. Sie hatte sich hingebungsvoll um das Rosenbeet vor ihrem Fenster gekümmert, hatte mit einer Pinzette die Blattläuse von den Blumen gepflückt und war den Schädlingen mit Seifenwasser zu Leibe gerückt. Petra und Alice hatten nie Interesse an der Gartenarbeit gezeigt, und nun fragte sich Petra, ob es nicht besser gewesen wäre, wenn sie ihrer Mutter mal zugehört oder ihr beim Umgraben der Beete und Blumenpflanzen geholfen hätte. Dann hätte sie Viveka eine Hilfe sein können.

Für Alice wäre das kein Problem gewesen. Sie hätte keine Sekunde gezögert, Viveka zu fragen, ob es Arbeit in der Gärtnerei für sie gab, und im Zweifel alles gelernt, was es zu lernen gab.

»Wie soll ich das alles ohne dich schaffen?«, flüsterte Petra.

»Was?«

Erschrocken wandte sie sich um und sah sich Charlie gegenüber, die sie fragend musterte.

»Ich habe gar nicht gemerkt, dass du zurückgekommen bist.« Sie zwang sich zu einem Lächeln.

»Viveka meinte, ich sollte raufgehen und mit dir reden. Sie hat gesagt …« Charlie unterbrach sich. »Also bleiben wir jetzt hier?«

»Fürs Erste.« Petra wählte ihre Worte mit Bedacht. »Ich glaube nicht, dass wir für immer hierbleiben. Vielleicht ziehen wir irgendwann wieder zurück nach Stockholm, aber im Moment …«

»Ist es die einzige Möglichkeit. Ja, das hast du schon hundertmal gesagt.«

»Ich weiß.« Petra zog eine Grimasse. »Aber ich verspreche dir, dass ich alles tun werde, damit du dich hier wohlfühlst. Und du darfst dir dein Schlafzimmer aussuchen.«

»Ist mir egal, welches ich kriege.«

»Schau dir die Zimmer doch erst einmal an.« In der Befürchtung eines erneuten Ausbruchs hielt Petra den Atem an, aber wider Erwarten folgte Charlie ihr an das andere Ende der Wohnung.

»Ich nehme das Zimmer hier«, erklärte Charlie, als sie sich kurz umgesehen hatte. »In dem anderen Zimmer steht ein Doppelbett. Wäre doch dämlich, wenn ich das bekäme und du in diesem kleinen Bett hier schlafen müsstest.«

»Ach, das ist mir ganz egal. Ich passe schon hinein.«

Charlie trat ans Fenster. »Von hier aus kann man über den Hof und die Gärtnerei sehen. Auf der anderen Seite gibt es nichts als einen Haufen Bäume.«

»Das stimmt«, gab Petra ihr recht. Ihr brannte die Frage auf der Zunge, ob Charlie glaubte, dass es ihr hier gefallen würde, aber sie wollte nicht riskieren, ihre Nichte wieder zur Weißglut zu bringen. »Wenn du willst, kaufen wir dir ein paar neue Sachen für dein Zimmer. Und wenn wir erst alles aus dem Anhänger hier hochgeschafft haben, sieht die Wohnung schon ganz anders aus.«

Jetzt war Petra froh, dass sie nicht alle Möbel verkauft,

sondern ein paar behalten hatten, die sie an ihre Eltern und Alice erinnern würden.

Charlie strich mit der Hand über den Nachttisch und rümpfte die Nase, als der Staub um sie herumwirbelte. »Ich glaube, wir sollten erst putzen, oder?«

»Stimmt, hier ist erst mal Großputz angesagt. Und Lebensmittel sollten wir auch einkaufen.«

Charlie nickte und sah sich nachdenklich um. »Warum haben Oma und Opa nie von dieser Wohnung hier erzählt?«

»Keine Ahnung, wirklich nicht.«

»Sollen wir mal Viveka fragen?«

»Ja, aber lass mich das besser tun«, sagte Petra.

»Wieso?«

»Es könnte eine heikle Angelegenheit sein.«

»Hm«, machte Charlie und setzte sich auf die Bettkante. »Aber findest du es nicht seltsam, dass Oma und Opa nie hier waren?«

»Vielleicht haben sie die Wohnung ja nur als eine Art Investition gehalten oder so«, gab Petra zu bedenken, obwohl sie ihrer Nichte insgeheim zustimmte. Es sah ihren Eltern nicht ähnlich, etwas zu verschweigen – erst recht nicht etwas so Großes wie eine Eigentumswohnung.

5

Der Duft von Tannenzweigen und Hyazinthen schlug ihnen entgegen. Petra spürte, wie sich ihre Schultern entspannten. Sie steuerte auf einen Tisch mit einigen Holzkisten zu, die Amarylliszwiebeln enthielten.

»Bei Mama stand immer eine Vase mit solchen Blumen auf dem Küchentisch«, sagte Charlie und strich über eine der Kisten.

»Das war fast schon Tradition«, antwortete Petra. »Deine Oma hat damit angefangen. Sie hat immer Töpfe mit Amaryllen im ganzen Haus verteilt. Und sie hat sogar für unsere Nachbarn Blumenschmuck angefertigt.«

»Kann ich euch irgendwie helfen?« Holger, der Mann aus Vivekas Küche, lugte zwischen einigen Grünpflanzen hindurch.

»Wir wollten uns nur ein wenig umsehen und Viveka sagen, dass wir das Auto holen und einkaufen fahren«, sagte Petra und versuchte, sich nicht anmerken zu lassen, wie sehr sie Holgers grimmiger Blick verunsicherte. Obwohl er nicht unbedingt unfreundlich klang, gab er ihr das Gefühl, vor einem strengen Lehrer zu stehen, der nur darauf wartete, dass sie einen Fehler machte.

»Viveka ist nicht da.«

»Ach so.« Stille breitete sich aus, und Petra überlegte, was sie noch sagen könnte.

»Es ist wirklich sehr schön hier.«

»Hm.«

»Sie sind also für die Gärtnerei zuständig?«

»Für die Pflanzen, ja.«

Petra nickte und suchte vergeblich nach möglichen Gesprächsthemen. Charlie kam ihr zu Hilfe.

»Arbeiten Sie schon lange hier?«

Holger runzelte die Stirn und zog die buschigen Augenbrauen zusammen. »Fast mein ganzes Leben lang.«

»Das muss wirklich eine lange Zeit sein.«

Petra warf Charlie einen entsetzten Blick zu und stammelte dann: »Also, sie meint, äh …«

»Ein paar Jahre sind schon zusammengekommen«, unterbrach Holger sie. Seine Mundwinkel zuckten.

»Und Sie wollten nie irgendwo anders arbeiten?«

»Nie! Das hier ist mein Leben.«

»Und was machen Sie genau?«

»Wir sollten Holger keine Löcher in den Bauch fragen. Wir …«, setzte Petra erneut an, doch der ältere Mann unterbrach sie erneut.

»Alles Mögliche, saisonabhängig.«

»Gerade wahrscheinlich viel Weihnachtskram, oder?«, fragte Petra, die sich zwar nicht in das Gespräch einmischen wollte, aber neugierig war.

»Richtig, das ist eine sehr wichtige Saison für uns. Pass auf, die sind spitz.«

Petra folgte Holgers Blick und bemerkte, dass Charlie gerade ein paar Kakteen untersuchte.

»Sind die gefährlich?«, fragte sie.

»Nicht im Geringsten, aber gestochen zu werden, ist trotzdem nicht schön.« Holger ging zu Charlie hinüber und nahm eine der stacheligen Pflanzen in die Hand. »Es gibt fast zweitausend Kakteenarten, und je nachdem, wie viel Wasser sie bekommen, wachsen oder schrumpfen sie.« Er reichte den Kaktus an Charlie weiter. »Hier, der ist für dich. Der macht sich bestimmt gut in deinem Zimmer, und allzu viel Pflege braucht er auch nicht.«

»Darf ich?« Charlie sah Petra fragend an.

»Natürlich. Der wird toll in deinem Zimmer aussehen. Wenn du möchtest, können wir noch mehr Pflanzen kaufen.«

»Ihr zieht also wirklich in die Wohnung oben ein?«, fragte Holger.

»Das hatten wir vor, ja.«

Holger nickte, sagte aber nichts mehr.

»Vielleicht kannten Sie meine Eltern?«, fragte Petra.

Holger schob die Kakteen hin und her. »Ich glaube, ich bin ihnen mal über den Weg gelaufen.« Er nickte in Richtung des Eingangs. »Die Gärtnerei öffnet gleich. Wenn Sie Viveka suchen, schauen Sie mal im Café.«

»Also, ich … Wir können uns gern duzen.« Holger nickte kurz und wandte ihnen dann den Rücken zu. Er steuerte auf den Durchgang zum nächsten Gewächshaus zu. Als er verschwunden war, warf Petra Charlie einen Blick zu und zuckte die Schultern. »Ich schätze, er hatte wohl keine Lust mehr, mit uns zu reden.«

»Ich glaube, er wollte nicht von dir verhört werden.«

»Du hast recht, wir haben zu viele Fragen gestellt.«

Charlie betrachtete die aufgereihten Pflanzen mit gelangweilter Miene. »Gehen wir jetzt, oder was?«

»Sofort«, sagte Petra nachdenklich. Holger hatte einen ziemlich barschen Ton an sich, aber vielleicht war das einfach seine Art? *Ach, verflixt, hör auf, alles zu zerdenken,* dachte sie und versuchte, sich auf ihre bevorstehenden Aufgaben zu konzentrieren. Wenn sie heute alles schaffen wollten, was sie sich vorgenommen hatten, war es höchste Zeit, sich auf die Suche nach Viveka zu machen.

*

Das Café war genauso ausgestorben wie die Gärtnerei, abgesehen von Viveka, einer alten Dame, bei der es sich um Berit handeln musste, und einer Frau in den Dreißigern, die vermutlich die Aushilfe Maja war.

»Das sind Petra und Charlie«, verkündete Viveka, als die beiden sich näherten. »Meine Überraschungsgäste. Kommt, setzt euch.«

Petra begrüßte die anderen beiden Frauen und kam der Einladung nach. Sie fragte sich, was Viveka erzählt haben mochte und was die anderen davon hielten, dass Charlie und sie die Wohnung beziehen wollten. Was, wenn sie nicht in die Hofgemeinschaft passten? Was, wenn Charlie in der neuen Schule keine Freunde fand? Was sollten sie dann tun?

»Kaffee?«, unterbrach Viveka ihre Gedanken und stellte eine Tasse auf den Tisch, ohne eine Antwort abzuwarten. »Und für dich vielleicht ein Glas Saft?«, fragte sie an Charlie gewandt.

»Hm«, machte Charlie, ohne den Blick von ihrem Handy zu nehmen. Petra überlegte, ob sie ihre Nichte zurechtweisen sollte, doch angesichts ihrer angespannten Beziehung verzichtete sie darauf, um keine weitere Szene zu provozieren.

»Ich bin Maja, ich arbeite hier mit Berit zusammen«, sagte die junge Frau und streckte die Hand aus.

»Wir sind froh, dass wir Maja haben«, fügte Viveka hinzu. »Ich hatte euch ja schon erzählt, dass Mutter über vierzig Jahre lang den Laden ganz allein geschmissen hat. Aber jetzt wird es langsam Zeit, dass sie auch mal jemand anderes an den Backofen lässt, nicht wahr?« Sie tätschelte Berits knorrige Hand.

»Als hätte ich eine Wahl«, murmelte Berit und starrte Petra grimmig an. »Und was habt ihr hier verloren?«

»Petra muss uns nicht sofort alles über sich erzählen. Sie und Charlie sind doch gerade erst dabei einzuziehen«, sagte Viveka.

»Hier oben?«, fragte Maja.

»Ja, genau.«

»Ach, und wo willst du arbeiten?«, fragte Berit. »Hast du überhaupt irgendetwas gelernt?«

»Petra hatte einen Friseursalon in Stockholm«, sagte Charlie, und Petra warf ihr einen erstaunten Blick zu.

»Du bist also Friseurin?«, fragte Berit.

»Das war ich jedenfalls. Jetzt weiß ich noch nicht so recht, was ich machen soll.«

»Wieso nicht?«

»Ich brauche erst mal eine Auszeit.« Petra musste an den Tag denken, als sie das letzte Mal mit Nick im Salon gestanden hatte. Die Verzweiflung, als sie mit ansehen musste, wie die Stühle abgebaut und weggetragen wurden, und wie sie vergeblich zu verstehen versucht hatte, wie alles so komplett den Bach runtergegangen war. Das alles kochte wieder in ihr hoch.

»Petra hat einer Kundin die Haare versaut.«

Petra sah Charlie entsetzt an. »Das war ein Versehen.« Aber versaut hatte sie es. Sie hatte einen Anruf aus dem Krankenhaus bekommen und nicht daran gedacht, dass die Strähnchen der Kundin schon viel zu lange einwirkten. Das hatte dazu geführt, dass die Haare der Frau kreideweiß geworden waren. »Es war ein Versehen«, wiederholte sie und hätte sich beim Gedanken daran am liebsten in einer dunklen Ecke verkrochen.

»Kommt vor«, sagte Viveka. »Ich habe mal versehentlich ein paar frisch gepflanzte Apfelbäume umgehauen.«

»Dein Vater wäre beinahe ausgeflippt«, erinnerte Berit sie mit grimmigem Blick, aber ihre Mundwinkel zuckten.

»Wie hast du das denn geschafft?«, fragte Maja.

»Ich sollte ein paar kaputte Büsche schneiden und habe meinen Vater falsch verstanden, als er mir erklärte, wo die Büsche stehen«, sagte Viveka und presste kurz die Lippen aufeinander, bevor sie laut auflachte. »Ich dachte, er würde mich vom Hof jagen, so wütend war er.«

Die anderen stimmten in ihr Gelächter ein, und Petra dankte ihr im Stillen dafür, dass ihr Malheur im Friseursalon vom Tisch war.

»Charlie und ich wollen euch auch gar nicht aufhalten.« Petra gestikulierte in Richtung der Gewächshäuser. »Wir haben eben mit Holger gesprochen und wissen, dass ihr viel zu tun habt.«

»Wohl kaum«, erwiderte Berit. »Holger tut nur so beschäftigt, damit er keinen Grund hat, in Rente zu gehen.«

»Das musst du gerade sagen«, gab Viveka zurück. »Würden wir uns hier an das normale Rentenalter halten, wären Maja und ich die Einzigen, die noch arbeiten würden.«

»Du weißt, wie ich das meine«, sagte Berit. »Und wenn ich mich recht entsinne, gehört das Café immer noch mir, auch wenn du die Gärtnerei geschenkt bekommen hast.«

»Entschuldige, ich mache nur Witze.« Viveka schob eine Platte mit Gebäckteilchen über den Tisch in Petras Richtung. »Und, wie gefällt euch die Gärtnerei?«

»Wir haben uns noch nicht alles angesehen, aber sie wirkt unglaublich einladend mit all den Pflanzen und der weihnachtlichen Atmosphäre.«

»Holger war alles andere als begeistert, als ich die Gewächshäuser habe bauen lassen, aber ich glaube, mittlerweile ist er ganz zufrieden.«

»Ich finde es schön hier«, sagte Petra. »Aber ich dachte mir, ich sollte jetzt erst einmal ein paar Putzmittel und etwas Essen einkaufen. Wo geht man da am besten hin?«

»Du willst also wirklich hierbleiben?«, fragte Berit.

»Natürlich bleibt sie hier«, erklärte Viveka. »Die Wohnung gehört schließlich ihr.«

»*Ihr?* Woher sollen wir wissen …«

»Ich habe eine Idee!«, unterbrach Viveka ihre Mutter. »Wollen wir Petra und Charlie nicht heute Abend ein wenig zur Hand gehen? Ich meine, natürlich haben wir die Wohnung geputzt, nachdem die letzten Gäste abgereist waren, aber das ist jetzt auch schon wieder ein paar Monate her.«

»Bin dabei«, sagte Maja sofort und nahm sich ein belegtes Brot.

»Tja, ich habe leider keine Zeit zum Putzen«, erklärte Berit.

»Ihr braucht uns nicht zu helfen. Charlie und ich kommen schon zurecht«, wiegelte Petra ab.

»Unsinn, natürlich helfen wir euch. Das wird Spaß machen. Über Strom und Wasser braucht ihr euch übrigens keine Gedanken zu machen, allein schon wegen des Cafés ist alles gut in Schuss«, sagte Viveka.

»Gibt es getrennte Stromzähler?«

»Darüber können wir später noch reden.«

»Alles klar«, sagte Petra, machte sich aber eine geistige Notiz, dass sie nicht vergessen durfte, noch einmal mit Viveka über die Stromrechnung zu sprechen. Ihr war sehr daran gelegen, alles richtig zu machen und niemandem zur Last fallen.

»Tja, wir sollten uns wohl langsam mal an die Arbeit machen, wenn wir vor Ladenöffnung noch etwas schaffen wollen. Keine Zeit zum Herumsitzen und Tratschen.« Berit erhob sich mühsam von ihrem Stuhl, griff nach ihrem Stock und wischte gleichzeitig Vivekas ausgestreckte Hand zur Seite.

»Ich muss mich auch ranhalten«, sagte Maja. »Schön, euch kennengelernt zu haben. Sagt einfach Bescheid, wenn ihr Hilfe braucht«, fügte sie hinzu, bevor sie Berit hinterhereilte.

Petra sah ihnen nach. »Ich hoffe, wir haben deine Mutter mit unserem plötzlichen Auftauchen nicht zu sehr aufgebracht?«

»Ach, morgens ist sie immer stinkig, kein Grund zur Sorge.« Viveka räumte das Geschirr zusammen. »Aber sie hat recht, es wird höchste Zeit, dass wir uns an die Arbeit machen. Hoffentlich kommen heute viele Kunden.«

»Können wir dir irgendwie helfen?«

»Wenn ihr mit dem Einkaufen noch bis nach dem Mittagessen warten wollt, könnte ich eure Hilfe im Weihnachtsladen gut gebrauchen.«

»Gerne.« Das war das Mindeste, womit sie sich bei Viveka bedanken konnten.

»Wunderbar. Dann kann ich euch heute Nachmittag begleiten und das Dorf zeigen.«

6

Vivekas Küche war vielleicht vollgestopft, aber das war nichts gegen den Weihnachtsladen. Schweigend betrachtete Charlie die Berge von Weihnachtsschmuck, die sich auf den weißen Regalbrettern stapelten.

»Wow, toller Laden«, sagte sie schließlich und betastete einen Papierengel von Bloomingville.

»Schön, oder? Natürlich müssen wir alles noch irgendwie sortieren, aber das wird schon.« Viveka stieg über eine Schachtel mit irgendetwas Glitzerndem und stolperte beinahe über Rufus, der es sich neben einem Stapel Kartons gemütlich gemacht hatte.

»Wie bist du auf die Idee mit dem Weihnachtsladen gekommen?«, fragte Petra und streichelte dem großen Hund über den Kopf. Er war längst nicht so gefährlich, wie sie anfangs gedacht hatte. Genau genommen hatte er etwas von einem großen Teddybären.

»Die Idee dazu spukt mir schon eine ganze Weile im Kopf herum. In anderen Ländern gibt es fantastische Geschäfte, in denen es nur Weihnachtszeug zu kaufen gibt. Warum nicht auch hier?«

»Also hast du dir gedacht, du versuchst es einfach mal?«

»Genau.« Viveka hob einige Kartons vom Verkaufstresen.

»Was war denn vorher hier drin?«

»Pflanzen!« Holgers Stimme dröhnte wie aus dem Nichts, und Petra wirbelte erschrocken herum. »Viveka hat es sich in den Kopf gesetzt, dass wir die Gärtnerei *aufpeppen* müssen.« Er malte Anführungszeichen mit den Fingern in die Luft und warf seiner Chefin einen finsteren Blick zu, während er eine Kassenrolle vom Verkaufstresen holte.

»Jetzt komm schon. Wir haben das schon eine Million Mal durchgekaut.« Viveka öffnete einen Karton. »Der Laden wird Geld einbringen, und das können wir dringend gebrauchen.«

»Aber von den anderen Gewächshäusern hältst du dich mit deinem Plunder fern!«

»Natürlich, Hand drauf!«

Petra gab ihr Bestes, nicht laut loszulachen, als sie sah, wie Viveka die Finger hinter dem Rücken kreuzte, während Holger etwas Unverständliches murmelte und sich wieder verdrückte.

»Was ist das?«, fragte Charlie und deutete auf eine große Schachtel.

»Das sind Julböcke. Ich dachte mir, die könnte ich direkt neben dem Eingang ausstellen.«

»Darum kann ich mich doch kümmern«, sagte Charlie und hob eine Strohziege aus der Kiste.

»Eine gute Idee.« Viveka klatschte in die Hände. »Mit eurer Hilfe haben wir bestimmt schnell Ordnung gemacht.«

Während Charlie mit drei Julböcken auf dem Arm durch die Tür verschwand, schaute Petra sich um. Trotz der Unordnung gab ihr dieses Meer aus Weihnachtsdekorationen ein ganz besonderes Gefühl.

»Warum sperrt sich Holger so gegen einen Weihnachtsladen?«, fragte sie leise, damit der brummige Gärtner sie nicht hörte.

»Er und meine Mutter sind der Meinung, dass alles so bleiben sollte, wie es immer war. Sie halten mich für verrückt, aber ich will einfach mal etwas Neues ausprobieren«, erklärte Viveka und stellte einige Stoffwichtel in ein Regal. »Sie glauben, dass der Shop ein Fiasko wird. Aber das ist schon seit Jahren mein Traum, und wenn ich jetzt nicht den Hintern hochbekomme, wird es vielleicht nie mehr etwas.«

»Ich finde, es ist eine tolle Idee.«

»Ja, ich auch. Wir mussten die Gärtnerei für ein paar Monate schließen, und ich mache mir Sorgen, dass das wieder passiert. Es ist besser, mehrere Standbeine zu haben.«

»Warum musstet ihr schließen?«

Petra wusste selbst zur Genüge, was ein monatelanger Einkommensausfall für einen Betrieb bedeuten konnte.

»Holger hatte einen Unfall. Er ist gestürzt, als er eine große Lieferung entgegengenommen hat. Der Spinner wollte trotzdem weiterarbeiten, aber er konnte kaum aufstehen, weshalb ich ihn zu Zwangsurlaub verdonnert habe«, erklärte Viveka und nahm den nächsten Karton in Angriff. »Wir sind schon eine ganze Weile unterbesetzt, und ich habe keinen Ersatz für Holger gefunden. Außerdem kann meine Mutter das Café nicht allein führen. Es war eine ziemlich chaotische Zeit, also habe ich damals beschlossen, das Geschäft für eine Weile zu schließen, um mich wenigstens vernünftig um die Pflanzen kümmern zu können.«

»Ich bin froh, dass ihr das Geschäft nicht ganz aufgeben musstet.«

»Ja, das war ich auch. Leider haben wir einige Kunden dadurch verloren. Die Leute aus dem Dorf waren großartig und haben versucht, uns so gut es ging zu unterstützen. Aber wir konnten ein paar Großkunden wie die Restaurants nicht mehr beliefern und mussten den Blumenschmuck für einige Hochzeiten und Feste absagen.«

»Das ist schade.«

»Ja, aber unsere Probleme haben nicht nur damit zu tun, dass wir ein paar Monate schließen mussten. Die Konkurrenz ist härter geworden, und wir können mit den niedrigen Preisen der großen Ketten nicht mithalten.«

»Obwohl ihr bestimmt bessere Qualität anbieten könnt.«

»Das behaupten wir jedenfalls.« Viveka ließ den Blick über die Kartonstapel gleiten. »Na ja, hoffen wir, dass sich das Blatt wendet. Ich will demnächst versuchen, so einen Onlineshop einzurichten. Dann können Kunden im ganzen Land bei uns ihren Weihnachtsschmuck bestellen.« Sie holte einen weißen Deko-Hasen aus einer der Kisten und reichte ihn Charlie, die gerade zurückkam.

»Für dein neues Zimmer.«

»Danke.« Charlie nahm den Hasen und musterte die kleinen Pakete, die das Tier auf dem Rücken trug.

»Ein schönes Geschenk«, sagte Petra. »Du kannst ihn neben den Kaktus vor das Fenster stellen.«

»Hm.«

»Pass aber auf, dass du es nicht fallen lässt. Es sieht ein bisschen zerbrechlich aus.«

»Ich bin doch nicht blöd.«

»Nein, natürlich nicht. Ich meinte nur …«

»Ich gehe nach oben«, schnitt Charlie ihr das Wort ab.

»Okay.« Petra seufzte, als die Tür hinter ihrer Nichte ins Schloss fiel. Sie überlegte, ob sie Charlie zurückrufen sollte, entschied sich dann aber dagegen. *Choose your battles*, pflegte Alice immer zu sagen, und gerade war Petra nicht nach einem Kampf zumute.

»Entschuldige bitte. Charlie hat eine schwere Zeit hinter sich und ist noch ziemlich durch den Wind.«

»Kein Grund, sich zu entschuldigen. Der Umzug muss für euch beide eine große Umstellung sein.« Viveka arrangierte ein paar mit Rentieren bedruckte Kissen. »Also … wie kommt es, dass du hier gelandet bist? Die ganze Geschichte?«

Wie sollte sie das beantworten? Petra überlegte, ob sie sich eine Notlüge einfallen lassen sollte, die Viveka fürs Erste zufriedenstellte, aber in ihrem Kopf herrschte Leere.

»Ich hatte im Grunde keine Wahl. Nach dem Tod meiner Schwester haben wir die Wohnung verloren. Der Mietvertrag lief auf ihren Namen, und der Vermieter hielt es für besser, zu renovieren, die Miete zu erhöhen und sich jemand Neues zu suchen, als den Mietvertrag auf mich zu überschreiben.«

»Du hast bei deiner Schwester gewohnt?«

»Ich war vorher ein paar Jahre im Ausland gewesen, und Alice hatte mir angeboten, erst einmal zu ihr zu ziehen.« Petra hielt einen Christbaumanhänger in Form einer Ballerina mit einem roten Tüllrock in die Höhe. »Wir hatten einen Großteil des Geldes aus dem Erbe unserer Eltern in meinen Friseursalon investiert, da war es das Sinnvollste, sich eine Wohnung zu teilen und Miete zu sparen.«

»Das klingt vernünftig. War deine Schwester auch Friseurin?«

»Nein, sie war IT-Beraterin. Es war ihre Idee, das Geld in meinen Salon zu investieren. Sie wollte, dass ich in Stockholm bleibe, und hat mir beim Aufbau des Geschäfts geholfen.«

»Das war sehr nett von ihr.«

»Hm.« Petra dachte an den hellen Raum, in dem sie so gerne gearbeitet hatte. »Es war immer mein größter Traum. Ich habe mir auch schnell einen Kundenstamm aufgebaut und hatte lange Wartelisten. Aber dann wurde Alice krank, und die kleinste Infektion hätte … na ja, jedenfalls musste ich deswegen wieder schließen.«

Es war eine schreckliche Zeit gewesen, aber trotz aller Ängste hatte Petra versucht, sich Charlie und Alice zuliebe zusammenzureißen. Nur abends, allein in ihrem Bett, hatte sie ihrer Panik freien Lauf gelassen. Selbst vor Nick hatte sie sich nichts anmerken lassen. Manchmal hatte sie ihn dabei ertappt, wie er sie mit besorgter Miene musterte, aber dann hatte sie so getan, als wäre alles wie immer. Als wäre alles in Ordnung.

»Ich dachte, Alice würde es schaffen.« Petra legte den Weihnachtsschmuck auf dem Verkaufstresen ab. Es tat weh, über ihre Schwester zu sprechen, und es gab so vieles, dass sie gerne rückgängig machen würde. »Dass wir so plötzlich hier aufgetaucht sind, muss euch wirklich überrascht haben. Als Alice mir von Nyponviken erzählt hat, hätte ich auch nicht gedacht, dass wir jemals hierherkommen würden, aber dann ist sie gestorben, der Salon ging pleite und wir saßen quasi auf der Straße.«

»Entschuldige, dass ich frage, ich kann mir vorstellen, dass es schwierig für dich ist, darüber zu sprechen«, sagte

Viveka und sah sie mitfühlend an. »Was hatte deine Schwester denn?«

»Eierstockkrebs.« Petra erinnerte sich an den Moment, als Alice ihr von der Krankheit erzählt hatte. Sie hatten gerade zu Abend gegessen und saßen noch bei einer Tasse Tee in der Küche, als Alice plötzlich ganz ernst wurde und mit zittriger Stimme das Wort Krebs in den Mund nahm. Zuerst hatte Petra ihrer Schwester nicht glauben wollen, aber dann hatten sich die Tränen, die Wut und das Gefühl der Ohnmacht ihren Weg gebahnt. »Er hatte schon gestreut, und sie hatte nur noch wenige Monate.«

»Das tut mir so leid.«

Petra verspürte den vertrauten bohrenden Schmerz im Magen. Der Schmerz, der sich mit Alice' endgültiger Diagnose eingestellt hatte und seitdem nicht wieder verschwunden war.

»Alice wollte ihre letzte Zeit zu Hause verbringen, und ich habe versucht, für sie da zu sein.« Aber das hatte sie nicht geschafft. Nicht gut genug. Die Schuldgefühle übermannten sie, und sie kniff die Augen zu.

»Ist da … ich meine, gibt es denn eigentlich einen Vater?«, stotterte Viveka nach einem kurzen Moment der Stille.

»Alice war der Meinung, keinen Mann zu brauchen, um ein Kind zu bekommen.«

»Künstliche Befruchtung, meinst du?«

»Genau. Nach Charlies Geburt habe ich die ersten Jahre auch bei ihnen gewohnt.« Petra lächelte bei der Erinnerung an diese Zeit. Sie hatte alles für das kleine Mädchen getan – ihr die Windeln gewechselt, sie in den Kindergarten gebracht und wieder von dort abgeholt, mit ihr gespielt und sie getröstet, wenn sie unleidlich gewesen war. Zusammen mit Alice waren sie zu einer kleinen Familie zusammengewachsen.

»Hatte deine Schwester auch Hilfe von euren Eltern?«

»Anfangs waren sie nicht begeistert, dass sich Alice für ein Leben als alleinerziehende Mutter entschieden hatte, aber als Charlie dann erst einmal geboren war, sind sie mehrmals die Woche vorbeigekommen.« Sie alle hatten so fest zusammengehalten. Und nun war niemand mehr da.

»Es ist schön, wenn man seiner Familie so nahesteht, nicht wahr?«, fragte Viveka.

»He, ich brauche jemanden, der in der Küche mit anpackt«, wurden sie in diesem Moment von Berits Stimme unterbrochen. »Die Kulturtanten aus dem Dorf haben einen Tisch für den ›Afternoon Tea‹ reserviert.«

»Aber den bieten wir doch nur am Wochenende an«, wandte Viveka verwirrt ein.

»Bei einem Blick auf unsere Konten würde ich sagen, wir sollten froh über jede Anfrage sein.«

Viveka schien widersprechen zu wollen, seufzte dann aber laut hörbar. »Du hast recht. Ich komme gleich. Ich gehe nur schnell die Einkaufslisten durch und überlege mir, was wir noch brauchen, bevor es mit dem Weihnachtsansturm losgeht.«

»Weihnachtsansturm.« Berit schnaubte. »Es wird keinen Ansturm geben.«

»Ich könnte in der Küche helfen«, bot Petra an, um dem Gezeter der beiden Frauen ein Ende zu bereiten.

»Du?« Berit musterte Petra von oben bis unten. »Weißt du, wie man Scones backt?«

»Das ist meine Spezialität, ich habe sogar eine Zeit lang in London gelebt.«

Berit schien sich ihr Angebot kurz durch den Kopf gehen zu lassen und zuckte dann mit den Schultern. »Na gut, dann hilf mir eben. Aber lass dir eins gesagt sein: In der Küche habe ich das Sagen!«

*

Die Küche war sehr viel kleiner, als Petra erwartet hatte. Die glänzenden Oberflächen zeigten Berits und Majas Liebe zur Sauberkeit und Ordnung. Petra selbst hinterließ immer ein regelrechtes Schlachtfeld aus Töpfen, Schüsseln, Schneebesen und überall verstreuten Zutaten, wenn sie sich ans Kochen oder Backen begab.

»Ach, du bist auch hier?«, fragte sie, als Charlie mit einem Paket Zucker in der Hand aus der Speisekammer kam.

»Sie kann doch nicht allein in der Wohnung herumsitzen«, sagte Berit und nahm den Zucker entgegen. »Wenn du willst, Charlie, kannst du Maja mit den Zimtschnecken helfen.«

»Okay.«

Petra beobachtete, wie Charlie sich zu Maja gesellte, die ihr erklärte, wie der Teig ausgerollt wurde. Zum ersten Mal seit Langem wirkte ihre Nichte wirklich entspannt, und Petra wurde es warm ums Herz.

»Übernimmst du die Schokocookies? Ich mache die Scones«, ordnete Berit an.

Zögernd stellte sich Petra an die Arbeitsplatte, auf der Berit die Zutaten schon bereitgelegt hatte, und warf einen weiteren Blick hinüber zu Maja und Charlie. Bei den beiden schien es wirklich gut zu laufen, sie plauderten und lachten. Petra lächelte zufrieden.

»Hörst du mir überhaupt zu?«

Die barsche Stimme ließ Petra zusammenzucken. »Entschuldige, ich wollte nur kurz sehen, wie es bei den anderen läuft.«

Berit schürzte die Lippen und deutete auf das Rezept. »Dann sieh zu, wie du selbst zurechtkommst.« Mit diesen Worten marschierte sie zur Speisekammer und riss die Tür auf.

»Mach dir nichts draus, eigentlich ist sie froh darüber, dass du ihr hilfst. Sie kann das nur nicht wirklich zeigen«, flüsterte Maja und fuhr dann mit lauter Stimme fort: »Gut, Charlie! Jetzt kannst du die Füllung verteilen.«

Petra sah zu Berit, die in der Vorratskammer herumwühlte. Es fiel ihr schwer, Majas Worten Glauben zu schenken, die alte Dame wirkte noch gereizter als zuvor. Aber war das wirklich so verwunderlich? Sie hatte Berit wirklich nicht richtig zugehört.

»Es tut mir leid, dass ich so unaufmerksam war«, sagte Petra, als Berit zurückkam.

Sie erhielt keine Antwort. Berit fing lediglich an, die Zutaten für die Scones abzumessen. Petra überlegte, ob sie noch etwas sagen sollte, entschied sich aber dagegen und konzentrierte sich stattdessen auf das Rezept. Es war nicht allzu kompliziert, und die trockenen Zutaten waren schnell verrührt.

»Du kommst also aus Stockholm?«, fragte Berit nach einer Weile in neutralem Ton, so, als hätte es ihre Auseinandersetzung vor ein paar Minuten nie gegeben.

»Ich bin in Norrtälje aufgewachsen, das grenzt direkt an Stockholm. Und dann habe ich ein paar Jahre im Ausland gearbeitet.«

»Als Friseurin?«

»Genau. Meine Ausbildung habe ich in Stockholm gemacht und dann ein paar Jahre bei Björn Axén gearbeitet. Später bin ich nach London gezogen, um mich weiterzubilden, und eine Weile dortgeblieben.«

»Warum bist du wieder nach Schweden zurückgekehrt?«

»Es war an der Zeit«, antwortete Petra. »Warst du schon einmal in London?«

»Nein.« Berits knappe Antwort lud nicht gerade zu weiteren Fragen ein, und sie arbeiteten schweigend weiter. Nach einer Weile legte Berit den Teig zur Seite. »Ich muss jetzt den Gastraum vorbereiten. Maja, du übernimmst hier.«

»Sie scheint ja fast böse auf mich zu sein«, murmelte Petra, als Berit die Küche verließ.

»Ist sie nicht. Ich glaube, euer plötzliches Auftauchen hat sie nur etwas aus der Bahn geworfen.« Maja räumte Berits Arbeitsfläche auf, während sie Charlie im Auge behielt, die gerade Hagelzucker auf die Zimtschnecken streute. »Wir haben uns auf dem Hof in unserer kleinen Gemeinschaft eingerichtet.«

»Das verstehe ich. Immerhin sind wir ohne Vorwarnung hier aufgekreuzt.«

Maja kratzte die letzten Teigreste zusammen. »Aber mich wundert es nicht, dass ihr hier seid.«

»Inwiefern?«

»Wenn ich wüsste, dass mir irgendwo eine Wohnung gehört, würde ich auch mal dort vorbeischauen.«

Petra rührte durch ihren Teig. »Stimmt schon.« Sie warf Maja einen Blick zu. »Bist du hier aufgewachsen?«

»Ja.« Maja legte die letzten Scones auf ein Backblech und öffnete den Ofen. »Ich habe zwischendurch aber ein paar Jahre in Göteborg gewohnt. Als ich den Job hier bekam, bin ich dann nach Hause zurückgekehrt, das war … He! Warte, ich helfe dir, die sind schwer!« Sie hastete zur anderen Arbeitsfläche und bewahrte eine Platte mit Zimtschnecken davor, auf dem Boden zu landen.

»Willst du mir hier mit den Cookies helfen?«, fragte Petra ihre Nichte. Vielleicht war es besser, wenn sie und Charlie zusammenarbeiteten, damit nichts verdarb.

»Nö.«

»Aber …«

»Dann kannst du mir unter die Arme greifen«, unterbrach Maja sie und gab Charlie die nächsten Anweisungen. Petra wandte sich ihrer eigenen Aufgabe zu. Bald war sie ganz ins Backen vertieft, froh darum, sich mit nichts anderem beschäftigen zu müssen als mit dem, was vor ihr auf der Arbeitsfläche lag.

7

Petra ließ den Hof hinter sich und spazierte die Allee hinunter. Der Schneepflug hatte eine Schneise geschlagen, die von hohen Bäumen und im Sonnenlicht funkelnden Schneehaufen gesäumt wurde. Die Meteorologen hatten für das ganze Land einen ungewöhnlich kalten Winter vorausgesagt. Als ein eisiger Windstoß über Petras Haut strich, zog sie fröstelnd den Reißverschluss ihrer Jacke bis zum Kinn hoch. Ihre Winterkleidung war im Anhänger verstaut, aber mit etwas Glück konnte sie direkt neben dem Haus parken und alles ohne Schwierigkeiten ausladen. In diesem Moment bemerkte sie eine Bewegung. Machte sich da jemand an ihrem Auto zu schaffen? Und hatte sogar die Heckklappe geöffnet? Petra nahm die Beine in die Hand, um die wenigen Habseligkeiten zu verteidigen, die sie noch besaß.

»He, Sie da!« Sie sah, wie die Gestalt erstarrte und sich aufrichtete. »Das sind mein Auto und meine Sachen!«

»Gut, dann muss ich nicht alles allein schleppen.« Ein Mann, etwa in ihrem Alter, lugte hinter der Kofferraumklappe hervor. »Der Wagen springt nicht an.«

»Was soll das denn heißen?« Petra starrte ihn an. Hatte er gerade wirklich zugegeben, dass er versuchte, ihr Auto zu stehlen?

»Viveka hat dir die Schlüssel aus der Jacke gemopst und mich gebeten, den Wagen zum Haus zu fahren. Als er nicht angesprungen ist, dachte ich mir, ich bringe schon einmal etwas von dem Gepäck dorthin. Na ja, vielleicht nicht den ganzen Kram da drin.« Er gestikulierte in Richtung des Anhängers.

»Aber wie …?« Petra hatte es die Sprache verschlagen. War das einer von Vivekas Angestellten? Sie musterte den Typen. So kriminell sah er gar nicht aus, eher wie ein freundlicher Teddybär mit den braunen Locken, die unter seiner Strickmütze hervorlugten, den freundlichen braunen Augen und dem ausgeprägten Kinn.

»Jakob.« Er streckte die behandschuhte Rechte aus, und Petra schlug ein.

»Petra.« Sie bemühte sich um ein Lächeln. »Tut mir leid, dass ich dich angebrüllt habe, ich dachte wirklich, dass du mein Auto klauen willst.«

Jakob grinste zurück. »Ach, hier draußen kannst du dich ziemlich sicher fühlen. Eine Hochburg für Kriminelle ist Nyponviken jedenfalls nicht.«

»Da hast du wahrscheinlich recht. Ich habe mich noch nicht daran gewöhnt, nicht mehr in Stockholm zu sein.«

»Hier in Schonen geht es ein bisschen langsamer zu. Gehen wir gemeinsam zum Hof zurück?« Petra nickte und rückte die grüne Mütze zurecht, die sie sich von Viveka geliehen hatte.

»Hast du eine Ahnung, was mit dem Auto nicht stimmen könnte?«, fragte sie.

»Leider nicht«, antwortete Jakob. »Aber Holger bringt es bestimmt wieder zum Laufen. Ich bitte ihn, dass er nach

Feierabend mit vorbeikommt und sich das Ganze einmal ansieht. Oder brauchst du dein Auto dringend?«

»Eigentlich schon. Wir sind gestern angekommen, und in unserem Kühlschrank herrscht noch gähnende Leere.«

Verstohlen musterte sie Jakob von der Seite. Er sah nett aus. Nicht so attraktiv wie Nick, aber verlässlich. Der Gedanke versetzte ihr einen Stich in die Magengrube. Was Nick wohl gerade machte? Wahrscheinlich saß er in seinem Büro und arbeitete an irgendeinem neuen Bauprojekt. Sie konnte ihn fast vor sich sehen. Das schwarze Haar, das ihm in die Stirn fiel, während er sich über eine Zeichnung beugte. Seine blauen Augen, die aufleuchteten, wenn sie vorbeischaute, um ihn zum Mittagessen einzuladen oder einfach nur Hallo zu sagen. Petra stieß einen tiefen Seufzer aus.

»Du kannst dir bestimmt eines der Autos vom Hof leihen«, tröstete sie Jakob, der ihren Seufzer falsch interpretierte.

»Ja, ich frage Viveka. Wir haben noch viel zu tun.«

»Ihr wollt also wirklich bleiben?«, fragte Jakob und lachte, als er Petras fragenden Blick sah. »Viveka hat mir erzählt, dass du mit deiner Nichte in die Wohnung über dem Café einziehen willst.«

»Ja, das hatten wir vor. Kommst du auch hier aus der Gegend?«, fragte Petra, um von sich selbst abzulenken.

»Ich wohne oben auf dem Berg.«

»Ist bestimmt schön dort.«

»Also, mir gefällt es«, antwortete Jakob und nickte in Richtung der Gewächshäuser. »Ich spreche gleich mal mit Holger.«

»Alles klar, vielen Dank. Bis dann.« Petra hob grüßend die Hand und machte sich auf den Weg zur Wohnung, erstaunt darüber, wie hilfsbereit hier alle waren. Aber vielleicht funktionierte das Dorfleben ja genau so?

8

SAMSTAG, 26. NOVEMBER

»Tut mir leid, dass ich dich so lange habe warten lassen, aber auf diese verdammten Lieferanten ist einfach kein Verlass. Und gestern war dann wirklich keine Zeit mehr«, sagte Viveka, als sie die Allee hinter sich ließen und zum Lebensmittelgeschäft fuhren.

»Hat doch trotzdem alles geklappt. Vielen Dank, dass du mir noch beim Putzen geholfen hast. Und das Essen, das du mitgebracht hast, war unglaublich lecker.« Petra ließ den Blick über die weiße, hügelige Landschaft gleiten. Am gestrigen Tag hatten sie in der Wohnung große Fortschritte gemacht, und Viveka und Maja war es sogar gelungen, Charlie ein wenig aufzuheitern. Vor allem dafür war Petra ihnen unendlich dankbar.

»Habt ihr eure Möbel schon in der Wohnung verteilt?«

»Das meiste steht an seinem Platz.«

Eigentlich warteten nur noch die Kartons mit ihren Kleidern, Büchern und persönlichen Gegenständen darauf, ausgepackt zu werden. Und dann würden sie die Wohnung nach und nach umgestalten und dekorieren können. *Sollen wir das wirklich machen?*, fragte sich Petra. Immerhin wollten sie schnellstmöglich nach Stockholm zurückkehren. Nyponviken war nur eine Zwischenlösung, um ihr Leben in Ordnung zu bringen. Aber das wollte sie Viveka natürlich nicht auf die Nase binden. Es fühlte sich falsch an, schon vom Weggehen zu sprechen, während sie alle so freundlich empfingen.

»Ich finde es schön, dass wieder jemand in der Wohnung wohnt«, sagte Viveka und bog nach links in Richtung des Dorfes ab.

»Sie ist total urig«, erwiderte Petra. Obwohl sie sich eine solche Wohnung niemals ausgesucht hätte, fühlte sie sich dort wohl. »Sag mal, weißt du eigentlich, wer die drei Bilder im Wohnzimmer gemalt hat? Ich habe ein ähnliches bei dir zu Hause gesehen.«

»Die sind von … Lilly«, antwortete Viveka, ohne die Straße aus den Augen zu lassen. »Sie war unsere Dorfkünstlerin.«

»Die Gemälde sind klasse.« Das war untertrieben. Sie waren atemberaubend, und jedes Mal, wenn Petra sie betrachtete, fühlte sie sich von ihnen auf eine Art und Weise bewegt, die sie nicht erklären konnte.

»Das Malen war ihre große Leidenschaft.«

»Lebt sie denn nicht mehr?«

»Sie ist schon vor einigen Jahren gestorben, gerade als ihre Karriere Fahrt aufnahm. Ein Kunsthändler hatte ihr angeboten, ihre Werke in Malmö auszustellen, aber sie starb, bevor ihr Traum wahr werden konnte. Sie war erst zweiundzwanzig Jahre alt.«

»Noch so jung«, murmelte Petra. »War sie krank?«

»Niemand weiß genau, was passiert ist.« Viveka warf Petra einen Blick von der Seite zu. »Sie wurde hier in der Nähe gefunden, am Strand unterhalb der Klippen. Viele glauben, sie sei gesprungen, aber das kann ich mir nicht vorstellen. Lilly hatte zu viel, wofür es sich zu leben lohnte.«

»Traurige Geschichte.« Petra schaute aus dem Autofenster. Wie ungerecht das Leben manchmal sein konnte. Warum bekamen manche Menschen fast hundert Jahre geschenkt, während anderen, wie Alice und Lilly, nur eine so kurze Zeit auf Erden vergönnt war?

»Sie war wirklich talentiert und hat vor Lebensfreude nur so gesprüht«, sagte Viveka leise und deutete dann nach vorn zum Dorf. »Gleich sind wir da.«

Petra betrachtete die Ortschaft und die große Backsteinkirche, deren Glockenturm hoch über die Dächer ragte.

»Sieht aus wie aus einem Märchenbuch«, stellte sie fest und versuchte, sich nicht von der Melancholie überwältigen zu lassen.

»Ja, das stimmt. Die Geschäftsinhaber dekorieren ihre Schaufenster wunderschön weihnachtlich, und Mitte Dezember gibt es hier ein riesiges Lichterfest.«

»Klingt gut«, sagte Petra und reckte den Hals, um einen besseren Blick auf die Dorfstraße zu erhaschen.

»Letztes Jahr musste es abgesagt werden, aber dieses Jahr findet es wieder statt, und ich glaube, dass sich die meisten Leute nicht lumpen lassen werden.«

»Richten die Ladenbesitzer das Fest aus?«

»Ja, und die Anwohner der Hauptstraße. Das ist immer ein echtes Spektakel«, erklärte Viveka. »Leider gibt es hier im Dorf nicht mehr so viele Geschäfte wie früher. In den letzten Jahren mussten einige schließen.«

»Wieso das?«

»Die Sommermonate reichen nicht immer aus, um ein

Geschäft ein ganzes Jahr über Wasser zu halten.« Viveka blinkte nach rechts. »Wir sollten genug einkaufen, damit ihr eine Weile über die Runden kommt. Ich habe gehört, dass schon wieder ein Sturm aufziehen soll.«

»Ich hatte eigentlich gedacht, das Wetter hier wäre milder als in Stockholm.«

»Normalerweise werden wir auch nicht gerade mit Schnee verwöhnt, aber letztes Jahr hatten wir mehr, als nötig gewesen wäre. Mit ein bisschen Glück haben wir dieses Jahr vielleicht auch wieder weiße Weihnachten.«

Weiße Weihnachten. Es war lange her, dass Petra so etwas erlebt hatte. Oder zumindest genossen. Letztes Jahr an Weihnachten hatte Alice bereits ihre Diagnose bekommen, und alles war anders gewesen als in den Jahren zuvor. Obwohl ihre Schwester und sie sich bemüht hatten, ein schönes Weihnachtsfest auf die Beine zu stellen, hatte die Krankheit wie eine schwere, dunkle Wolke über ihnen gehangen. Was, wenn sie damals gewusst hätten, dass es ihr letztes gemeinsames Weihnachtsfest war?

»Ich muss noch ein paar andere Besorgungen machen. Willst du dich etwas umsehen, bevor wir uns am Lebensmittelgeschäft treffen?« Vivekas Stimme holte Petra in die Gegenwart zurück, und sie rang sich ein Lächeln ab. »Gern.«

»Der Laden liegt am Marktplatz«, erklärte Viveka und fuhr in eine Parklücke. »Du musst nur weiter der Hauptstraße folgen. Ist eigentlich nicht zu verfehlen.«

»Alles klar.« Petra stieg aus dem Auto. »Dann sehen wir uns gleich.«

*

Wirklich idyllisch hier, dachte Petra, während sie zwischen den pittoresken Häusern und Geschäften umherschlenderte. Zwar gab es einige Leerstände, wie Viveka gesagt hatte, aber in den Türen der Läden, die geöffnet hatten, hingen hübsche Schilder, mit denen die Besucher willkommen geheißen wurden. Petra blieb stehen und betrachtete das Schaufenster einer Konditorei. Ein ganzes Dorf aus Pfefferkuchenhäusern nahm den größten Teil der Auslage ein, und es war unmöglich, sich von den detaillierten Häusern und Figuren nicht beeindrucken zu lassen. Ohne weiter nachzudenken, stieß Petra die Tür des Geschäfts auf und trat ein.

»Willkommen«, wurde sie von einer Frau in den Siebzigern begrüßt, die an der Kaffeemaschine herumhantierte.

»Sie haben wirklich tolle Pfefferkuchenhäuser im Schaufenster«, sagte Petra und trat an den Verkaufstresen. Eigentlich hatte sie keine Lust auf Kaffee, aber diese Konditorei war viel zu einladend, um einfach daran vorbeizugehen.

»Vielen Dank. Die baut meine Tochter. Normalerweise veranstalten wir jedes Jahr einen Pfefferkuchenwettbewerb, um die Leute hierherzulocken.«

»Das ist eine super Idee! Meine Schwester und ich haben früher immer darum gewetteifert, wer das schönste Pfefferkuchenhaus baut.« Das Schaufenster erinnerte sie an die früheren hitzigen Wettbewerbe, die fast immer darauf hinausgelaufen waren, dass Alice eine perfekte Kreation aus dem Ärmel schüttelte, während Petra selbst sich am Zucker verbrannte und am Schluss aus reiner Verzweiflung alles schief zusammenklebte.

»Das hat bestimmt Spaß gemacht.« Die Frau wischte sich

die Hände an einem Küchentuch ab. »Was kann ich Ihnen anbieten?«

»Ich hätte gerne eine Tasse Kaffee. Oder warten Sie: eine heiße Schokolade.« Petra las die Angebotstafel über dem Kopf der Verkäuferin. »Und einen Muffin, bitte.«

»Die haben wir hier drüben.« In einer Vitrine waren köstlich aussehende Törtchen ausgestellt. »Vielleicht einen mit Pfefferkuchengeschmack?«

»Das klingt perfekt.«

»Sind Sie auf der Durchreise?«, fragte die Frau, während sie einen großen Muffin mit Zuckerguss auf ein Tellerchen stellte und das Heißgetränk zubereitete.

»Ich bin gerade hierhergezogen«, erklärte Petra. »Mit meiner Nichte.«

»Wirklich? Wohin denn?« Die Konditorin spritzte Sahne auf die heiße Schokolade.

»Auf den Hof mit der Gärtnerei. Die Wohnung über dem Café hat meinen Eltern gehört – und jetzt gehört sie mir.«

Der Spritzbeutel in der Hand der Verkäuferin wackelte, fiel zu Boden und verteilte seinen Inhalt dort.

»Verflixt, ich bin aber auch ein Dussel«, rief die Frau aus und schnappte sich eilig einen Lappen. »Setzen Sie sich nur. Ich bringe Ihnen gleich Ihre Schokolade.«

»Soll ich Ihnen beim Aufwischen helfen?«

»Nein, nein. Das dauert nicht lange«, wiegelte die Frau ab.

Petra zögerte kurz, bevor sie sich an einen der Fenstertische setzte. Die Straße draußen war fast menschenleer, nur ab und zu fuhr ein Auto vorbei. *Im Sommer sieht das bestimmt anders aus*, dachte Petra.

»So. Ich habe Ihnen auch noch ein paar Marshmallows hineingetan«, verkündete die Frau und stellte Petra eine Tasse vor die Nase.

»Soll ich gleich bezahlen oder nachher?«

»Das geht aufs Haus. Sehen Sie es als ein Willkommens-geschenk.« In diesem Moment betrat eine Familie mit Kindern das Café, und die Konditorin verschwand wieder hinter dem Verkaufstresen. Bevor sie sich ihren anderen Kunden zuwandte, drehte sie sich noch einmal um. »Ich bin übrigens Mary, und ich würde mich freuen, wenn Sie wieder hier vorbeischauen.«

*

Viveka wartete bereits vor dem Eingang, als Petra am Lebensmittelgeschäft eintraf. Während des Spaziergangs von der Konditorei zum Laden war ihr wenigstens warm geworden.

»Und, hast du dir gut die Zeit vertrieben?«, fragte Viveka, während beide sich einen Einkaufswagen organisierten.

»Total. Ich habe in ›Snäckans Konditorei‹ eine heiße Schokolade getrunken.«

»Schön. Mary hat den Laden viele Jahre lang allein geführt, aber inzwischen ist ihre Tochter mit ins Geschäft eingestiegen.« Viveka grüßte eine Gruppe Frauen, blieb aber nicht stehen, sondern lenkte ihren Wagen in die Gemüseabteilung. »Hier kennt man sich untereinander«, sagte sie und nickte einem älteren Ehepaar zu.

»Wie viele Leute wohnen in Nyponviken?«

»Im Ortskern etwa fünftausend. In der Gemeinde zwanzigtausend. Im Sommer, wenn die ganzen Feriengäste kommen, wird es hier natürlich ziemlich voll.« Viveka lud ein

65

Büschel Bananen in ihren Wagen. »Wir bauen auf dem Hof zwar unser eigenes Gemüse an, aber um diese Zeit muss ich meistens noch zukaufen. Exotische Früchte und Beeren natürlich sowieso. Aber kein Wort zu Holger. Er fährt total auf nachhaltigen und regionalen Anbau ab und kann gar nicht nachvollziehen, dass man manchmal einfach Lust auf eine Banane hat.«

Petra konnte den älteren Mann verstehen. Warum Dinge um die ganze Welt verschiffen, wenn man sie auch selbst anbauen konnte?

»Tja, Bananen wachsen hier eher nicht, was?«

»Wohl kaum. Wahrscheinlich würde Holger auch auf der Stelle kündigen, wenn ich es versuchen würde.« Viveka schmunzelte. »Aber ich könnte ihn mal darauf ansprechen, nur um zu sehen, wie er reagiert.«

Petra konnte sich ein Grinsen nicht verkneifen.

»Versteh mich nicht falsch, unter seiner griesgrämigen Oberfläche ist Holger ein Schatz, aber manchmal treibt mich seine Sturheit auch in den Wahnsinn«, erklärte Viveka, während Petra ihr Obst und Gemüse zusammensuchte.

»Aber die Gärtnerei gehört doch dir, oder etwa nicht?«

»Holger arbeitet schon so lange für uns, dass ich manchmal vergesse, wer eigentlich der Boss ist.« Vivekas Lachen war ansteckend. »Na ja, meistens sind wir ein gutes Team«, fuhr sie fort und deutete auf die Kartoffeln. »Davon brauchst du keine zu kaufen, wir haben den ganzen Keller voll.«

»Ich habe gesehen, dass einige Geschäfte hier in der Winterpause sind«, sagte Petra auf dem Weg zur Fleischtheke.

»Der Winter ist Nebensaison. Manche Läden haben nur im Sommer geöffnet. Ein paar Inhaber, so wie Mary, juckt das nicht, und zumindest die Einheimischen wissen das sehr zu schätzen.«

»Steht Marys Konditorei nicht in Konkurrenz zu eurem Café?«

»Na ja, wir haben einen ganz anderen Schwerpunkt. Meine Mutter backt fast ausschließlich mit regionalen Zutaten, und die Leute kommen zu uns, wenn sie sich mal einen … etwas luxuriöseren Kaffeeklatsch gönnen wollen. Bitte verrate Mary nicht, dass ich das gesagt habe.« Viveka schaute etwas zerknirscht drein.

»Hand drauf«, sagte Petra gut gelaunt und griff nach einer Packung Hackfleisch.

»Die Konditorei ist Marys Lebenswerk.«

»Was ist mit ihrer Familie?«

»Wie gesagt, eine ihrer Töchter ist ins Geschäft eingestiegen, aber ihr Sohn und ihre andere Tochter sind schon vor Jahren weggezogen.« Viveka blieb stehen und nahm ein Paket Haferflocken in die Hand. »Was hast du vor, solange du hier bist? In Ängelholm oder Helsingborg gibt es bestimmt freie Stellen in den Friseursalons.«

»Ich werde vermutlich erst einmal irgendetwas anderes machen.«

Viveka musterte sie nachdenklich. »Und? Schon eine Idee, was?«

»Keine Ahnung, ehrlich gesagt.« Es wäre wirklich am einfachsten, wenn sie sich eine Anstellung als Friseurin suchen würde. Mit ihrer Erfahrung sollte es nicht allzu schwer sein, einen Job zu finden. Aber danach war Petra überhaupt nicht zumute. Nicht jetzt und vielleicht auch nie wieder.

Viveka nickte, als wollte sie ihr zustimmen. »Was hältst

du davon, eine Zeit lang in der Gärtnerei zu arbeiten? Nur bis du weißt, was du auf Dauer machen willst. Viel kann ich dir zwar nicht anbieten, weil wir gerade nicht viel Umsatz machen, aber ich könnte dir die Kosten für Strom und Wasser erlassen, und du kannst mit Charlie jeden Tag im Café frühstücken und zu Mittag essen. Und ein kleines Gehalt bekommst du natürlich obendrein.«

»Meinst du das ernst?«

Viveka spähte hinunter in ihren Einkaufswagen. »Wir können jede Hilfe gebrauchen, wenn wir die Gärtnerei wieder auf Vordermann bringen wollen, und jemanden mit einem normalen vollen Gehalt einzustellen, kann ich mir nicht leisten. Es wäre für alle Seiten ein Gewinn.«

Erleichterung durchströmte Petra.

»Kann Charlie mitkommen, wenn sie nicht gerade Onlineunterricht hat?«

»Natürlich, so bin ich ja auch aufgewachsen.«

»Ach ja?«

»Klar, glaubst du, wir hatten damals Babysitter? Die Gärtnerei war quasi unsere Kinderstube, und die Angestellten haben uns abwechselnd angepflaumt, wir sollten woanders spielen, und uns beigebracht, wie alles funktioniert.« Viveka begann, ihre Einkäufe auf das Kassenband zu laden.

»Das klingt nach einer wunderbaren Kindheit.«

»Das war es auch. Ich könnte mir keine schönere vorstellen!«

9

Etwa eine Woche, nachdem Petra und Charlie Stockholm den Rücken gekehrt hatten, fanden sie langsam wieder in eine Routine hinein. Obwohl Petras Nichte immer noch kaum ein Wort mit ihr sprach und nichts tun wollte, außer in ihrem Zimmer zu hocken oder Maja und Berit im Café zu helfen, war Petra guter Dinge und hoffte, dass sich die Situation bessern würde, wenn nach den Weihnachtsferien die Schule wieder anfing und Charlie neue Freunde finden würde. Sie hatte sogar vorgeschlagen, einige ihrer alten Freunde aus Stockholm einzuladen, sobald sie sich eingelebt hatten, aber Charlie hatte nur etwas Unverständliches gemurmelt und war in ihrem Zimmer verschwunden. »Geben Sie dem Ganzen Zeit«, hatte die Psychologin gesagt, die sie nach Alice' Tod ein paarmal aufgesucht hatten. »Sie beide brauchen Raum für die Trauer.«

Aber was, wenn Charlie sich ihr nie wieder öffnete? Was, wenn sie gar nicht bei ihr bleiben wollte? Wenn sie lieber zu jemand anderem ziehen würde? Petra hängte eine Girlande an die Wand des Weihnachtsladens und trat ein paar Schritte zurück. Der Kloß in ihrem Hals schwoll immer weiter an.

»Hallo!«

Majas Stimme ertönte vom Eingang, und Petra blickte auf. »Hier bin ich.«

»Viveka hat mich geschickt. Ich soll dir helfen.« Maja betrat den Laden. »Wow, du hast schon richtig viel geschafft. Wenn das nicht weihnachtlich ist, dann weiß ich auch nicht weiter.«

»Viveka hat alle Register gezogen.« Petra drückte ein paar Kartons platt und schleppte sie zum Ausgang.

»Ich meine, guck doch mal: Weihnachtsdeko bis unter die Decke!«

Petra lachte. »Viveka will eben, dass man immer etwas Neues findet, egal, wohin man sieht.«

»Das ist fantastisch. Ich frage mich nur ...« Maja verstummte und nahm eine dunkelrote Christbaumkugel mit goldenem Muster in die Hand.

»Ob sich das Zeug verkauft?«

»Versteh mich nicht falsch. Ich finde die Idee mit dem Laden fantastisch, aber was, wenn wir es nicht schaffen, genügend Kunden anzulocken?«

»Wie wäre es denn, wenn wir ein paar Plakate in der Gegend aufhängen würden?«, schlug Petra vor. »Ich muss sowieso noch nach Ängelholm fahren, um Weihnachtsgeschenke für Charlie zu kaufen, dann könnte ich welche mitnehmen.«

»Das klingt super. Ich würde die Plakate gerne entwerfen.«

»Kannst du so etwas?«

»Ja, bevor ich den Weg ins Konditorhandwerk eingeschlagen habe, war ich Grafikdesignerin.«

»Das nenne ich mal eine berufliche Neuorientierung.«

»Ich hatte einfach genug von der andauernden Konkurrenz und dem Druck.«

»Aber als Konditorin hat man doch auch einen verdammt harten Job, oder etwa nicht?«, fragte Petra.

»Klar, aber hier auf dem Dorf geht es noch nicht so hektisch zu. Wobei es vielleicht damals auch entspannter zugegangen wäre, wenn ich mich entschlossen hätte, eine eigene Agentur zu gründen.«

Aus Petras Tasche ertönte ein Klingeln, und sie entschuldigte sich kurz, um ihr Handy in die Hand zu nehmen. *Nick.* Sie starrte erschrocken auf das Display. Warum rief er ständig an? Was wollte er beweisen? Mit zitternden Fingern drückte sie den Anruf weg.

»Alles in Ordnung?«, fragte Maja sanft.

»Ja, natürlich. Das war sicher nur ein Werbeanruf.« Petra zwang sich zu einem Lächeln und steckte das Handy in die Hosentasche. »Also, was machen wir jetzt mit dem Rest aus dieser Kiste?«, fragte sie und versuchte, etwas Unbeschwertheit in ihre Stimme zu legen.

Maja überlegte einen Moment, bevor sie antwortete: »Was hältst du davon, wenn wir die Kugeln getrennt von dem anderen Schmuck in großen, flachen Körben ausstellen?«

»Perfekt.« Petra öffnete einen kleinen Karton, und sie verbrachten die nächste Stunde damit, Regale und Körbe mit Dekorationen zu füllen und sich über Gott und die Welt zu unterhalten.

»Verdammt, sind wir gut«, sagte Maja, als die meisten Kartons ausgeräumt waren. Sie legte ein Bündel Strohsterne in einen Korb neben dem Verkaufstresen. »Der Raum sieht aus wie verzaubert.«

Sie hatte recht. Der Weihnachtsladen sah wirklich einladend aus mit all den Girlanden und Engeln auf den Regalen

zu ihrer Linken und den Kugeln und anderen Christbaum-
anhängern in den Körben auf der gegenüberliegenden Seite. »Ich glaube, das ist einer der schönsten Weihnachtsläden,
die ich je gesehen habe«, antwortete Petra.

»Finde ich auch«, stimmte Maja ihr zu. »Was hältst du
davon, wenn wir einen Weihnachtsbaum im Café und drei
hier in der Gärtnerei aufstellen? Und den Schmuck, der am
Baum hängt, bieten wir direkt daneben in Holzkisten zum
Verkauf an?«

»Glaubst du, Berit und Holger wären damit einverstanden?«

»Wir überraschen sie einfach. Wir können einen Baum
für Kinder dekorieren, einen klassisch in Rot und Gold, einen rustikal und vielleicht noch einen ganz kitschig.«

»Klingt gut.« Petra nahm einen kleinen Keramikwichtel
in die Hand, und ein Anflug von Traurigkeit überkam sie.
»Alice hätte es hier gefallen«, sagte sie nachdenklich. Sie
wusste nicht, warum sie das laut sagte, aber der Laden und
all der Weihnachtszauber führten ihr schmerzlich vor Augen, wie sehr Alice ihr fehlte.

»Deine Schwester?«, fragte Maja.

Petra nickte.

»War sie lange krank?«

»Nur ein paar Monate. Sie war schon eine ganze Weile
nicht mehr fit, aber wir hätten niemals gedacht, dass es so
schlimm sein könnte. Als sie dann den OP-Termin bekam,
war es schon zu spät.«

»Das tut mir leid.« Maja legte die Hand auf Petras Arm.
»Habt ihr euch nahegestanden?«

»Im Grunde war sie meine beste Freundin. Sie war zehn

Jahre älter als ich, und ich bin ihr schon als kleines Kind wie ein Schatten überallhin gefolgt. Ich wollte ihr immer alles nachmachen.«

Maja lächelte.

»Ich schätze, für Alice war ich damals wohl eher die nervige kleine Schwester, aber je älter wir wurden, desto mehr haben wir miteinander unternommen. Sie war es auch, die mich immer dazu ermutigt hat, meine beruflichen Ziele zu verfolgen. Und als Charlie geboren wurde, habe ich Alice geholfen, wo ich konnte.«

Gerade, als sie Charlies Namen aussprach, trat ihre Nichte in den Raum. »Das habt ihr echt gut gemacht«, sagte sie mit großen Augen.

»Es ist schön geworden, nicht wahr?«, stimmte Maja ihr zu. »Seid ihr fertig im Café?«

»Ja, Berit hat mich hierhergeschickt.«

»Gut, wenn du willst, kannst du uns beim Baumschmücken helfen.«

Gemeinsam suchten sie den passenden Schmuck zusammen. Während sie die Regale und Körbe durchstöberten, dachte Petra über ihr Gespräch mit Maja nach. War sie zu offen gewesen? Nein, es war schön gewesen, ihre Erinnerungen mit jemandem zu teilen. Sie *musste* darüber reden.

»Hallo zusammen.« Eine bekannte Stimme ließ sie aufblicken.

»Ebenfalls hallo«, sagte Maja und hängte ein paar Engel an einen der Bäume. »Falls du Viveka suchst, die ist gerade unterwegs und macht ein paar Besorgungen.«

»Ach so.« Jakob trat in den Raum, und erst jetzt sah Petra, dass er einen kleinen Hund auf dem Arm hielt.

»Was für ein putziges Kerlchen«, rief Maja und ging auf ihn zu. »Seit wann hast du einen Hund?«

»Habe ich gar nicht. Das kleine Fellknäuel wurde bei Stenslätten gefunden. Das Tierheim ist überfüllt, deswegen hat Roffe ihn zu mir gebracht«, erklärte Jakob. »Ich dachte, ich frage Viveka, ob sie ihn in Pflege nehmen kann, solange wir versuchen, seinen Besitzer zu finden.«

»Hast du schon nachgesehen, ob er gechippt ist?« Maja lachte, als sie Jakobs hochgezogene Augenbrauen sah. »Gut, dumme Frage. Natürlich hast du das.«

»Willst du ihn nicht selbst behalten?«, fragte Charlie, ohne den Blick von dem zotteligen Hund abzuwenden.

»Dann müsste ich ihn einsperren, während ich arbeite. Das hat er nicht verdient, er braucht Zuwendung.«

Charlie trat auf Jakob und Maja zu und streckte dem Hund die Hand entgegen.

»Er ist ein bisschen durcheinander, aber du kannst ihn ruhig streicheln. Er ist friedlich.«

»Was für eine Rasse ist das?«, fragte Maja.

»Ein Mischling, schätze ich. Reinrassige Labradoodle sind sauteuer, da hätte der Besitzer wohl besser auf ihn achtgegeben«, erklärte Jakob. »Der arme Kerl ist bei den Ferienhäusern herumgestrolcht, bis Margareta und Charlotte ihn beim Haus der Mattssons eingefangen und zur Polizei gebracht haben. Als ihm das Tierheim abgesagt hat, ist Roffe direkt zu mir gekommen.«

»Menschen können echt mies sein«, murmelte Maja. »Warum haben die Mattssons nichts unternommen?«

»Die waren schon seit Monaten nicht mehr hier.« Jakobs Mundwinkel zuckten.

»Was? Woher soll ich das denn wissen?«

»Vielleicht, weil wir hier in einer Kleinstadt leben und du normalerweise immer auf dem Schirm hast, ob Filip gerade hier ist oder nicht.«

»Das ist doch Quatsch.« Maja gab ihm einen kräftigen Knuff.

»Maja und Filip waren mal zusammen«, erklärte Jakob.

»Das ist schon ewig her. Warum sollte ich mich noch für ihn interessieren?«

»Sag du es mir«, antwortete Jakob und grinste.

»Wir sind einen einzigen Sommer miteinander ausgegangen. Hörst du irgendwann mal damit auf, mich damit zu nerven?« Maja wandte sich an Petra. »Filip und seine Eltern sind Sommergäste. Sie besitzen eines der Ferienhäuser und veranstalten immer mal wieder Cocktailpartys in ihrem Garten. Sie sind sich allerdings zu fein dafür, hier im Ort einzukaufen, und fahren lieber bis nach Helsingborg, um ›das Beste vom Besten‹ einzukaufen. Jakob und mein Bruder Kalle ziehen mich bis heute damit auf, dass ich mit einem solchen Schnösel ausgegangen bin.«

»Tja, die Mattssons sind schon speziell«, stimmte Jakob ihr zu, bevor er sich wieder seinem eigentlichen Anliegen zuwandte. »Weißt du, wann Viveka zurückkommt? Ich muss wieder in die Praxis und will den Zwerg hier nicht den Rest des Tages allein lassen.«

»Du bist Tierarzt und kannst dich nicht um einen Hund kümmern?«, fragte Maja, und Jakob wirkte plötzlich verlegen.

»Oriana ist krank.« Er warf Petra einen entschuldigenden Blick zu. »Sie ist meine einzige Sprechstundenhilfe, also …«

Maja streckte die Arme aus. »Ich nehme ihn, bis Viveka zurück ist. Sie wird begeistert sein.«

Petra war sich nicht sicher, ob das sarkastisch gemeint war, aber Jakob wirkte erleichtert, und nachdem er Maja erklärt hatte, wie sie sich um den Hund zu kümmern hatte, machte er sich mit dem Versprechen, am Abend wieder vorbeizuschauen, auf den Weg.

»Glaubst du wirklich, dass Viveka sich über den Hund freut?«, fragte Petra, als er außer Hörweite war.

»Kann schon sein. Viveka hat sich schon um alle möglichen Tiere gekümmert. Elstern, Babymöwen, Igel und weiß der Kuckuck, was sie noch so alles im Laufe der Jahre gerettet hat. Aber jetzt steht Weihnachten vor der Tür, da könnte es ihr vielleicht auch ein bisschen zu viel werden. Und wer weiß, wie Rufus auf den Kleinen reagiert.«

»Wir können ihr doch helfen. Oder nicht, Petra?«

Charlie sah sie mit bettelnden Rehaugen an. Wie konnte sie Nein sagen, wenn ihre Nichte ausnahmsweise mal ohne wütenden Unterton mit ihr sprach?

»Das wäre toll«, sagte Maja. »Ich glaube, das ist vielleicht sogar die beste Lösung.«

»Na ja, ich weiß nicht«, sagte Petra zögerlich. Machte sie einen Fehler, wenn sie sich einverstanden erklärte? Würde es Charlie nicht noch unglücklicher machen, wenn sie den Hund irgendwann wieder weggeben mussten? Wie würde sie eine weitere Trennung verkraften? Sie betrachtete den zotteligen Rüden. Er war nicht allzu groß und sah aus, als hätte er sowohl Yorkshire Terrier als auch Pudel in sich. Und wahrscheinlich noch irgendeine andere Rasse. Sein Fell war ganz zerzaust, und er brauchte dringend ein Bad. Aber niedlich war er schon, und obwohl er müde sein musste, verhielt er sich ruhig und war kein bisschen aggressiv.

»Bitte, Petra. Ich will auch keine Weihnachtsgeschenke oder so. Bitte lass uns den Hund behalten!«

»Dir ist klar, dass wir ihn spätestens in ein paar Wochen wieder abgeben müssen, oder?«

»Das macht doch nichts.«

Petra gab ihr Einverständnis und wurde mit einer überschwänglichen Umarmung belohnt. Der ersten seit dem Tod von Alice.

»Danke, du bist die beste Tante der Welt.« Charlie ließ Petra los, ging neben dem Hund in die Hocke und kraulte sein Fell. »Ich kümmere mich um dich«, flüsterte sie. »Jetzt musst du nicht mehr allein sein.«

10

*In einer versteckten Ecke des Dorfes liegt Astrids
Marmeladengeschäft, wo du die beste Konfitüre
der Welt findest. Ich kann dir versichern, dass
dieses kleine Juwel einen Abstecher wert ist.
Ein perfekter Ort, um den Kopf freizubekommen.*

Petra war vor Charlie aufgestanden und spazierte jetzt mit
Joschi über den Hof, der friedlich im Dunkeln lag. Charlie
hatte den Namen für den Hund ausgesucht, und er passte
ganz gut, fand Petra. Sie bewunderte die Weihnachtsbeleuchtung der Gärtnerei, die Holger nach einigem Murren
angebracht hatte. Dann umrundete sie Vivekas Haus und
steuerte auf die Allee zu. Inzwischen hatte sie gelernt, dass
man entweder über die Straße ins Dorf gelangte oder an der
Küste entlanggehen konnte. Während sie den Kiesweg zum
Strand nahm, warf sie einen Blick zurück. Noch brannte
nirgendwo Licht, selbst bei Berit nicht. Sie seufzte. Obwohl
sie nun schon mehrere Tage auf dem Hof wohnten, verhielt
Berit sich ihnen gegenüber immer noch feindselig. *Na ja,
eigentlich nur mir gegenüber,* dachte Petra. Charlie gegenüber war die alte Dame geradezu herzlich – wenn man bei
ihrer schroffen, strengen Art von herzlich sprechen konnte.

Sie hatte das junge Mädchen unter ihre Fittiche genommen, und Petra hatte die beiden schon häufiger in der Küche plaudern und sogar lachen hören. Natürlich nur, wenn Berit nicht merkte, dass Petra sie beobachtete.

In gewisser Weise verstand sie sogar, dass Berit ihnen gegenüber ein solches Misstrauen an den Tag legte. Wahrscheinlich würden die meisten Menschen so reagieren, wenn unangemeldet Fremde auf dem eigenen Hof auftauchten und sich gleich dort einnisteten. Aber Petra hatte die Hoffnung noch nicht aufgegeben, dass Berit eines Tages auftauen würde.

Nachdem sie eine Weile an der Strandpromenade entlangspaziert war, schien Joschi sich ausreichend ausgetobt zu haben, und sie machten wieder kehrt.

Beim Hof angekommen, stellte Petra fest, dass jemand in der Gärtnerei Licht gemacht hatte. Wer war außer ihr schon so früh auf den Beinen? Sie blieb stehen und schaute zu den Gewächshäusern. *Soll ich nachsehen?*, fragte sie sich. *Oder die Polizei rufen?* Dann schüttelte sie den Kopf und ging mit entschlossenen Schritten auf die Gärtnerei zu. Schließlich hatte sie Joschi bei sich, und die anderen waren ganz in der Nähe. Zögernd drückte sie die Tür auf und überlegte, ob sie sich durch lautes Rufen bemerkbar machen oder sich lieber so leise wie möglich verhalten sollte. Sie entschied sich für Letzteres. Auf dem Weg vorbei an den Gartengeräten schnappte sie sich einen Besen, der ihr notfalls als Waffe dienen konnte. Ein schabendes Geräusch hinter ihr ließ sie herumfahren, aber als sie sah, wer der Eindringling war, ließ sie erleichtert den Besen sinken.

»Ach, du bist es nur.«

»Oh, hi!« Maja bückte sich, um Joschi zu streicheln, der mit den Vorderpfoten an ihren Beinen kratzte, um sich Aufmerksamkeit zu verschaffen.

Er würde einen lausigen Wachhund abgeben, dachte Petra.

»Du bist aber eine Frühaufsteherin. Ich glaube, alle anderen schlafen noch.«

»Ich weiß. Eigentlich wollte ich einen Sauerteig ansetzen, aber aus irgendeinem Grund bin ich zuerst hier gelandet.«

Petra musterte Majas Gesicht. Sie wirkte erschöpft. Und traurig.

»Ist alles in Ordnung?«, fragte sie sanft.

»Alles gut«, antwortete Maja und wandte den Blick ab. »Ich bin nur ein bisschen müde.« Sie deutete auf den Eingang. »Mit den ganzen Lichtern sieht es hier wirklich schön aus.«

»Ja, finde ich auch«, gab Petra ihr recht. »Holger hat den halben Abend an der Außenbeleuchtung gearbeitet. Viveka hat versucht, ihm zu helfen, aber er hat sie ziemlich brüsk abgewimmelt. Es sah fast aus, als wollte er sie mit dem Kabel erwürgen.«

»Die beiden führen sich auf wie ein altes Ehepaar«, sagte Maja und kicherte, während sie sich auf den Weg nach draußen machten. »Wie läuft es mit dem Hund?« Sie nickte in Joschis Richtung.

»Überraschend gut.«

»Hat er Rufus schon kennengelernt?«

»Gestern. Aber Joschi war interessierter an Rufus als umgekehrt.«

»Rufus hat ohnehin nur Augen für Berits Kekse.«

»Und seinen Platz vor dem Kamin.« Petra lächelte. »Ich bin jedenfalls froh, dass die beiden gut miteinander auskommen. Und Charlie liebt Joschi. Am Abend hat sie ihn gebadet und ihm das ganze Fell gebürstet.«

»Und wie fand er das?«

»Ich glaube, es hat ihm gefallen. Charlie hat mich überredet, ihm als Belohnung dafür, dass er so brav war, etwas von den Fleischbällchen abzugeben.«

Maja lachte, wurde dann aber wieder ernst. »Es ist nett von ihr, dass sie sich um ihn kümmert.«

»Sie braucht …«, setzte Petra an, verstummte dann aber. Charlie brauchte ihre Mutter – das Einzige, was sie ihr nicht bieten konnte. »Ich hoffe, dass Joschi ihr guttut.«

»Bestimmt.« Maja schaute in den dunklen Himmel hinauf. »Ist es nicht schön ruhig um diese Zeit? Wenn alle anderen schlafen und man sich fühlt, als wäre man fast allein auf der Welt?«

»Finde ich auch.« Petra folgte Majas Blick. Der schwarze Nachthimmel war noch mit Sternen übersät. »Ich muss jetzt aber schnell hoch in die Wohnung. Wahrscheinlich wacht Charlie jeden Moment auf, und ich will nicht, dass sie sich Sorgen macht.«

»Ich bleibe noch eine Weile hier, aber wir sehen uns dann ja gleich beim Frühstück.«

»Ja, genau«, sagte Petra und trat auf die Veranda. An der Tür lehnte ein großes Paket. Was das wohl sein mochte? Sie schaute sich um, aber Maja war bereits verschwunden, und auch sonst war niemand zu sehen. Petra nahm das Paket an sich, um es nicht draußen in der Kälte stehen zu lassen. Sie würde es nachher zum Frühstück mitnehmen.

*

In der Wohnung angekommen, ließ Petra Joschi von der Leine. Er stürmte sofort auf Charlies Zimmertür zu, drückte sie mit dem Kopf auf und huschte hinein. Kurz darauf ertönte ein Jaulen, dann lachte Charlie laut auf. Einen Moment später wuselte der kleine Hund mit einem Stofftier im Maul wieder zurück in den Flur, gefolgt von Charlie. Die Flickenteppiche auf dem Boden verrutschten, als die beiden durch das Wohnzimmer in die Küche huschten.

»Was hast du da?«, fragte Charlie, als Petra das Paket auf dem Esstisch ablud.

»Das ist wahrscheinlich für Viveka oder Berit. Es lag auf der Veranda.«

»Warum hast du es mit hochgebracht?«

»Ich wollte es nicht draußen stehen lassen.« Petra füllte ein Glas mit Wasser. »Willst du heute mit rüber in die Gärtnerei kommen?«

»Ich bleibe bei Maja und Berit im Café.«

»Auch gut.«

»Mhm«, machte Charlie und deutete auf das Paket. »Das ist übrigens für dich.«

»Was?«

»Da steht dein Name drauf.«

»Wirklich?« Petra stellte ihr Wasserglas ab und trat an den Esstisch. Charlie hatte recht. Auf dem Packpapier stand in verschnörkelter Schrift *Für Petra*. »Seltsam.«

»Willst du es nicht aufmachen?« Charlie versuchte, nicht allzu interessiert zu klingen, aber Petra merkte ihr die Neugier deutlich an.

»Willst du das übernehmen?«

Charlie schien einen Moment zu hadern und zuckte dann

mit den Schultern. »Kann ich machen.« Vorsichtig knibbelte sie das Klebeband ab und faltete das Papier auseinander. »Oh«, rief sie, als sie den Inhalt freigelegt hatte. »Das ist ein Adventskalender. Der ist aber schön!«

»Da hast du recht«, stimmte Petra ihr zu und schaute genauer hin. »Ich glaube, das ist Nyponviken!« Der Kalender war wirklich liebevoll gestaltet. Die Illustration auf der Vorderseite zeigte das Dorf, einen Teil des Meeres, die Straße nach Süden und sogar die Gärtnerei.

»Vierundzwanzig Geschenke bis Weihnachten«, las Charlie vor. »Das ist bestimmt so ein Themenkalender, bei dem man jeden Tag irgendeine Probepackung bekommt. Amanda hatte letztes Jahr einen von Rituals.«

Petra sah sich den Kalender an. Er schien tatsächlich kleine Geschenke zu enthalten. Irgendwie erinnerte er sie an etwas. Wenn sie nur wüsste, was es war.

»Willst du nicht das erste Türchen öffnen? Wir haben doch den ersten Dezember.«

»Ja.« Petra musterte das Bild eingehend. Es sah aus, als wäre es direkt auf die Schachtel gemalt worden. Auf der Rückseite stand ein Informationstext, der verriet, dass die Kalender vom Tourismusbüro vertrieben wurden und die diesjährige Ausgabe eine Hommage an die Nyponvikener Künstlerin Lilly war. *Deshalb kommt mir der Stil so bekannt vor*, dachte Petra und strich mit den Fingerspitzen über das Bild. Unfassbar, mit welchem Talent manche Leute gesegnet waren. Es widerstrebte ihr fast, die erste Tür zu öffnen und das Bild auf diese Weise zu ruinieren.

»Wollen wir ihn hier in der Küche aufhängen?«, schlug sie vor. »Das wäre doch ein hübscher Farbtupfer.«

»Ho, ho, ho, ist jemand zu Hause?« Vivekas Stimme drang von der Treppe her in die Wohnung, gefolgt von Schritten. »Tut mir leid, die Tür war offen.« Sie spähte in die Küche.

»Oh, wahrscheinlich habe ich sie eben nicht richtig zugemacht«, sagte Petra. »Ich …«

»Petra hat einen Adventskalender bekommen«, platzte Charlie heraus.

»Oh, wie spannend.« Viveka zog sich die Schuhe aus und kam auf Socken in die Wohnung gestapft.

»Anscheinend wird er hier im Dorf verkauft«, sagte Petra.

Viveka musterte den Kalender eine ganze Weile. »Von wem hast du ihn?«

»Ich dachte, dass du ihn mir vielleicht vor die Tür gelegt hast.«

»Tja, Liebes, tut mir leid«, sagte Viveka. »Aber wer immer der Wichtel war, er hat es gut mit euch gemeint.«

»Komisch, hier steht auch kein Absender drauf.« Petra untersuchte das Einpackpapier. »Aber es scheint, als hätte eure hiesige Künstlerin ihn gestaltet.«

»Lilly hat damals viele solcher Kalender entworfen«, erinnerte sich Viveka mit zärtlichem Gesichtsausdruck. »Das hier müsste einer der letzten sein, die sie gemalt hat.«

»Er ist sehr schön, aber wir sollten ihn irgendwohin stellen, wo er nicht kaputtgeht.«

»Willst du nicht die erste Tür öffnen?«, fragte Viveka.

»Habe ich auch schon gefragt«, warf Charlie ein und sah Petra an. »Jetzt mach schon!«

Petra lachte. »Ist ja gut.« Sie fummelte die erste Klappe auf und entnahm dem Hohlraum dahinter ein kleines Einmachglas. »Ist das Konfitüre?«

»Astrids Marmeladen sind die besten in ganz Schonen«, sagte Viveka, nachdem sie das Etikett auf dem Glas begutachtet hatte.

»Innen in der Klappe steht ein Text«, verkündete Charlie und las ihn laut vor. »»In einer versteckten Ecke des Dorfes liegt Astrids Marmeladengeschäft, wo du die beste Konfitüre der Welt findest! Ich kann dir versichern, dass dieses kleine Juwel einen Abstecher wert ist. Ein perfekter Ort, um den Kopf freizubekommen.‹« Sie schaute die anderen beiden fragend an. »Hat diese Lilly den Text geschrieben?«

»Das nehme ich mal an.« Petra schaute wieder auf die Rückseite des Kalenders. »Du hast recht, Viveka. Das hier war wohl ihr letzter Entwurf. Anscheinend erzählt er ihre Lebensgeschichte nach, und man erhält zusätzlich Ausflugstipps für die Umgebung.«

Petra betrachtete das detaillierte Bild des Dorfes. Das Gemälde war makellos, und Lilly hatte sogar einige winzige Menschen hinzugefügt.

»Wie schön. Ich könnte mir vorstellen, dass Lillys Lebensgeschichte interessant ist. Sie …«, setzte Viveka an, unterbrach sich aber selbst. »Oha, es ist ja schon spät. Mutter fragt sich bestimmt schon, wo wir bleiben.« Sie machte sich auf den Weg zur Tür. »Das Frühstück ist bestimmt fertig.«

Widerwillig riss Petra den Blick von dem Kalender los und richtete sich auf. »Dann sollten wir uns beeilen.«

*

Kurz darauf betraten sie das Café. Sie hatten sich angewöhnt, zusammen gemütlich in den Tag zu starten, bevor sich jeder an seine Arbeit machte. Petra mochte das sehr. Sie beobachtete Berit dabei, wie sie einen Korb mit frisch gebackenem Brot auf den Tisch stellte. Sie schien außergewöhnlich guter Laune zu sein. Ein vielversprechendes Zeichen.

»Hast du eigentlich gesehen, dass du auch Besuch von einem Weihnachtswichtel hattest?«, sagte Viveka zu Charlie und deutete auf den Tisch.

Charlie schoss nach vorn, Joschi dicht auf den Fersen. »Hey, ich habe auch einen Adventskalender!«

Berit presste die Lippen zusammen, als sie sah, wie ungestüm Charlie durch den Raum sprang. »Immer mit der Ruhe, kleines Fräulein, sonst stößt du noch etwas um.«

Viveka schenkte der Bemerkung ihrer Mutter keine Beachtung und setzte sich auf ihren Stuhl. »Mach ihn auf. Es ist Schokolade drin, aber was schmeckt schon besser als ein Schokoriegel vor dem Frühstück?«

Charlie beherzigte den Vorschlag und machte sich auf die Suche nach dem ersten Türchen.

»Willst du dir das Marmeladengeschäft heute ansehen?«, fragte Viveka, als Petra sich zu ihnen an den Tisch setzte.

»Was hat Petra denn mit Astrid zu schaffen?«, fragte Berit.

»Sie hat einen von Lillys Kalendern geschenkt bekommen, und ein Glas mit Astrids Marmelade war hinter dem ersten Türchen«, erklärte Viveka.

»Aha?«

»Lena aus dem Tourismusbüro hat erzählt, dass sie dieses Jahr etwas Besonderes machen wollten«, fuhr Viveka an Petra gewandt fort. »Lillys Kalender waren im Dorf immer sehr beliebt. Sie hat die tollsten Bilder dafür gemalt und kleine Geschichten und Texte geschrieben, mit denen sie die Leute auf Schatzsuche geschickt hat.«

»Hat sie auch Geschenke in die Kalender gelegt?«, fragte Charlie.

»Eigentlich nicht. So was sehe ich zum ersten Mal. Solche Geschenkkalender sind ziemlich teuer. Ich schätze, dass dem Tourismusbüro bisher das Geld für so ein großes Projekt gefehlt hat.«

»Vielleicht haben ja ein paar Geschäfte Produkte gestiftet?«, überlegte Petra und nahm sich ein Brot. »Oder es gibt nur eine limitierte Auflage.«

»Das könnte sein.«

»Wie bist du denn an den Kalender gekommen?«, fragte Berit unwirsch und stellte ihre Tasse mit so viel Schwung ab, dass sie gegen die Untertasse klirrte.

»Das war ein Geschenk.«

»Von wem?«

»Ich weiß nicht genau.«

»Es ist komisch, aber irgendwie auch aufregend«, fügte Viveka hinzu. »Vielleicht will dich jemand damit willkommen heißen?«

»Kann schon sein. Auf jeden Fall ist es eine lustige Art und Weise, die Gegend kennenzulernen«, sagte Petra. »Hat jemand Lust, mich zum Marmeladengeschäft zu begleiten?«

»Nein, danke«, winkte Berit ab. »Das ist doch Unsinn. Zu meiner Zeit waren wir froh, wenn wir an Heiligabend ein Geschenk bekamen. Vierundzwanzig Stück, schon vor Weihnachten, also bitte …«

»Die Zeiten haben sich eben geändert«, sagte Viveka schulterzuckend. Ihre Worte entlockten Berit ein Schnauben, und die alte Dame zog sich wieder in die Küche zurück.

»Na, ihr lasst es euch ja gutgehen«, brummte Holger, der

in diesem Moment den Gastraum des Cafés betrat. Bei dieser Bemerkung biss Petra sich auf die Lippe. Was war heute nur mit den Leuten los? Waren sie alle mit dem falschen Fuß aufgestanden?

»Petra und ich haben beide einen Adventskalender geschenkt bekommen.« Charlie deutete auf ihren Kalender und leckte sich die Schokolade aus den Mundwinkeln.

»Ja, ist denn schon Weihnachten?«, fragte Holger. »Und, was war drin?«

»Bei mir Schokolade. Petra hat einen Kalender mit Hinweisen auf die Sehenswürdigkeiten des Dorfs bekommen.«

»Na ja, wenn ihr hierbleiben wollt, kann das wahrscheinlich nicht schaden.«

Wieder stellte sich Petras schlechtes Gewissen ein. Hätte sie von vornherein klarstellen sollen, dass sie und Charlie nur so lange bleiben wollten, bis sie ihre Angelegenheiten geregelt hatte? Sobald sie einen Job und eine Wohnung in Stockholm gefunden hatte und keine Gefahr mehr bestand, dass man ihr Charlie wegnehmen würde, wollte sie zurückkehren. Stockholm war ihr *Zuhause*. Petra griff nach ihrer Kaffeetasse und nahm einen großen Schluck.

»Also, was steht heute an?«, fragte sie dann so fröhlich, wie sie konnte.

»Holger und ich müssen ein paar geschäftliche Dinge besprechen«, antwortete Viveka. »Hat heute eigentlich schon jemand Maja gesehen?«

In diesem Moment schwang die Tür auf, und die Vermisste betrat das Café. »Hier bin ich«, sagte sie knapp. »Ich habe in der Gärtnerei alles für die Eröffnung des Weihnachtsladens vorbereitet. Und jetzt brauche ich einen großen Kaffee.«

»Du warst ja früh am Werk«, kommentierte Viveka.

»Ich konnte nicht schlafen. Heute Nachmittag bin ich wahrscheinlich halb tot.«

»Dann brauchst du wohl mehr als nur eine Tasse Kaffee«, verkündete Viveka gut gelaunt, bevor sie sich an ihr Tagwerk machte.

Petra beobachtete Maja verwundert. Obwohl sie lächelte und einen entspannten Eindruck machte, wenn sie mit den anderen sprach, stimmte etwas nicht. *Sie erinnert mich an jemanden,* dachte Petra, und es dauerte ein wenig, bis der Groschen fiel. Maja verhielt sich genau so, wie sie selbst es früher getan hatte, wenn sie in Schwierigkeiten steckte. Nach außen hin wirkte sie gut gelaunt, aber der angespannte Zug um ihren Mund und ihr gehetzter Blick sprachen Bände.

11

Petra zupfte einige vertrocknete Blätter von einer Pflanze ab. Es war schon fast Mittag, und trotzdem war die Gärtnerei menschenleer. Den ganzen Morgen über waren nur zwei Kunden da gewesen.

»Natürlich müssen wir uns eine Website einrichten«, tönte Vivekas Stimme aus dem Personalraum. »So erreichen wir potenzielle Kunden im ganzen Land.«

»Bisher sind wir auch ohne zurechtgekommen«, wandte Holger ein. »Eine Website allein verkauft doch keine Blumen, oder?«

»Nein, aber sie verkauft die Sachen aus unserem Weihnachtsladen. Und wir können darüber auch andere Dienstleistungen anbieten.«

»Wie zum Beispiel?«

»Kurse vielleicht.«

»Nur über meine Leiche.«

»Ach, sei nicht immer so theatralisch. Wir müssen uns weiterentwickeln. So, wie es im Moment aussieht, kann ich es mir nicht leisten, im Frühjahr zusätzliches Personal einzustellen. Du, ich und Mutter schaffen es doch auch jetzt nur dank Petras und Majas Hilfe, uns um die Pflanzen und den Anbau zu kümmern.«

Petra spitzte die Ohren, aber von Holgers Antwort drangen nur ein paar gemurmelte Wortfetzen an ihr Ohr. Kurz darauf stürmte er an ihr vorbei und verschwand durch die Eingangstür. Viveka folgte ihm mit Rufus.

»Du hast unser Gespräch mitgehört, oder?«

»Entschuldige bitte, es ging nicht anders.« Petra nestelte an einer Christrose herum, deren weiße Blüten sie an den frischen Schnee erinnerten, der vor ein paar Tagen geschmolzen war.

»Ach was. Mir tut es leid, dass ich so laut geworden bin, aber manchmal ist Holger ein richtiger Stoffel. Eigentlich gehört er längst in Rente, dieser alte Sturkopf.«

»Aber er kennt sich wirklich gut aus, und ich glaube, dass ihm seine Arbeit Spaß macht«, wandte Petra zögernd ein.

»Du hast ja recht. Ich habe es nicht so gemeint. Eigentlich will ich gar nicht, dass Holger geht. Er ist das Herz dieser Gärtnerei, und ohne ihn wären wir schon längst pleite.«

Pleite? Allein der Gedanke, dass Vivekas Geschäft das gleiche Schicksal ereilen könnte wie ihren Friseursalon, weckte in Petra den Fluchtinstinkt.

»Ist es so schlimm?«, presste sie heraus.

»Noch nicht, aber ich fürchte, wir sind mit dem Geschäft ein bisschen hintendran. Wir müssen im Dezember einiges einnehmen, damit wir im Frühjahr alles aufmöbeln können.«

»Was muss alles getan werden?«

»Eine ganze Menge. Nachdem wir durch die Schließung so viele Kunden verloren hatten, konnte ich mir die üblichen Instandhaltungen nicht mehr leisten. Der Betrieb ist leider in einem ziemlich schlechten Zustand.«

Petra biss sich auf die Lippe. Sie gab Viveka recht, dass die Gärtnerei modernisiert werden musste, aber hier ließ sich doch bestimmt einiges machen! Vielleicht … Nein. Sie würde jetzt nicht mit einem Schwall an Ideen aufwarten. Sie hatte keine Ahnung davon, wie man eine Gärtnerei führte – und ihr eigenes Unternehmen hatte sie erfolgreich in den Bankrott getrieben. Andererseits … Petra deutete auf eine leere Fläche neben dem Verkaufstresen.

»Wie wäre es, wenn wir die Bank aus dem hinteren Bereich nach vorne holen und sie hier aufstellen? Wir könnten dann die Hyazinthen und eine Auswahl der Weihnachtsdekorationen drum herum drapieren. Da greift vielleicht der ein oder andere Kunde an der Kasse noch zu.«

Die Falten auf Vivekas Stirn glätteten sich. »Gute Idee. Aber wir sollten uns beeilen, damit wir damit fertig sind, bevor Holger zurückkommt.«

»Das mit dem Sturkopf hast du schon ernst gemeint, oder?«

»Todernst.« Viveka verdrehte die Augen. Dann brachen Petra und sie gleichzeitig in Gelächter aus. »Na, komm schon. Lass uns die Kasse dekorieren.«

Gemeinsam schleppten sie die Bank in den Eingangsbereich des Gewächshauses, wischten sie ab und arrangierten Hyazinthen, Körbe mit Weihnachtsschmuck und einen kleinen, mit einer weihnachtlichen Lichterkette dekorierten Wachholderbusch zu einer Art Warenauslage. *Fast wie ein Stillleben*, dachte Petra, während sie die Pflanzen zurechtrückte. Es kam auf die richtige Kombination von Farben, Mustern und Texturen an. Zufrieden trat sie einen Schritt zurück und musterte ihr Werk. Hoffentlich wussten die Kunden ihre Mühe zu schätzen.

»Ich muss noch ein paar Kränze wickeln«, sagte Viveka, als sie fertig waren. »Hast du Lust, mir dabei zu helfen?«

»Das habe ich noch nie gemacht.«

»So schwer ist das nicht.« Viveka holte zwei Kranzrohlinge aus Stroh herbei. »Ich würde sagen, wir machen jeder einen und hängen sie dann hinter der Kasse auf. Passt gut zu dem Rest.« Sie warf einen Blick auf die Uhr. »Aber erst sollten wir einen Happen essen.«

*

Das Café war fast leer, nur Berit ruhte sich in einem Sessel aus. Aus dem Transistorradio dudelte Weihnachtsmusik, und in der Luft lag der Duft von frisch gebackenem Brot und Grillhähnchen. Petra knurrte augenblicklich der Magen.

»Da seid ihr ja«, sagte Berit. »Wascht euch die Hände, bevor es Essen gibt.«

Viveka trat sich die Stiefel auf der Fußmatte ab. »Und, wie war dein Morgen?«

»Ruhig.« Berit legte die Hände auf die Armlehnen und stemmte sich mühsam hoch. »Nur meine verdammten Beine machen Ärger.«

»Du solltest es langsamer angehen lassen.«

»Und wer sorgt dann dafür, dass hier alles rund läuft?« Berit nahm sich eine Schüssel mit Karotten von der Anrichte und begann, das Mittagessen vorzubereiten. Im selben Moment öffnete sich die Küchentür, und Maja kam mit Charlie im Schlepptau herein. Beide lachten über irgendetwas. Petra schluckte. War Charlie in ihrer Gegenwart jemals so entspannt gewesen? Als kleines Kind vielleicht. Vor London und bevor Alice krank geworden war. Manchmal fragte sich

Petra, was geschehen wäre, wenn sie auf ihren Umzug nach London verzichtet hätte. Vielleicht wäre alles ganz anders gekommen?

»Hattet ihr einen schönen Vormittag?«, fragte sie. Das Lächeln ihrer Nichte wich der üblichen bitteren Miene.

»Unser Morgen war klasse«, antwortete Maja. »Wir haben uns überlegt, was wir für den Wettbewerb backen.«

»Ihr wollt am Pfefferkuchenhauswettbewerb teilnehmen?«, fragte Petra und erinnerte sich an ihr Gespräch mit Mary in der Konditorei.

»Ja, das hatten wir eigentlich vor.« Maja stibitzte ein Stück Brot. »Wenn du einverstanden bist?«

»Aber klar doch. Super.« Petra versuchte zu lächeln und ignorierte das kleine Stechen in der Brust beim Gedanken daran, dass Charlie es vorzog, Zeit mit Maja zu verbringen.

»Willst du auch mitmachen?«, fragte Viveka. »Ich bin übrigens ebenfalls eine wahre Pfefferkuchenmeisterbäckerin.«

»Ich glaube, das muss nicht sein. Ich …«

»Aber selbstverständlich machst du mit. Alle im Dorf tun das«, sagte Berit, ohne sie eines Blickes zu würdigen.

»Du auch?«

»Ich nicht. Ich bin zu alt, um mir diesen Stress anzutun.« Ein leises Lächeln umspielte die Lippen der alten Dame. »Aber als ich noch selbst angetreten bin, habe ich immer richtig abgeräumt.«

»Na ja, ab und zu hat auch Mary gewonnen«, widersprach Viveka. »Weißt du noch, das Jahr, als ihr so damit beschäftigt wart, euch anzugiften, dass ihr das eigentliche Backen fast vergessen habt?«

Berit gluckste. »Ja, in dem Jahr ist nichts Vernünftiges herausgekommen.«

»Wer hat gewonnen?«, fragte Charlie.

»Fanny, die Besitzerin des Geschenke- und Dekoladens. Sie war wirklich gut«, antwortete Berit, bevor sie Viveka und Petra einen grimmigen Blick zuwarf. »Wascht ihr euch jetzt bitte endlich mal die Hände?«

»Ich bin über sechzig Jahre alt, und meine Mutter schafft es immer wieder, dass ich mich wie eine Zehnjährige fühle«, murmelte Viveka, als Petra und sie kurz darauf nebeneinander am Waschbecken standen.

Petra lachte. »Allerdings sehen wir wirklich aus, als hätten wir das halbe Gewächshaus mitgeschleppt.«

Sie rieb die Hände aneinander und beobachtete, wie das schwarze Seifenwasser im Abfluss verschwand. »Nehmen alle Teilnehmer den Pfefferkuchenhauswettbewerb so ernst?«

»Ein bisschen zu ernst, wenn du mich fragst«, sagte Viveka. »Wir müssen uns schon etwas richtig Gutes überlegen. Hast du schon einmal ein Pfefferkuchenhaus gebaut?«

»Na ja, so ein paar.«

»Wunderbar. Und ich habe ein tolles Rezept.« Viveka trocknete sich die Hände ab. »Das kennt noch nicht einmal meine Mutter.«

»Du willst also wirklich teilnehmen?«

»Aber sicher doch! Das ist einer der Höhepunkte des Jahres. Neben dem Lichterfest natürlich. Da taut selbst Holger meistens auf. Weihnachten ist dann wieder hart für ihn.«

»Wieso das denn?«

»Seine Frau ist seit ein paar Jahren tot, und Kinder hatten sie nie. Holger meinte mal, dass es für ihn nicht mehr viel zu feiern gibt.«

12

Eigentlich war Petra zu müde für den Besuch im Marmeladengeschäft. Aber da Charlie sich zum ersten Mal seit Langem – Joschi nicht mitgerechnet – für etwas anderes als ihr Handy interessierte, war sie bereit, den Ausflugstipp des Adventskalenders für eine gemeinsame Unternehmung mit ihrer Nichte zu nutzen. Außerdem war sie neugierig, was es mit dieser Lilly auf sich hatte. Und wahrscheinlich war es auch keine schlechte Idee, die Menschen und die Umgebung von Nyponviken besser kennenzulernen. Petra befürchtete, dass es noch eine ganze Weile dauern würde, bis sie wieder nach Stockholm zurückkehren konnten. Der Wohnungsmarkt in der schwedischen Hauptstadt war die reinste Hölle. Wenn man sich nicht schon vor Jahren auf irgendwelche Wartelisten eingetragen oder genug auf der hohen Kante hatte, um eine Eigentumswohnung zu kaufen, stand man auf ziemlich verlorenem Posten.

Petra schlenderte mit Charlie an einigen Geschäften im Dorf vorbei, deren Fassaden dringend einen neuen Anstrich brauchten.

Unwillkürlich fiel ihr Blick auf ihr Spiegelbild in einem der Schaufenster. Eine traurige Frau mit langen braunen Haaren, einem blauen Mantel und schwarzen Stiefeln starrte zurück, die nur noch vage Ähnlichkeiten mit der Person aufwies, die sie früher einmal gewesen war. Und noch weniger Ähnlichkeit mit dem Menschen, der sie sein wollte. Früher war sie mutig gewesen, hatte an sich geglaubt und war ihren Zielen gefolgt. Natürlich hatte sie manchmal unter Selbstzweifeln gelitten, aber längst nicht so sehr wie jetzt. Nach Alice' Tod hatte sie bald schmerzlich gefühlt, wie sehr ihr die Unterstützung ihrer Schwester fehlte. Die Insolvenz ihres Unternehmens war für Petra der Tropfen gewesen, der das Fass zum Überlaufen brachte und ihr Selbstvertrauen vollends erschütterte. Sie warf einen Blick auf Charlie, die ebenfalls ihr Spiegelbild musterte. Jetzt hatten sie nur noch einander, und trotzdem wurde sie das Gefühl nicht los, dass zwischen ihnen eine hohe Mauer war, die sie nicht zu durchbrechen wusste. Manchmal fragte sie sich sogar, ob Charlie bei jemand anderem besser aufgehoben wäre. Jemandem, der sein Leben nicht derart in den Sand gesetzt hatte und der wusste, wie man sich um eine Zwölfjährige kümmerte. Hatte sie wirklich die Wahrheit gesagt, als sie beim Sozialdienst angegeben hatte, für ihre Nichte sorgen zu können?

»Gehen wir weiter, oder was?«, riss Charlies Stimme Petra aus ihren Gedanken.

»Ja, klar«, sagte sie mit einem erzwungenen Lächeln. »Viveka meinte, der Laden sei am Ende der Straße. Wir sind gleich da.«

*

Als sie Astrids Marmeladengeschäft betraten, läutete eine helle Glocke. Entzückt betrachtete Petra die dunkelbraunen Regale und den altmodischen Verkaufstresen. Überall standen

Einmachgläser mit bebilderten Etiketten und Glasflaschen mit Saft und Glühwein in unterschiedlichen Geschmacksrichtungen herum. Petra griff nach einer Tüte mit Geleekonfekt, wie es immer in einer Schale auf dem Küchentisch ihrer Großmutter gestanden hatte. Alice war ganz verrückt nach diesen weichen Kaubonbons gewesen und hatte Petra immer wieder dazu angestiftet, die Schale zu stibitzen, sich in der guten Stube zu verstecken und alles aufzufuttern. Petra lächelte und suchte sich eine der Tüten aus.

»Guten Tag.« Eine ältere Dame tauchte hinter der Kasse auf, ein einladendes Lächeln auf dem faltigen Gesicht. »Sie haben schon etwas gefunden, wie ich sehe.«

»Das weckt Erinnerungen.« Petra legte die Bonbontüte auf die robuste Holzplatte des Verkaufstresens. »Sie haben wirklich einen wunderschönen Laden.«

»Der gehört mir gar nicht mehr, mein Sohn ist jetzt der Geschäftsführer. Ich helfe nur noch aus. Das Marmeladengeschäft ist sehr beliebt, das können Sie mir glauben. Ich bin übrigens Astrid, aber das haben Sie sich bestimmt schon gedacht.«

»Freut mich, dass es gut läuft. Ich kann total verstehen, warum Ihr Laden im Adventskalender vertreten ist.«

Die Frau nahm die Tüte in die Hand und tippte den Preis in eine alte Registrierkasse ein. »In welchem Adventskalender?«

»Dem vom Tourismusbüro.« Ob die gute Dame ein wenig vergesslich war?

»Ach ja, der.« Astrid blinzelte ein paarmal, und ihre Mundwinkel zuckten kurz. »*Den* Adventskalender meinen Sie.«

»Eine geniale Idee, den Leuten auf diese Weise den Ort näherzubringen.«

»Ja, das stimmt.« Astrid kramte in einer Schublade herum und zog ein Foto heraus. »Wussten Sie, dass die Frau, die das Bild auf dem Adventskalender gemalt hat, vor vielen Jahren hier im Laden gearbeitet hat?«

»Ach wirklich?«

»Ja, in der Tat. Sie hätte zwar ebenso gut bei ihrer Familie arbeiten können, aber dafür war sie wahrscheinlich zu rebellisch. Sie war ein richtiger Wirbelwind.«

»Warum haben Sie sie hier arbeiten lassen, wenn sie so eine Unruhestifterin war?«, fragte Charlie und kraulte Joschi den Rücken.

»Weil sie nun einmal zum Dorf gehörte und wir hier füreinander sorgen. Lilly hat einen Nebenjob gesucht, ansonsten gab es für sie nur die Malerei. Weil das Verhältnis zu ihrer Familie nicht das beste war, habe ich ihr angeboten, hier im Laden auszuhelfen. Das hielt ich für besser, als wenn sie irgendwo in Helsingborg herumstreunt.« Astrid schaute Charlie freundlich an und nahm dann ein Glas aus einem der Regale hinter der Kasse. »Diese Sorte hier geht auf ein Rezept von Lilly zurück. Die gehen weg wie warme Semmeln.«

Petra las die verschnörkelten Buchstaben auf dem Etikett. »Meerestraum.«

Plötzlich wirkte Astrid niedergeschlagen. »Mein Mann – Gott hab ihn selig – meinte, die blauen Bonbons sehen aus wie ein Meeresstrudel.« Sie unterbrach sich selbst. »Wie auch immer, Sie wollen bestimmt nicht das Geschwätz einer alten Tante über die Vergangenheit hören.« Sie tippte auf das Glas. »Nehmen Sie das hier unbedingt mit nach Hause. Wenn Sie es einmal probiert haben, wollen Sie nie wieder etwas anderes naschen.«

Petra nahm das Glas entgegen und schaute sich das Foto an, das immer noch auf dem Tresen lag.

So hatte Lilly also ausgesehen. Eine junge Frau mit dunkelbraunen Haaren und einem grünen Strickpullover, die in die Kamera lächelte.

»Sie war ein so herzlicher Mensch. Wirklich tragisch, was passiert ist«, sagte Astrid mit einem Blick auf das Foto, bevor sie es wieder in die Schublade zurücklegte. »Wie lange bleiben Sie hier in Nyponviken?«, fragte sie, während Petra ihre Einkäufe bezahlte.

»Eine Weile. Wir wohnen auf dem Hof der Gärtnerei.«

»Ich dachte mir schon, dass Sie das sind. Sie sind zur Zeit das Hauptthema der Gerüchteküche.« Astrid gab das Wechselgeld heraus und kicherte, als sie Petras erschrockenen Blick bemerkte. »Keine Sorge. Es weiß nicht jeder, dass Sie hier sind – nur alle Freunde und Bekannten von Berit und Viveka.«

*

Petra und Charlie schlenderten die Hauptstraße entlang, ihnen voraus Joschi, mit der Schnauze auf dem Boden.

»Und, schmecken sie?«, fragte Petra ihre Nichte, die die Tüte geöffnet und sich eine Geleekugel in den Mund gesteckt hatte.

»Nee.«

»Wirklich nicht? Als Alice und ich klein waren, haben wir die immer bei unserer Großmutter gegessen.« Petra probierte selbst. »Hmm, lecker!«

»Etwas anderes habt ihr nicht bekommen?«

»Doch, es gab auch noch diese Kaubonbons. Alice mochte am liebsten Schokolade und Minze.«

»Die hat sie auch als Erwachsene noch gern gegessen«, sagte Charlie, und tatsächlich zeigte sich ein kleines Lächeln auf ihrem Gesicht.

»Ja, wirklich?«

»Sie hat irgendwo einen Laden gefunden, der das Zeug verkauft. Wir sind extra mit dem Zug dorthin gefahren. Die sind echt eklig, die Dinger.«

Petra lachte. »Fand ich auch immer.«

Sie gingen weiter nebeneinander her, jede in ihre eigenen Grübeleien versunken.

»Glaubst du, dass wir irgendwann wieder nach Stockholm ziehen?«, fragte Charlie nach einer Weile und blieb stehen, um Joschi an einen Laternenpfahl pinkeln zu lassen.

»Ich hoffe es.« Das tat Petra wirklich, obwohl sie davon ausging, dass es länger dauern würde als zunächst angenommen.

»Ich auch. Ich vermisse unsere Wohnung.«

»Geht mir genauso.« Petra dachte an ihr derzeitiges Zuhause – ohne Alice. Der Kloß in ihrem Hals schwoll immer weiter an.

»Wir werden hier nie richtig zu Hause sein«, sagte Charlie leise.

»Aber wir können es versuchen. Wir sollten dem Dorf wenigstens eine Chance geben.« *Und uns selbst.*

13

Nyponviken ist mir der liebste Ort auf der Welt,
ich könnte mir nicht vorstellen, irgendwo anders
zu leben. Hier finde ich Lebenskraft und Inspiration.
Geh am Meer oder an den Steilhängen spazieren,
und du wirst verstehen, was ich meine.

Petra stand in einem der Gewächshäuser und harkte Kies. Den Boden mit großen, schwungvollen Bewegungen glatt- zuziehen, hatte etwas Beruhigendes. Obwohl die Gärtnerei bessere Tage gesehen hatte, wurde darauf geachtet, die Pflan- zen zu hegen und zu pflegen. Sie waren gut in Schuss. Petra beobachtete Holger Morgen für Morgen, wie er durch die Reihen streifte, welke Blätter und Blüten abpflückte und sich vergewisserte, dass es keine vertrockneten Gewächse gab. Gerade nestelte er an den Amaryllen herum und sprach lei- se auf sie ein. Wenn er sich mit den Pflanzen beschäftigte, war er ganz anders, als wenn er mit Menschen sprach. Sein Blick wurde weicher, und er wirkte fast glücklich. Als Holger aufschaute, gab Petra vor, sich ausschließlich ihrer Arbeit zu widmen.

»Komm mal her, Petra.«

Sie zuckte fast zusammen, als er sie so direkt ansprach

und sie zu sich herüberwinkte. Sie lehnte die Harke an eine Wand. Hatte sie etwas falsch gemacht?

»Ich will dir etwas zeigen.« Er deutete auf eine Amaryllis. »Weißt du, wie man sie dazu bringt, im nächsten Jahr wieder zu blühen?«

»Ich wusste gar nicht, dass das geht.«

»Wenn man sie richtig pflegt, schon.« Holger nahm einen Topf in die Hand. »Das Wichtigste ist die Zwiebel. Wenn du nur die Reste der Blüte abschneidest, sobald sie verblüht ist, werden keine Samen mehr gebildet. Den Stängel solltest du auch entfernen, wenn er welk ist.«

»Und dann überlebt sie?«

»Wenn man sich gut um sie kümmert«, bestätigte Holger. »Im Sommer muss man sie an einem windgeschützten Ort aufbewahren. Wichtig ist, dass man sie regelmäßig düngt und gießt.«

»Und wann holst du sie wieder rein?«

»Im November.«

»Dann blüht sie?«

Holger seufzte, als wäre sie etwas begriffsstutzig. »Im September muss man mit dem Gießen der Zwiebel aufhören. Dann pflanzt man sie um und fängt im November wieder mit dem Gießen an. Zu Weihnachten hat man dann eine Blüte.«

Petra betrachtete das Exemplar, das er in der Hand hielt. Die Amaryllis machte mit ihren großen roten Blütenblättern und dem dicken Stängel ordentlich etwas her. »Wie alt ist die hier?«

»Die stammt aus dem letzten Jahr.« Holger kratzte sich am Kopf. »Letztes Jahr hatten wir über Weihnachten geschlossen und konnten nicht so viel verkaufen wie geplant.«

»Das tut mir leid«, sagte Petra. »Glaubst du, dass dieses Jahr mehr Kunden kommen?«

»Na ja, schau dich um. Hier ist tote Hose.«

»Ich verstehe gar nicht, warum.«

»Wir leben in einem Kaff, und die Leute von außerhalb kaufen lieber günstig bei den Großhändlern.«

»Das ist echt nicht fair. Es ist so schön hier in der Gärtnerei.«

»Wir geben unser Bestes«, sagte Holger. »Aber vielleicht sind wir einfach schon zu alt, um sie am Leben zu halten. Und im Herbst ist uns außerdem noch die Apfelernte gestohlen worden.«

»Was?«

»Irgendjemand ist mit einem Lastwagen gekommen und hat die Hälfte der Ernte eingesackt. Ein paar Bäume haben sie dabei beschädigt, die musste ich dann fällen.«

»Habt ihr denn nichts bemerkt? Ich meine, Viveka und Berit wohnen doch sogar hier auf dem Hof.«

»Berit hört nicht mehr gut, und Viveka war nicht da. Die Gauner wussten genau, wann sie zuschlagen mussten.«

»Und wie sind sie auf den Apfelgarten gekommen?«, fragte Petra.

»Hier ist nichts eingezäunt, sie sind einfach mit dem Lastwagen an die Bäume herangefahren.« Vermutlich hatten sie sich keine Zäune leisten können. Wenn sie selbst nicht so abgebrannt gewesen wäre, hätte Petra ihnen gern geholfen.

»Ich hoffe wirklich, dass der Dezember dieses Jahr ein guter Monat wird«, sagte sie stattdessen und verdrängte die Sorgen darüber, was mit der Gärtnerei und allen, die hier arbeiteten, passieren würde, wenn sie es nicht schafften, der Abwärtsspirale zu entkommen.

»Das hoffe ich auch. Vivekas neues Projekt könnte wirklich einige Kunden anlocken.«

»Du hast also gar nichts gegen den Weihnachtsshop?«

Holger zögerte mit der Antwort.

»Wenn es für Umsatz und neue Kunden sorgt ...« Er ließ den Satz in der Schwebe, aber Petra war die Hoffnung, die in seinen Worten mitschwang, nicht entgangen.

»Wie läuft es eigentlich mit dem Adventskalender?«, fragte Holger. »Hast du heute eine neue Aufgabe bekommen?«

»Heute gab es keinen Tipp zu einem speziellen Geschäft. Eher einen Text darüber, wie viel Nyponviken Lilly bedeutet hat. Sie empfiehlt einen Spaziergang am Strand oder an den Steilhängen.«

»Warst du schon dort?« Holger machte sich wieder an den Amaryllen zu schaffen.

»Ja, ich habe mir angewöhnt, morgens mit Joschi am Meer spazieren zu gehen. Ich kann verstehen, dass Lilly die Gegend hier inspirierend fand.«

»Nyponviken war ihre Heimat, so wie es meine ist.«

Holger wirkte etwas verlegen, und Petra nickte ihm aufmunternd zu. Ihre Neugier war geweckt.

»Hast du ein Bild von ihr?«

»Eins. Das habe ich mal zum Geburtstag bekommen.«

»Hast du sie gekannt?«

»Das haben wir alle.«

»Wie war sie so als Person?«, hakte Petra nach. »Astrid aus dem Marmeladengeschäft hat gemeint, sie sei ein richtiger Wirbelwind gewesen.«

»Besser könnte ich es nicht beschreiben. Sie hat es sich und anderen nicht immer leicht gemacht.«

»Meinst du damit, dass sie sich mit ihrer Art in Schwierigkeiten gebracht hat?«

»Ziemlich oft.« Holger lachte. »Aber sie hat sich immer entschuldigt und versucht, alles wiedergutzumachen.«

»Leben ihre Verwandten eigentlich noch hier?«

»Ein paar von ihnen«, sagte Holger und sah zum Eingang. »Na, sieh mal einer an. Ich glaube, wir haben Kundschaft.«

Petra folgte seinem Blick und lächelte dem jungen Paar zu, das gerade das Gewächshaus betrat. »Soll ich mal schauen, ob ich ihnen helfen kann?«

»Gern. Dann muss ich nicht zum tausendsten Mal erklären, wie man eine Blume gießt.«

Petra kicherte, aber Holger schüttelte resigniert den Kopf. »Du glaubst gar nicht, was für dämliche Fragen man mir schon gestellt hat. Die meisten davon waren noch dümmer als deine.«

14

Wie ich es liebe, im Schein der Kronleuchter zu tanzen,
an der Bar am Champagner zu nippen und die Leute
zu beobachten, die zum Weihnachtsbüfett ins Kurhotel
kommen. Manchmal tu ich so, als wäre ich eine von ihnen,
und versuche, alles mit ihren Augen zu sehen. Und
dann gehe ich nach Hause und male die ganze Nacht.

Petra strich mit den Händen über ihren Lederrock und folgte Viveka und Charlie in den Speisesaal. Während sie auf den Kellner warteten, blätterte sie neugierig durch die Speisekarte und bekam angesichts der Preise vor Schreck einen Schluckauf. Hätte sie besser dankend ablehnen sollen, als Viveka sie zum Weihnachtsbüfett eingeladen hatte? Schließlich wusste sie, dass alle um das finanzielle Überleben der Gärtnerei kämpften.

»Bist du dir sicher, dass wir … ähm …«

»… uns das leisten können?«, fragte Viveka mit einem Zwinkern. »Keine Sorge. Außerdem lädt Mutter uns ein.«

Petra schaute Viveka erstaunt an. Berit? Tatsächlich?

»Schau nicht so verdutzt drein. Meine Mutter ist wirklich ein Schatz.« Viveka schmunzelte. »Manchmal jedenfalls.«

Ein Schatz? Das wäre eines der letzten Wörter gewesen, die Petra zur Beschreibung von Berit eingefallen wären. ›Schreckschraube‹ traf es da schon eher. »Wollte sie selbst nicht mitkommen?«

»Nein, sie kommt nicht mehr hierher.« Viveka machte nicht den Eindruck, das Thema vertiefen zu wollen, und Petra fragte nicht weiter nach.

»Wir drei machen uns jetzt jedenfalls einen schönen Abend. Nicht wahr?«, fragte Viveka und legte den Arm um Charlies Schultern.

Petra schaute zu den Kronleuchtern an der Stuckdecke hinauf. Viveka zufolge war das Kurhotel einer der Hauptgründe, weshalb die Geschäfte im Ort die Wintermonate überstanden. Unter der Woche war es ein beliebtes Tagungshotel, während an den Wochenenden vor allem Paare und Familien zu den Gästen zählten. Das kulinarische Angebot und der Wellnessbereich mussten außergewöhnlich sein, und Petra freute sich auf das Essen, wenngleich sie nicht verstand, weshalb Berit sie einladen wollte.

Ihnen wurde ein Tisch an einem der großen Fenster mit Blick auf das Meer und das Kaltbadehaus zugewiesen. Viveka und Charlie stürmten sofort das Büfett, während Petra am Tisch zurückblieb. Sie lehnte sich in ihrem Stuhl zurück und beobachtete die anderen Gäste, malte sich aus, was sie für Menschen waren. Waren sie zufrieden mit ihrem Leben? Welche Träume hatten sie, und mit welchen Problemen mussten sie sich herumschlagen? Ihre Kunden im Friseursalon hatten oft sehr Privates preisgegeben, und Petra war immer der Meinung gewesen, dass ihr Beruf zwei grundlegende Fähigkeiten erforderte: aus dem persönlichen Stil der Menschen das Beste herauszuholen und sich gleichzeitig ihre Lebensgeschichten anzuhören. Während sie versuchte, die Persönlichkeit ihrer Kunden zu unterstreichen, hatte sie mit ihnen gelacht und geweint, und die schönsten Momente waren immer die gewesen, wenn sie es schaffte, jemanden mit ihrer Arbeit glücklich zu machen. Das dazugehörende Geplauder mochte oberflächlich wirken, aber manchmal war es genau das, was die Menschen gerade brauchten.

»Petra?«

Ihr rutschte das Herz in die Hose, und langsam drehte sie sich um.

»Nick?«

»Nick!« Charlies Schrei hallte durch das halbe Restaurant, und ehe sich's irgendjemand versah, hatte sich das Mädchen in seine Arme geworfen. »Du bist wirklich hier! Holst du uns jetzt nach Hause? Ich habe dich so vermisst!«

»Hi, Sweetie.« Nick erwiderte Charlies Umarmung. »Ich habe dich auch vermisst.«

Petras und Nicks Blicke trafen sich über dem Kopf des Mädchens. Sein vertrauter irischer Akzent und sein Lächeln beschleunigten ihren Puls.

»Entschuldige, ich muss mal eben …« Petra deutete in Richtung der Toiletten und verschwand, ohne sich darum zu kümmern, welchen Eindruck sie dabei hinterließ.

Im Damenwaschraum angekommen, stützte sie sich mit den Händen auf das Waschbecken und starrte ihr Spiegelbild an. Was hatte Nick hier verloren? Sie hatte nicht damit gerechnet, ihn wiederzusehen – schon gar nicht in einem kleinen Kaff fünfhundert Kilometer südlich von Stockholm! Sie legte die Hand auf die Brust, als könnte sie so ihr rasendes

Herz beruhigen, und rechnete damit, dass ihr jeden Moment die zitternden Beine einknickten.

»Alles in Ordnung bei Ihnen? Geht es Ihnen nicht gut?« Eine Frau in einem roten Kleid schaute sie besorgt an.

»Es geht schon«, antwortete Petra und zwang sich zu einem Lächeln.

Die Frau wirkte nicht ganz überzeugt, tätschelte ihr den Arm und verschwand.

Petra stützte die Hände auf die Oberschenkel, beugte sich vor und versuchte, ihre Atmung zu beruhigen. *Ich muss es schaffen, mit ihm zu reden,* dachte sie. *Nur ein paar Minuten. Dann können wir wieder getrennte Wege gehen, und ich brauche ihm nicht zu sagen, dass ich gehört habe, was er zu seinem Kollegen über uns gesagt hat.* Allein der Gedanke an Nicks Worte ließ ihre Wut hochkochen. Er hatte sie glauben lassen, dass sie ihm mehr bedeutete, als es tatsächlich der Fall war. In Wirklichkeit war er nur aus Rücksicht auf Alice' Zustand bei ihr geblieben und hatte nicht vorgehabt, sich an jemanden zu binden, der die Verantwortung für ein Kind trug.

Petra holte tief Luft und stieß dann die Tür zum Gang auf. Dabei rannte sie beinahe in Nick hinein.

»Alles in Ordnung?«, fragte er und berührte ihren Arm.

»Klar, warum sollte es das nicht sein?«

Sie sahen sich lange an, und Petra biss sich auf die Lippe, um nicht aufzuschreien.

»Ich versuche seit Wochen, dich zu erreichen. Du bist einfach abgehauen, ohne mir zu sagen, wohin«, sagte Nick schließlich.

»Ich dachte, das wäre für alle am einfachsten.« Petra hörte selbst, wie hohl ihre Worte klangen. Aber im Grunde sollte

Nick sich glücklich schätzen, dass sie es ihm so einfach gemacht hatte. »Ist ja nicht so, als hätten wir eine Beziehung gehabt.«

Nick zog eine Augenbraue hoch.

»Keine *ernsthafte* Beziehung. Du willst im Frühjahr zurück nach Irland ziehen. Wir waren uns einig, dass wir einfach ein bisschen Spaß haben, solange es eben geht.«

Nick starrte sie mit einem unergründlichen Gesichtsausdruck an. »Richtig.«

Petra schaute ihm in die Augen und wünschte sich nichts weiter, als loszulassen und ihn in den Arm zu nehmen. Mit den Fingern durch sein dunkles Haar zu fahren, seine Lippen auf ihren zu spüren und … Sie glaubte, für einen kurzen Moment dasselbe Begehren in Nicks Blick zu sehen, bevor er wieder seine ausdruckslose Miene aufsetzte. Wahrscheinlich hatte sie sich getäuscht.

»Also, du wohnst jetzt in Nyponviken?«

»Ja. Aber was machst *du* hier?«

»An einer Konferenz teilnehmen.«

»So kurz vor Weihnachten?«, fragte Petra zweifelnd.

»Eine Weihnachtskonferenz. Angeblich macht man das so in Schweden. Oder bin ich da jemandem auf den Leim gegangen?«

Petra wusste nicht, was sie glauben sollte. Es gab zigtausend Konferenzhotels im ganzen Land, und ausgerechnet hier musste er landen?

»Mit wem bist du hier?«

»Mit den anderen aus der Geschäftsleitung.« Ein Mann drängte sich an ihnen vorbei, und Nick rückte näher an Petra heran, um ihn vorbeizulassen.

»Wahrscheinlich nutzen einige der Kollegen die Gelegenheit, um dem Weihnachtsstress zu Hause zu entkommen.«

»Isst du mit uns, Nick?«

Charlies Stimme ließ sie beide aufblicken.

»Nick ist mit seinen Kollegen hier«, murmelte Petra.

Charlie sah so enttäuscht aus, dass sich Petra auf der Stelle schlecht fühlte. Wie sollte sie ihr die Wahrheit sagen? Dass der immer freundliche Nick kein Interesse an einem gemeinsamen Leben hatte und sie deshalb alle Verbindungen zu ihm kappen mussten?

»Na ja, ich dachte, dass …«, setzte Charlie an.

»Ich kann morgen zu euch kommen«, warf Nick ein.

Petra sah verwundert zu ihm auf, aber er ignorierte sie und konzentrierte sich ganz auf Charlie, die wieder strahlte.

»Vielleicht können wir ja irgendwas Schönes zusammen unternehmen.«

»Was ist mit der Konferenz?«, fragte Petra.

»Morgen ist Sonntag, ich schätze, dass die anderen da erst mal ausgiebig das Angebot des Hotels nutzen. Es wird niemand etwas dagegen einzuwenden haben, wenn ich euch für eine Weile besuche.«

»Cool! Endlich passiert mal was!«, sagte Charlie aufgeregt. »Aber jetzt müssen wir los, sonst fühlt sich Viveka noch im Stich gelassen.«

»Ich verstehe nicht, wie du …«, setzte Petra an.

»Kommst du, Petra?« Charlies Stimme ließ keinen Widerspruch zu.

»Wir sehen uns.« Nick erwiderte Petras Blick. »Morgen.«

*

Sie konnte sich kaum auf das Weihnachtsbüfett konzentrieren, während Nick nur ein paar Meter entfernt saß. Dennoch versuchte Petra, Vivekas und Charlies Unterhaltung über Stockholm und ihr Leben vor Nyponviken zu folgen. Sie brummte und lachte an den richtigen Stellen – wie sie hoffte – und tat so, als wäre sie nicht im Mindesten abgelenkt.

Sie war sich nicht sicher, was sie von ihrer Begegnung mit Nick halten sollte. Eigentlich war sie wild entschlossen gewesen, ihn nie wiederzusehen. Daran erinnert zu werden, dass sie beide keine Zukunft miteinander hatten, tat weh.

»Was sagst du dazu, Petra?«

Mit schuldbewusster Miene sah sie zu Viveka auf.

»Tut mir leid, ich war in Gedanken.«

»Wart ihr lange zusammen?«

Woher wusste Viveka das?

»Charlie hat erzählt, wer Nick ist.« Viveka nickte zum Dessertbüfett, das Petras Nichte gerade geentert hatte, um sich zum zweiten Mal den Teller vollzuladen.

»Stimmt.«

»Wart ihr zusammen, als du noch in Stockholm gewohnt hast?«

»So ähnlich.« Petra dachte an die gemeinsame Zeit zurück. Nick hatte ihr nach Alice' Tod bei allem geholfen und ihr sogar Unterstützung angeboten, als der Salon in Konkurs ging – nur, um ihr dann den Rücken zu kehren. »Wir waren zusammen, hatten aber unterschiedliche Vorstellungen von einer Beziehung. Und er bleibt sowieso nur noch ein paar Monate in Schweden.«

Viveka nahm einen Schluck von ihrem Wein. »Woher kommt er?«

»Aus Dublin. Er ist der stellvertretende Geschäftsführer eines internationalen Bauunternehmens und arbeitet seit zwei Jahren in Schweden«, erklärte Petra.

»Verstehe. Dann hat er bestimmt viel zu tun. Wie habt ihr euch kennengelernt?«

»Auf die klassische Art. Ich habe ihm den Kopf gewaschen.« Petra grinste, als sie Vivekas verdutzte Miene sah. »Buchstäblich. Er war zum Haareschneiden im Salon.«

Viveka prustete los, und auch Petra musste lachen, bis ihr die Tränen kamen. Es fühlte sich befreiend an.

»Na ja, aber wie gesagt. Im Frühjahr geht er zurück nach Irland«, sagte sie nach einer Weile.

Viveka nippte erneut an ihrem Glas. »Und was sagst du dazu?«

Petra schnitt sich ein Stückchen Käse ab und legte es auf einen Cracker. »Nichts weiter«, sagte sie und versuchte, so neutral wie möglich zu klingen, obwohl sie den Drang verspürte, sich ihren Frust über diese Ungerechtigkeit aus dem Leib zu schreien. »Stockholm habe ich längst hinter mir gelassen.«

*

Es war schon spät am Abend, als sie vom Weihnachtsbüfett nach Hause kamen, und obwohl der Schreck über die Begegnung mit Nick tief saß, hatte Petra es nach dem Essen geschafft, sich ein wenig zu entspannen. Jetzt ließ sie sich in einen der Sessel im Wohnzimmer sinken und legte den Kopf in den Nacken. Joschi sprang auf ihren Schoß, und sie kraulte ihm das zottelige Fell.

»Morgen sollten wir ihn mal etwas trimmen«, sagte sie

zu Charlie, die sich überraschenderweise auf das Sofa hatte fallen lassen, anstatt wie erwartet sofort in ihrem Zimmer zu verschwinden.

»Aber Nick kommt doch morgen.«

»Wir wissen ja nicht, wie lange er bleibt.«

Charlie sah von ihrem Handy auf. »Vermisst du ihn?«

»Ein bisschen«, antwortete Petra.

»Es muss doch fürchterlich gewesen sein, ihn zu verlassen«, bohrte ihre Nichte weiter.

Petra nestelte an der Decke herum, die auf einer der Armlehnen hing. »Schön war es nicht«, sagte sie dann. »Aber manchmal muss man eben auch Entscheidungen treffen, die nicht schön sind.« *Zum Beispiel, weil man mit anhört, dass jemand einen nicht will, aber zu feige ist, es zuzugeben,* dachte sie.

»Es liegt an mir, oder?«

Erschrocken schaute Petra zu Charlie, die den Blick abgewandt hatte. »Ganz und gar nicht!«, stieß sie hervor.

»Aber wenn du mich nicht am Hals hättest, wärst du bestimmt in Stockholm geblieben.« Charlie streichelte Joschi, der vom Sessel aufs Sofa gesprungen war.

»Das stimmt nicht.« Petra versuchte, sich zu beruhigen, bevor sie weitersprach. »Wir beide sind eine Familie. Und in einer Familie kümmert man sich umeinander.«

»Aber du könntest mit Nick eine eigene Familie gründen.«

»Kann ich eben nicht. Ich bin fertig mit Nick«, erklärte Petra und sah bestürzt, dass ihre Nichte ein paarmal blinzelte und dann das Gesicht abwandte.

»Glaubst du, Mama hätte Joschi gemocht?«, fragte Charlie kurz darauf. Der Kummer in ihrer Stimme weckte in Petra den Wunsch, das Mädchen einfach nur in die Arme zu nehmen, aber sie fürchtete erneute Zurückweisung. »Da bin ich mir sicher. Sie hatte Tiere sehr gern. Wusstest du, dass sie mal ein ausgesetztes Katzenbaby gefunden und in ihrem Kinderzimmer versteckt hat?«

»Wirklich?«

»Als deine Oma es nach ein paar Tagen gefunden hat, dachten wir schon, das wäre es gewesen. Sie hat im Tierheim angerufen, aber das war voll, also haben wir das Katzenbaby behalten, und deine Mutter hat es geliebt.« Das Kätzchen war so klein gewesen, dass es in Alice' Hand gepasst hatte. Später war es ihr wie ein Schatten gefolgt und hatte sich auf die gleiche Weise an sie gehängt, wie Joschi an Charlie zu hängen schien.

»Ich hoffe, Joschi kann bei uns bleiben.«

»Das verstehe ich.« Petra überlegte, was sie sagen sollte, um weder zu lügen noch Charlie unnötig wehzutun. »Du weißt aber, dass das wahrscheinlich nicht geht, oder? Bestimmt hat er irgendwo Besitzer, die ihn vermissen und sich fragen, wo er steckt. Maja hat im ganzen Dorf Zettel aufgehängt und sogar bei der Polizei Bescheid gesagt.«

»Wenn sich niemand meldet, können wir ihn dann behalten?«

Petra wollte gerne Ja sagen, wusste aber um die große Verantwortung, die ein Hund mit sich brachte, zumal sie noch keine Ahnung hatte, wie ihre eigene Zukunft aussah.

»Vielleicht.« Sie kraulte Joschis Fell. »Wir werden sehen, was passiert.«

15

Als ich klein war, haben wir unseren Weihnachts-
baum immer bei Granlunds gekauft. Wir sind
dorthin gefahren, haben einen Baum ausgesucht, und
mein Vater hat ihn auf dem Auto festgezurrt,
während meine Mutter sich im Bauernhaus den
Glühwein schmecken ließ. Das war für sie
jedes Mal ein Fest!

Petra fummelte einen künstlichen Weihnachtsbaum im Mini-
format aus dem Adventskalender. Sie drehte ihn ein paarmal
in der Hand, bevor sie ihn auf den Kaminsims stellte, wo er
ein wenig verloren wirkte. Petra überlegte, ob ihr Budget es
hergab, für ein bisschen Weihnachtsstimmung in der Wohnung zu sorgen. Nicht zuletzt für Charlie. Sie überschlug
ein paar Zahlen und kam zu dem Schluss, dass es für einen
echten Baum und ein bisschen Weihnachtsschmuck reichen
müsste. Und vielleicht für eine Lichterkette auf dem Balkon.

»Was war heute im Adventskalender?«, fragte Charlie, die
im Schlafanzug ins Wohnzimmer getappt kam. Ihre Haare
standen in alle Richtungen ab.

»Ein Weihnachtsbaum.« Petra deutete auf den Kamin.
»Entschuldige! Ich hätte auf dich warten sollen.«

Charlie sagte nichts dazu, sondern ging zum Kalender, um den Text zu lesen.

»Wann kommt Nick?«

»Keine Ahnung. Sei bitte nicht traurig, wenn er doch nicht auftaucht.«

»Warum sollte er das nicht?«

»Vielleicht hat er zu viel zu tun.«

Sie wollte nicht, dass Charlie enttäuscht wäre, wenn Nick es sich anders überlegt haben sollte. Oder versuchte sie nur, sich selbst zu schützen? »Wenn du willst, können wir heute einen Weihnachtsbaum kaufen.«

»Weiß nicht …« Charlie nestelte an einem der Knöpfe ihres Schlafanzugs herum.

»Ich kann auch ohne dich gehen, kein Problem.« Aber das würde weniger Spaß machen. Der Sinn beim Weihnachtsbaumkauf war ja gerade, dass man zusammen loszog. So wie sie und Alice es früher mit ihren Eltern getan hatten.

»Okay, ich komme ja mit. Ist es in Ordnung, wenn ich vorher hier allein frühstücke und warte, bis Nick kommt?«

Petra überlegte, ob sie darauf bestehen sollte, dass Charlie mitkam. Sie wollte nicht, dass ihre Nichte den ganzen Morgen allein blieb, aber andererseits, wenn sie es wollte? »In Ordnung. Aber nach dem Mittagessen gehen wir los und kaufen einen Weihnachtsbaum.«

»Können wir uns überhaupt einen leisten?«

»Wir gönnen uns das einfach, ja? Ein Weihnachtsbaum gehört doch dazu.«

»Ich weiß nur nicht, warum wir überhaupt Weihnachten feiern sollten. Ich finde, es gibt gar nichts zu feiern.«

Petra sah Charlie an. »Ich glaube auch nicht, dass Weihnachten dieses Jahr besonders schön wird. Aber Alice hätte nicht gewollt, dass wir es ausfallen lassen, sie hat die Feiertage geliebt. Können wir es vielleicht so sehen, dass wir ihr zuliebe gemeinsam etwas unternehmen?«

»Wenn's sein muss.« Charlie drehte Petra den Rücken zu. Sie wirkte so einsam und klein, wie sie da in Richtung Küche ging. »Du musst jetzt arbeiten, oder? Ich komme schon klar.«

»Aber …«

»Es ist acht Uhr. Musst du nicht im Café helfen?«

Charlie hatte recht. Weil heute Majas freier Tag war, hatte Petra versprochen, in der Küche einzuspringen. Sie schlüpfte in ihre Stiefel und zog die Wohnungstür auf. »Bist du dir sicher, dass du hierbleiben willst?«, fragte sie.

»Ja!«

»Alles klar … dann bis später.«

*

»Nick!« Petra blieb wie angewurzelt stehen, als sie das Trio am Frühstückstisch sah. Was machte der denn jetzt schon hier? Zögernd trat sie in den Gastraum. Ihr Ex-Freund schien sich in Vivekas und Berits Gesellschaft köstlich zu amüsieren. Neben seinem Stuhl hockte Rufus, offenbar um Leckereien vom Tisch bettelnd – ohne dass Berit etwas sagte!

»Ein alter Freund von dir, wie schön!«, sagte die alte Dame lächelnd.

Petra versuchte, sich einen Reim auf die Szene zu machen, die sich ihr bot. Sie hatte keine Ahnung, wie sie mit der Situation umgehen sollte.

»Das ist ja … ähm …«

»Eine Überraschung?«, fragte Nick.

»Gelinde gesagt.« Petra wandte den Blick ab und schenkte sich eine Tasse Kaffee ein, während sie versuchte, ihre Gedanken zu ordnen.

»Setz dich.« Viveka zog den Stuhl zwischen ihr und Nick zurück, und Petra hatte keine andere Wahl, als ihrer Aufforderung nachzukommen. Als Nicks Bein ihr eigenes berührte, rückte sie ein Stück von ihm ab und griff nach einem Stück Pfefferkuchen.

»Willst du nicht erst etwas Vernünftiges frühstücken?«, fragte Berit.

»Ich habe direkt nach meinem Morgenspaziergang mit Joschi schon etwas gegessen.«

»Der kleine Gauner ist ein Frühaufsteher«, warf Viveka ein. »Wo hast du Charlie gelassen?«

»Sie war müde und wollte lieber oben bleiben.« Petra merkte selbst, wie einsilbig sie klang, aber mit Nick neben sich wusste sie absolut nicht, wie sie sich verhalten sollte.

»Gestern ist es ja auch ein bisschen spät geworden«, sagte Viveka, bevor sie sich an Nick wandte und ihn fragte, wie es ihm im Hotel gefalle.

Petra biss in den Pfefferkuchen und ließ sich den Geschmack von Zimt, Nelken und Ingwer auf der Zunge zergehen. Die anderen schienen gar nicht zu merken, wie durcheinander sie war, und schenkten nur noch Nick Beachtung. Petra musterte ihn verstohlen, während er mit Viveka sprach. Die Erinnerungen an ihre gemeinsame Zeit ließen sie die Hände im Schoß so fest zu Fäusten ballen, dass ihre Nägel Abdrücke auf der Haut hinterließen.

»Wie lange bleiben Sie hier im Dorf?«, fragte Viveka, und

Petra versuchte, sich wieder auf das Gespräch zu konzentrieren.

»Nicht allzu lange, aber ein paar Tage dauert die Konferenz schon noch.« Nick suchte Petras Blick, aber sie starrte stur auf die Tischplatte.

»Warum habt ihr euch ausgerechnet für Nyponviken entschieden?« Die Frage wirkte vielleicht schnippisch – aber war das unter diesen Umständen überraschend?

»Dem Kurhotel ist sein Ruf bis nach Stockholm vorausgeeilt. Einer meiner Kollegen hat es ausgesucht.«

»Eine gute Entscheidung«, kommentierte Viveka und nippte an ihrem Kaffee. »Die meisten Besucher kommen zwar im Sommer, aber mittlerweile merken die Leute, dass wir auch an Weihnachten einiges zu bieten haben.«

»Das ist richtig«, stimmte Berit ihr zu. »Um die kalten Monate zu überstehen, haben viele Unternehmen ihren Fokus auf Weihnachten gelegt. Das Lichterfest bringt zum Beispiel einiges ein.«

»Hier auf dem Hof haben wir einen Weihnachtsladen eröffnet.« Viveka grinste breit. »Und Nyponviken hat einige schöne Orte, die auch im Winter einen Besuch wert sind.«

Petra starrte die beiden Frauen verwirrt an. Hatten sie jetzt plötzlich auch ein Reisebüro aufgemacht?

»Du warst doch neulich im Marmeladengeschäft, oder?«, zwitscherte Viveka Petra zu.

»Ich war mit Charlie da«, erzählte Petra widerwillig. Sie wandte sich an Nick. »Ich habe einen Adventskalender bekommen, der einem jeden Tag Ausflugstipps gibt. Nachher fahren wir zu einem Weihnachtsbaumhändler.«

»Gute Idee«, antwortete Nick.

»Verdammt noch eins!«, platzte Berit plötzlich heraus, und alle anderen am Tisch zuckten zusammen. »Ich habe einen Krampf in der Hand.«

Alle Blicke waren auf den Kaffee gerichtet, der über den Tisch lief.

»Ich hole ein Tuch.« Viveka eilte in die Küche.

»Hast du dich verbrüht? Kann ich irgendetwas tun?«, fragte Petra, aber Berit schüttelte den Kopf.

»Ich muss mich umziehen.« Berit schob Nicks helfende Hände zur Seite und griff nach ihrem Stock. »Esst euer Frühstück auf.«

Petra versuchte, mit ihrer Serviette das Gröbste aufzuwischen.

»Und, was hast du jetzt vor?«, fragte Nick, der ihr dabei half, das Geschirr und die Tassen wegzuräumen, damit sie über den Tisch wischen konnte.

»Ich muss arbeiten.«

»Hatte ich dir nicht gesagt, dass du heute freihast?«, fragte Viveka, die mit einem Aufnehmer zurückkam und begann, den Boden zu putzen.

»Braucht ihr denn keine Hilfe in der Küche? Ich dachte, Maja wäre nicht da.«

»Das habe ich wohl falsch verstanden. Sie kommt nur etwas später.« Viveka wrang das Putztuch im Eimer aus. »Du hast die letzten Tage so hart gearbeitet und kannst ein bisschen Freizeit gut gebrauchen.«

»Aber …«

»Kein Aber, wir kommen schon zurecht«, schnitt Viveka ihr freundlich lächelnd das Wort ab. »Nehmt Nick mit und kauft euch einen schönen Weihnachtsbaum.«

»Ich würde mich freuen«, sagte Nick.

»Wir gehen erst später, ich muss auch noch eine Runde mit Joschi drehen.« Petra legte die nassen Papiertücher auf einen der Teller.

»Du warst doch erst vor einer Stunde mit Joschi und Rufus draußen«, widersprach Viveka.

»Joschi hat eben aber so unruhig gewirkt«, erklärte Petra, um einen ungerührten Eindruck bemüht. Tatsächlich hatte Joschi mit ausgestreckten Beinen auf der Couch geschnarcht, als sie die Wohnung verlassen hatte. »Außerdem muss ich sowieso noch einmal länger mit ihm rausgehen, damit es später kein Unglück gibt.«

»Ja, vielleicht ist das besser so«, gab ihr Viveka recht. »Dann kannst du Nick ja gleich ein bisschen die Gegend zeigen.«

»Aber ich …«

»Direkt auf der anderen Straßenseite gibt es ein schönes Buchenwäldchen. Jetzt, da der Schnee geschmolzen ist, lässt es sich dort wunderbar laufen. Die Wege sind gut ausgetreten, ihr braucht also keine Angst zu haben, dass ihr euch verlauft.«

*

Das modernde Laub lag wie ein Teppich über den Wegen. Es war nur schwer vorstellbar, dass die ganze Landschaft noch vor ein paar Tagen unter einer dichten Schneedecke verschwunden gewesen war. Jetzt wirkte alles grau, und über ihren Köpfen ragten die kahlen Äste der Bäume in den Himmel. Petra warf Nick einen Blick zu.

»Ich habe das Gefühl, als sollte ich etwas sagen, aber ich weiß nicht, was«, murmelte sie schließlich.

»Wir könnten zum Beispiel darüber reden, warum du aus Stockholm abgehauen bist, ohne auch nur ein Wort zu sagen.« Nick stieg über eine Wurzel, die aus dem Boden ragte.

»Ich dachte, es wäre das Beste für alle. Bist du wirklich zufällig hier?«

»Woher hätte ich wissen sollen, dass du hier bist?«

»Du hast also nicht nach mir gesucht?«

»Natürlich habe ich das.« Nick runzelte die Stirn. »Ich hatte Angst, dass euch was passiert ist, als ihr einfach verschwunden seid.«

»Ich habe dir einen Zettel geschrieben.«

»Einen Zettel? Und du glaubst, das reicht, nach allem, was wir zusammen durchgemacht haben?« Nick blieb stehen und starrte sie wütend an. »So was macht man nicht.«

»Ja, vielleicht war es blöd, dir nichts zu sagen, aber denkst du wirklich, du hast irgendwelche Ansprüche auf mich?«, fragte Petra und knetete ihre Hände. Woher nahm er den Schneid, so zu tun, als hätte sie ihn verarscht und nicht umgekehrt?

»Wie meinst du das?«

»Ich meine nur …« Petra verstummte. Nie im Leben würde sie zugeben, dass sie seine Worte gehört hatte. Es war demütigend, und sie wollte nicht, dass er sie für eine Lauscherin hielt. »Ich musste über meine und Charlies Zukunft nachdenken.«

»Aber warum hast du nicht mit mir darüber gesprochen? Ich hätte dir doch helfen können.«

»Ach ja, hättest du? Du warst mit anderen Dingen beschäftigt. Dich um uns zu kümmern, war doch nie Teil deines Plans.«

»Natürlich hätte ich euch geholfen. Ich …«

»Du gehst bald nach Irland zurück! Und ich muss mich jetzt auf Charlie konzentrieren, ich habe gar kein Interesse an einer Beziehung.«

Nick sah sie lange an und nickte dann schließlich. »Du hast recht.«

Obwohl sie geahnt hatte, dass er so etwas sagen würde, taten ihr seine Worte weh.

»Wir können hier entlang«, sagte sie und stieg ein paar Holzstufen hinauf, die extra in den Hang gebaut worden waren, um den Aufstieg zu erleichtern. Oben auf dem Hügel blieb sie stehen, um wieder zu Atem zu kommen.

»Was für eine Aussicht«, kommentierte Nick, als er wieder zu ihr aufschloss. »Von hier aus sieht man das ganze Dorf. Und auch die Gärtnerei.«

»Hm«, machte Petra und ließ ihren Blick über sein Profil wandern, über das markante Kinn und den Mund, der sein Gesicht weicher wirken ließ, wenn er lächelte. Dem war sie zuerst verfallen: seinem entwaffnenden Lächeln und dem irischen Akzent. Wie sehr sie sich wünschte, dass alles anders gelaufen wäre und sie weiterhin eine schöne Zeit zusammen haben könnten. Einfach ausgehen, etwas trinken, essen und irgendetwas unternehmen, wenn sie beide sonntags freihatten. Aber schon der Gedanke daran fühlte sich an wie aus einem anderen Leben. Als Nick in ihre Richtung sah, wandte Petra sich schnell ab.

»Geht es euch jetzt gut?«

»Inwiefern?«

»Gefällt es euch hier? Wenn ihr nicht …«

»Wir haben es gut getroffen.«

Nick schaute sie an. »Alice …«

»… ist tot.« Die Worte klangen schärfer als beabsichtigt.

»Ich weiß.« Nick wirkte mit einem Mal betrübt. Petra wandte den Blick ab und starrte auf einen der dicken, glatten Buchenstämme, bis sie plötzlich seine Hand auf ihrer Schulter spürte. Sie drehte sich um, und ehe sie sich's versah, lag sie in seinen Armen. Sie lehnte sich an seine Brust, die Wange an seine Schulter gelegt. Wie sehr sie das vermisst hatte. Wie sehr sie *ihn* vermisst hatte. Nick strich mit der Hand über ihren Nacken, und Petra lief ein Schauer über den Rücken. Sie wollte einfach alles, was geschehen war, verdrängen und ihn bitten, in Nyponviken zu bleiben. *Nein, das geht nicht,* erinnerte sie sich und trat entschlossen einen Schritt zurück. *Er will es nicht.*

»Ich bin froh, dass wir uns getroffen haben«, sagte sie stattdessen, um einen neutralen Tonfall bemüht. »Das ist ein besserer Abschluss.«

»Ich auch.« Nick zögerte. »Ich habe ja schon gesagt, dass ich wegen der Konferenz ein paar Tage hier in der Gegend bin. Vielleicht können wir uns ja noch einmal treffen?«

»Na ja, ich weiß nicht …«

»Kann ich wenigstens mit zum Weihnachtsbaumkaufen kommen? Ich habe Charlie versprochen, dass wir uns heute sehen.«

Petra wollte wütend auf ihn sein, konnte es aber einfach nicht. Immerhin hatte er sie nicht absichtlich angelogen. Sie war es gewesen, die zu viel in ihre Beziehung hineininterpretiert hatte. Sie seufzte leise. Obwohl es das Beste gewesen wäre, ihn einfach gehen zu lassen, konnte sie der Versuchung nicht widerstehen, noch etwas Zeit mit ihm zu verbringen.

Trotz allem war er ein Freund, und er hatte ihr in den schwe-
ren Monaten beigestanden, als Alice im Sterben lag. Vielleicht war es gar nicht schlecht, wenn sie sich noch ein paarmal trafen, solange er hier war. So konnten sie in aller Ruhe
Abschied voneinander nehmen.

16

Als sie aus dem Auto stiegen, schlug ihnen der Duft von Fichtenholz entgegen. Petra betrachtete die Weihnachtsbäume, die sich auf dem großen Hof drängten.

»Darf ich den Baum aussuchen?«, fragte Charlie und schloss die Finger fest um Joschis rote Leine.

»Schauen wir erst einmal, wie viel sie kosten«, murmelte Petra.

»Such dir einen aus, der dir gefällt«, sagte Nick. »Der geht auf mich.«

»Das ist nicht nötig«, protestierte Petra. Das Letzte, was sie wollte, war, dass er sich verpflichtet fühlte, für sie zu zahlen.

»Aber ich möchte es.« Nick nahm ihre Hand in seine. »Bitte, kann ich euch nicht einen Weihnachtsbaum kaufen? Sieh es als ein vorzeitiges Weihnachtsgeschenk.«

Petra zögerte, lenkte aber ein, als sie Charlies hoffnungsvolles Gesicht sah. »In Ordnung. Aber dann revanchiere ich mich mit einem Kaffee.«

»Abgemacht.« Nick sah sich um. »Also los, suchen wir den perfekten Baum.«

Petra widerstand dem Impuls, Charlie und Nick zu folgen, als sie zwischen den Bäumen verschwanden. Stattdessen ging sie zu der großen offenen Feuerstelle hinüber, die sich in sicherer Entfernung von allem befand, was Feuer fangen könnte. Sie ließ sich auf die Bank davor sinken und starrte in die Flammen. Feuer hatte etwas Beruhigendes an sich. *Fast meditativ*, dachte Petra und lächelte vor sich hin. Sie hatte nie viel von Meditation oder Yoga gehalten, fand beides langweilig. Aber vielleicht war es manchmal nicht das Dümmste, ein wenig zu entschleunigen und den Kopf freizubekommen? Als sie Charlie lachen hörte, schaute sie sich nach ihrer Nichte und Nick um. Offenbar hatten sie zwei Bäume in die Endauswahl genommen. Für einen kurzen Moment wünschte Petra sich, bei ihnen zu stehen, anstatt allein am Feuer zu sitzen. Sie sah ihnen einen Moment lang zu, bevor sie zu dem freistehenden Bauernhaus hinüberging, in dem ein kleiner Weihnachtsladen untergebracht war. Er war nicht annähernd so gut bestückt wie der in der Gärtnerei, aber es gab Lichterketten und Baumschmuck zu vernünftigen Preisen, also suchte sie eine Auswahl zusammen, bevor sie das schlechte Gewissen übermannte und sie sich schwor, den Rest bei Viveka zu kaufen.

»Sie haben die letzte Lichterkette erwischt«, sagte der Mann hinter dem Verkaufstresen.

»Was für ein Glück.« Petra reichte ihm ihre Kreditkarte. »Sieht aus, als hätten Sie hier viel zu tun. Ihren Weihnachtsbaumhandel gibt es schon ziemlich lange, habe ich gehört?«

»Seit drei Generationen. Meine Großeltern haben ihn gegründet.« Der Mann tippte den Betrag in die Kasse ein. »Sind Sie das erste Mal hier?«

»Ja. Heute war Ihr Türchen an der Reihe, da sind wir gleich hier vorbeigekommen.«

»Sie meinen im Adventskalender?«

»Genau.«

»Dann sollten Sie mit meiner Schwester sprechen.« Der Mann steckte den Kopf durch den Vorhang, mit dem das Hinterzimmer vom Verkaufsraum abgetrennt wurde, rief ein paar Worte, und kurz darauf lugte eine Frau in den Fünfzigern hervor.

»Ja?«

»Die Dame ist wegen des Kalenders hier.«

»Wie schön.« Die Frau lächelte Petra an und trat in den Laden. »Ich heiße Mia, das ist mein Bruder Anders, wir beide sind hier die Geschäftsführer.«

»Ich mag Ihren Laden sehr. Und die Idee, mit einem Adventskalender das Dorf und eine lokale Künstlerin vorzustellen, finde ich auch klasse.«

»Lilly! Ja, absolut.« Die Frau schaute Petra freundlich an. »Möchten Sie einen Glühwein?« Ohne auf eine Antwort zu warten, verschwand sie mit ihrem Bruder hinter dem Vorhang.

Eine ganze Weile verging, und irgendwann vermutete Petra, dass sie sich verhört haben musste. Sie nahm die Tüte mit der Lichterkette und dem Christbaumschmuck und wollte gerade nachsehen, was Nick und Charlie trieben, als Mia mit zwei Tassen Glühwein zurückkam.

»Lilly und ich sind zusammen aufgewachsen«, sagte sie und reichte Petra eine Tasse. »Wir waren beste Freundinnen. Als meine Eltern starben, blieb sie sogar ein paar Wochen bei mir, um sicherzugehen, dass wir allein klarkamen.«

»Das war ja wirklich nett. Schön, dass das Dorf sie mit dem Adventskalender ehrt.«

»Das Tourismusbüro hat schon einige von Lillys Kalendern herausgebracht. Aus irgendeinem Grund wurde der aktuelle Entwurf bis zu diesem Jahr noch nicht verwendet. Vielleicht liegt es daran, dass er mit all den Produkten darin etwas exklusiver ist.«

»Er ist wirklich etwas ganz Besonderes«, stimmte Petra zu.

»Absolut. Vor ein paar Monaten gab es eine Versammlung, bei der wir beschlossen haben, Lilly diese Ehre zu erweisen. Ein paar Geschäfte haben sich bereit erklärt, ihre Produkte zur Verfügung zu stellen.« Mia nippte an ihrem Glühwein. »Natürlich wurde nur eine limitierte Auflage hergestellt, sonst hätten wir das gar nicht umsetzen können.« Sie winkte Petra in den hinteren Teil der Scheune und öffnete eine unauffällige Tür, die fast mit der Wand verschmolz.

»Da oben haben Lilly und ich immer gesessen und über alles Mögliche geredet.« Petra sah, dass sich über der Scheune ein Heuboden befand. »Über die Zukunft zum Beispiel. Ich wusste immer, dass ich den Hof weiterführen und Weihnachtsbäume verkaufen wollte. Und Lilly wollte malen. Was mit ihr passiert ist, war eine Tragödie.«

Petra folgte Mia die Leiter hinauf, ganz erstaunt, dass die Weihnachtsbaumverkäuferin einer unbekannten Besucherin so bereitwillig aus Lillys Leben erzählte. Aber wenn sie tatsächlich beste Freundinnen gewesen waren, lag ihr vermutlich viel daran, das Andenken an Lilly hochzuhalten.

Kurz darauf standen sie auf dem Heuboden. Petra nahm den staubigen Geruch der Heuballen wahr, während sie an die offene Wand trat, durch die sich ihr ein Blick auf die Felder und das Meer bot. Sie konnte sich gut vorstellen, dass Lilly und Mia sich hier oben wohlgefühlt hatten.

»Wollen wir uns eine Weile hinsetzen?« Ohne eine Antwort abzuwarten, ließ sich Mia an die Kante nieder und baumelte mit den Beinen.

Petra folgte ihrem Beispiel. »Was für eine tolle Aussicht.«

»Sie ist wirklich wunderbar.« Mia wandte ihr Gesicht der Sonne zu. »Ich komme oft hierher und genieße die Ruhe.«

»Das würde ich auch tun.« Petras Blick folgte den schwingenden Flügeln einiger Vögel am blauen Himmel. »Wie hat Lilly Sie denn genau unterstützt?«

»Es gab einen Erbstreit zwischen uns Geschwistern. Insgesamt sind wir zu viert, und Lilly hat mir und Anders geholfen, einen Kredit zu bekommen, damit wir die anderen ausbezahlen konnten. Wenn Lilly sich etwas erst einmal in den Kopf gesetzt hatte, konnte sie niemand mehr davon abbringen. Wegen ihrer Sturheit ist sie immer wieder in Schwierigkeiten geraten, aber damals hat sie uns gerettet.«

»Wie genau hat sie das angestellt?«

»Als die Bank unseren Antrag abgelehnt hatte, hat sie sich mit dem Anwalt hier im Dorf in Verbindung gesetzt und die Leute überredet, vor die Bank zu ziehen und für die Bewilligung unseres Kredits zu demonstrieren.«

»Und das hat funktioniert?«

»Nicht wirklich. Aber sie hat einige Leute mit ins Boot geholt, die sich für uns verbürgt haben. Sie hat es geschafft, die Unterstützung des ganzen Dorfs für uns zu gewinnen.«

»Unglaublich«, bemerkte Petra und versuchte, sich ein Bild von der jungen Künstlerin zu machen. »Wie alt war sie damals?«

»Zwanzig.«

»Zwei Jahre bevor sie starb.«

»Das wissen Sie also?«

»Viveka hat mir davon erzählt. Und wir waren vor ein paar Tagen im Marmeladengeschäft. Anscheinend hat Lilly dort gejobbt.«

»Sie hatte oft Stress mit ihrer Mutter und ist so weit wie möglich auf Abstand gegangen. Ich glaube, die Arbeit im Laden war eine Art von Protest.«

»Warum haben sie sich nicht vertragen?« Petra biss sich kurz auf die Lippe. »Sie müssen es mir natürlich nicht sagen, wenn das zu privat ist.«

»Ach, das ist kein Geheimnis. Ich glaube, ihre Mutter hatte einfach kein Verständnis für Lilly. Sie wollte, dass sie eine Ausbildung macht und einen richtigen Beruf ergreift, während Lilly überhaupt nicht daran interessiert war.«

»Das klingt eigentlich ganz normal.«

»Ja.« Mia lachte. »Da muss ich nur an mich und meine Tochter denken. Sie will um die Welt reisen und ›irgendwas mit Pferden‹ machen. Mir wäre es lieber, wenn sie sich für etwas Vernünftiges entscheiden würde.«

Das kannte Petra von ihren eigenen Eltern. Obwohl sie immer ein enges Verhältnis zu ihrer Mutter und ihrem Vater gehabt hatte, waren sie nicht begeistert von ihrer Berufswahl gewesen. Sie hatten sich gewünscht, dass sie studierte, und nie verstanden, wie sehr sie ihren Job liebte. Als Petra ihnen von ihren Umzugsplänen nach London erzählt hatte, hatte ihre Mutter sie eine Woche lang mit eiskaltem Schweigen gestraft.

»Petra!«, ertönte plötzlich Charlies Stimme von unten. »Was machst du da oben?«

»Ich bewundere die Aussicht.« Petra rappelte sich von den

Holzbalken hoch. »Danke, dass Sie mir von Lilly erzählt haben«, sagte sie an Mia gewandt.

»Das habe ich gerne gemacht.«

»Ich kann nicht glauben, dass Sie sich die Zeit nehmen, mit all den Leuten, die wegen des Kalenders hierherkommen, über Ihre Freundin zu reden. Sie haben doch sicherlich so schon viel zu tun?«

»Ich möchte, dass Lilly nicht vergessen wird.« Mit einem Mal sah Mia traurig aus. »Und dass sie in Frieden ruht.«

»Ist sie hier im Dorf begraben?«

»Sie wurde in den Wind gestreut. Das ist eigentlich gar nicht erlaubt, aber ihre Verwandten wussten, dass sie sich nur in der Natur so richtig frei fühlte. Auf einem Friedhof wäre sie falsch aufgehoben gewesen.«

*

»Ich wusste, dass hier oben noch Schmuck herumliegt«, sagte Viveka ein paar Stunden später und reichte Holger, der am Fuß der Leiter zum Dachboden der Wohnung stand, einen Karton. »Wenn ich mich recht entsinne, müsste da noch …«

»Wenn du noch weitersuchen willst, lass mich besser nach oben«, sagte Holger. »Es macht mich ganz kirre, wenn du diese Kisten herumschleppst. Du könntest dich verletzen.«

»Ach, mach nicht so einen Aufstand.« Vivekas Augen leuchteten, und sie klatschte begeistert in die Hände. »So viel Spaß hatte ich schon lange nicht mehr.« Sie verschwand wieder auf dem Dachboden.

»Diese Frau ist vollkommen verrückt«, murmelte Holger. »Eines Tages bringt sie sich noch um.«

»Das habe ich gehört«, ertönte Vivekas Stimme. »Und ich kann durchaus auf mich selbst aufpassen.«

»Ich weiß«, erwiderte Holger und verdrehte die Augen.

Petra musste lachen, als sie Nicks amüsierten Blick bemerkte.

»Was ist denn so lustig?«, fragte Viveka, als sie den Kopf wieder durch die Luke reckte und Holger die nächste Schachtel reichte.

»Nichts«, antwortete Petra. »Sollen wir erst essen und dann den Baum schmücken?«

»Ich glaube, der Baum sollte noch ein, zwei Tage draußen bleiben«, meinte Holger. »Es soll diese Woche recht mild werden. Am besten holt ihr ihn ins Haus, wenn der Temperaturunterschied zwischen drinnen und draußen nicht allzu groß ist.«

»Das ist ja blöd«, motzte Charlie vom Sofa aus, auf dem sie lag, seit sie vom Weihnachtsbaumhandel zurückgekehrt waren.

»Ich kann leider nicht zum Abendessen bleiben, ich muss noch ein paar Besorgungen machen«, erklärte Viveka, die nun die Leiter hinunterkletterte.

»Und ich habe Berit versprochen, ein Regal zu reparieren, das neulich heruntergekracht ist«, sagte Holger.

»Oje, ist etwas kaputtgegangen?«, fragte Petra.

»Es war das reinste Chaos.« Holger sah plötzlich amüsiert aus. »Berit hat eine ganze Menge Mehl abbekommen und sah aus wie ein Schneemann.«

»Das hätte ich zu gerne mit angesehen«, sagte Viveka lachend, und sie machte sich mit Holger auf den Weg durch den Flur nach draußen, während Petra und Nick anfingen, den Weihnachtsbaumschmuck auszupacken. »Vielleicht sollte ich dir noch dabei helfen, bevor ich ins Dorf fahre.«

»Ich komme schon zurecht.«

»Das sagst du immer.« Viveka lockte Rufus zu sich, der sich mühsam auf die Beine rappelte. »Du stehst dir mit deiner Starrköpfigkeit selbst im Weg.«

»Lustig, dass du das sagst. Ich kenne noch jemanden, der wahnsinnig stur ist und nie auch nur einen Millimeter nachgibt«, warf Holger ein.

»Ich habe keine Ahnung, von wem du sprichst«, antwortete Viveka und zog ihre Stiefel an, bevor sie sich beide verabschiedeten und die Wohnung verließen.

Petra sah ihnen nach, als sie über den Hof gingen. Obwohl sie sich oft zankten, war es offensichtlich, dass sie die Gesellschaft des anderen genossen.

»Sind Holger und Viveka zusammen?«, fragte Nick.

»Sie sind nur Freunde, aber ich denke, man wird einander immer ähnlicher, wenn man so eng zusammenarbeitet. So war es auch bei mir und meinen Kolleginnen in London.« Zwei ihrer Kolleginnen waren ihr so sehr ans Herz gewachsen, dass sie sich eine Zeit lang sogar eine Wohnung geteilt hatten. *Das fühlt sich wie ein ganz anderes Leben an*, dachte Petra. Die langen Nächte, die Partys und die Promis, denen sie die Haare schneiden durfte. Wie sie sich bis zum Schluss nicht an den Linksverkehr gewöhnt und immer in die falsche Richtung geschaut hatte, wenn sie eine Straße überquerte. Die überfüllten U-Bahnen zur Rushhour und das Gefühl, genau dort zu sein, wo sie sein wollte.

»Vermisst du sie?«, fragte Nick.

»Manchmal. Ich will eigentlich nicht zurück nach London,

aber ab und zu überkommt es mich. Ich hatte wirklich tolle Kolleginnen. Und London als Stadt mag ich sehr.«

»In welcher Hinsicht?«

»Ich glaube, mir hat vor allem die Anonymität gefallen. Stockholm ist zwar eine Großstadt, aber im Vergleich zu London immer noch ein Dorf. Ganz zu schweigen von Nyponviken.«

»Willst du wieder nach London?«, fragte Charlie leise.

Petra drehte sich schnell um. Sie hatte ganz vergessen, dass ihre Nichte noch da war, und nun musste sie sich Charlies besorgtem Blick stellen.

»Ganz und gar nicht.« Petra setzte sich zu ihr auf das Sofa. »Mir gefällt es hier. Außerdem vertragen der Linksverkehr und ich uns nicht.«

»Aber du hast doch gesagt, du magst London sehr«, wandte Charlie ein.

»Das tue ich auch. Aber das heißt nicht, dass ich dort leben möchte. Das ist so, wie wenn man irgendwo im Urlaub war. Man vermisst den Ort vielleicht, aber wenn man ihm wieder einen Besuch abstattet, ist es nicht mehr dasselbe wie beim ersten Mal.«

»Ihr könntet für ein Wochenende zusammen dorthin fahren, und dann zeigst du Charlie, wo du gelebt und gearbeitet hast«, schlug Nick vor und streckte sich. »Ich glaube, ich sollte mich langsam auf die Socken machen.«

»Nein, bleib doch noch zum Essen!«, bat Charlie.

»Vielleicht hat Nick andere Pläne, er …«

»Ich würde gerne noch bleiben.« Nick wuschelte Charlie durch das Haar. »Kochst du etwa?«

»Wir könnten zusammen kochen, so wie früher.« Char-

lies Stimme brach. »Ich mochte unsere Küchenabende immer.«

»Ich auch.« Nick sah Charlie liebevoll an. »Die waren große Klasse.«

»Soll ich euch helfen?«, fragte Petra.

»Nein«, entgegnete Charlie entsetzt. »Das letzte Mal hast
du die Pizza anbrennen lassen.«

Nick lachte. »Und die Tomatensoße auch.«

»Das war ein Unfall«, antwortete Petra und lachte. »Traut
ihr mir denn zu, den Tisch zu decken?«

»Das wird schon gehen«, antwortete Nick. »Wir rufen,
wenn wir fertig sind.«

17

Das erste Treffen mit ihm war etwas ganz Besonderes.
Es hat alles verändert. Spazier die Hauptstraße
entlang, hol dir am Kiosk auf dem Marktplatz
etwas zu trinken und geh dann weiter zum Hafen.
Dort habe ich ihn getroffen – den Mann,
der mein Leben auf den Kopf gestellt hat.

Petra streckte sich im Bett und schüttelte dann die Kissen hinter ihrem Rücken auf, um eine halb sitzende Position einnehmen zu können. Seit sie in Nyponviken lebten, schlief sie immer sofort ein, sobald sie sich ins Bett legte. Das war auch gestern so gewesen, obwohl ihre Gedanken noch um Nick gekreist waren. Er war lange geblieben, und sie hatten noch zusammen ferngesehen, als wäre zwischen ihnen alles so wie früher, obwohl sie beide wussten, dass alles anders war.

Vom Boden kläffte es leise. Joschi wartete immer in Charlies Zimmer, bis sie eingeschlafen war, aber irgendwann in der Nacht kam er herübergetappst und rollte sich auf dem Teppich bei Petra zu einer kleinen Kugel zusammen. Sie streckte die Arme aus und hob den kleinen Hund aufs Bett. Er kratzte ein paarmal an der Decke, bevor er sich mit einem zufriedenen Seufzer auf eines der Kissen fallen ließ.

»Müssen wir schon eine Runde drehen?« Petra streichelte Joschis Fell, und er schloss die Augen. »Na ja, vielleicht können wir auch noch ein bisschen warten.« Sie gähnte und ließ sich wieder in die Kissen sinken.

Ein Klopfen schreckte sie auf. *Ich muss wieder eingeschlafen sein*, dachte sie und schaute auf die Uhr. Es war bereits neun. Himmel, Joschi musste ja die Blase platzen! Aber wo steckte er? War er wieder zu Charlie gegangen? Petra rappelte sich auf und tapste über die kalten Holzdielen. In der Wohnung war es mucksmäuschenstill. Schlief Charlie noch?

Es klopfte wieder, und Petra wurde bewusst, dass Joschi nicht da sein konnte, weil er sonst mit Sicherheit gebellt hätte. Nachdem sie einen Blick in Charlies Zimmer geworfen und festgestellt hatte, dass es leer war, hastete sie durch den Flur. Vielleicht hatte Charlie ihre Schlüssel vergessen? Die Tür fiel automatisch ins Schloss, man sperrte sich schnell versehentlich aus.

»Ich habe verschlafen. Warst du unterwegs mit …« Petra verstummte, als sie sah, wer draußen stand. »Oh. Hi.«

»Habe ich dich geweckt?«, fragte Nick mit amüsierter Miene. »Ich habe Charlie und Joschi draußen getroffen. Sie waren spazieren und wollten zum Frühstücken ins Café.«

»Ohne mir Bescheid zu sagen?«

»Charlie wollte dich nicht aufwecken. Du hast gestern ziemlich fertig ausgesehen.«

»Danke auch.«

»Nicht böse gemeint«, sagte Nick leise und strich ihr eine Haarsträhne aus dem Gesicht. »Du musst dich auch mal ausruhen.«

Petra ließ den Türknauf los und trat einen Schritt zurück, wobei sie versuchte, das Kribbeln in ihrer Brust zu ignorieren. Was sollte das jetzt? Er hatte gesagt, sie bedeute ihm nichts. Warum führte er sich dann nun so auf?

Auf die Frage hin, ob er hereinkommen dürfe, nickte sie zögernd. »Möchtest du einen Kaffee?«, fragte sie und ging in die Küche.

»Sicher.« Nick folgte ihr und lehnte sich gegen die Spüle. »Also …«

»Also …« Sie maß die richtige Menge Kaffee und Wasser ab und drückte den Knopf auf der Kaffeemaschine. »Was machst du hier?«

»Ich dachte, ich schaue mal, ob du und Charlie etwas unternehmen wollt.«

»Was sagen denn deine Kollegen dazu? Können die dich entbehren?«

Auf sein Schweigen hin drehte Petra sich um. »Sie sind doch noch hier, oder?«

Nick wirkte plötzlich verlegen. »Sie reisen heute ab.«

»Du hast gesagt, ihr würdet mehrere Tage hierbleiben!«

»Da war ich wohl nicht ganz ehrlich. Aber ich muss mich noch um ein Projekt in Helsingborg kümmern.«

Sein Blick schweifte zum Flur. »Ähm, na ja, Viveka hat mir ein paar Sandwiches fürs Frühstück mitgegeben. Ich muss sie auf dem Flurtisch liegen gelassen haben«, murmelte er und verließ den Raum.

Petra hatte nicht einmal bemerkt, dass er irgendetwas dabeigehabt hatte. Sie war nur auf ihn konzentriert gewesen. Sie starrte auf die Kaffeemaschine und das schwarze Getränk, das langsam in die Kanne rann.

»Also die nächsten Tage bist du dann in Helsingborg?«, fragte sie, ohne sich umzudrehen, als Nick zurückkam.

»Ich wollte eigentlich hierbleiben.«

»Aha.«

»Es ist keine weite Fahrt, und das Hotel gefällt mir wirklich gut.« Nick berührte ihre Schulter. »Petra?«

»Der Kaffee ist fertig.« Petra hob die Kanne und füllte zwei Tassen. »Und was hast du heute vor?«, fragte sie so beiläufig, wie sie konnte, und hielt ihm einen der Becher hin.

Nick sah aus, als wollte er etwas sagen, schien es sich aber anders zu überlegen und nahm stattdessen den Kaffee entgegen.

»Wenn du den öffnest, finden wir vielleicht ein neues Ausflugsziel.« Er zeigte auf den Adventskalender. »Oder wir überlegen uns etwas anderes.«

Petra nickte und richtete ihre Aufmerksamkeit auf den Kalender. Die tausend Fragen an Nick, die ihr im Kopf herumschwirrten, konnte sie nicht stellen. Und sie *wollte* es auch gar nicht. Die möglichen Antworten machten ihr Angst. Mit zitternden Händen öffnete sie das heutige Türchen. »Komisch. Es ist leer.«

»Lass mich mal sehen.« Nick spähte über Petras Schulter. »Ist das da unten nicht ein Zettel?«

Petra fummelte das Papier aus dem kleinen Fach und entfaltete es. Sie runzelte die Stirn und las laut vor. »*Das erste Treffen mit ihm war etwas ganz Besonderes. Es hat alles verändert. Spazier die Hauptstraße entlang, hol dir am Kiosk auf dem Marktplatz etwas zu trinken und geh dann weiter zum Hafen. Dort habe ich ihn getroffen – den Mann, der mein Leben auf den Kopf gestellt hat.*«

»Hat die Malerin, die den Kalender gestaltet hat, auch die Texte geschrieben?«, fragte Nick und sah sich die bereits geöffneten Türchen an.

»Ich glaube, ja. Die Texte lesen sich zumindest so.« Petra legte den Zettel zurück. »Es ist fast wie eine Schatzsuche. Jeden Tag erfährt man ein bisschen mehr über Lillys Leben.«

»Was glaubst du, wohin die Geschichte führt?«

»Keine Ahnung. Lilly ist jung gestorben, und Viveka hat gemeint, dass niemand weiß, was genau ihr zugestoßen ist. Ich schätze, der Adventskalender war Lillys Art, aus ihrem Leben zu erzählen und uns das Dorf mit ihren Augen sehen zu lassen.«

»Und du willst herausfinden, was ihr zugestoßen ist?«

»Du kennst mich zu gut«, antwortete Petra grinsend, bevor sie wieder ernst wurde. Vor Kurzem war ihr ein Gedanke gekommen, den sie seitdem nicht wieder losgeworden war. »Ich frage mich … ob meine Eltern etwas mit ihrem Tod zu tun hatten.«

»Warum das?«

»Ach, ich weiß nicht. Aber Lilly ist vor dreißig Jahren gestorben, und wir sind damals von hier weggezogen, wenn ich das richtig verstanden habe. Alice meinte, dass es irgendeinen Streit gegeben hat, aber sie wusste nicht, worum es ging.«

Es mochte ein bisschen weit hergeholt sein, aber Petra fragte sich dauernd, warum ihre Eltern nie über diese Wohnung gesprochen hatten. Und auch Viveka hüllte sich in Schweigen. Was, wenn ihre Eltern Lilly tatsächlich gekannt hatten und etwas zwischen ihnen vorgefallen war?

»Also hoffst du, dass Lillys Kalender dir Antworten auf deine Fragen geben wird?«, fragte Nick.

»Wahrscheinlich wird er das nicht, aber vielleicht treffe ich ja weiter auf Menschen, die mir mehr über sie erzählen können. Und vielleicht auch über meine Eltern.«

»Warum öffnest du nicht einfach alle Türen auf einmal?«

»Weil ich glaube, dass alles in einer bestimmten Reihenfolge und zu einem bestimmten Zeitpunkt erledigt werden muss«, antwortete Petra. »Klingt das bescheuert?«

»Ein bisschen.« Nick kaute nachdenklich auf einem von Vivekas Sandwiches herum. »Ich hoffe, du bist nicht enttäuscht, wenn der Adventskalender dir nicht die Antworten gibt, nach denen du suchst.«

»Darauf bin ich gefasst.«

»Na gut. Also, dann machen wir weiter.«

»Gib es zu, du bist auch ein bisschen neugierig.«

»Natürlich, wer liebt Geheimnisse denn nicht?« Nicks Lächeln versetzte ihrem Herzen einen kurzen Stoß, und sie beeilte sich, ihren Kaffee auszutrinken.

»Ich mache mich nur schnell fertig, dann können wir gehen«, murmelte sie und verließ den Raum.

*

Der bittere Winterwind stach ihnen auf den Wangen, als sie den Hof verließen. Das seltsame Gefühl, das Petra in der Wohnung überkommen hatte, war verschwunden. Und obwohl sie und Nick allein unterwegs waren – Charlie hatte sich dafür entschieden, bei Viveka zu bleiben –, fühlte sie sich kein bisschen unwohl. Sie warf einen Blick auf Nick. Er trug Jeans, derbe Stiefel und eine schwarze Daunenjacke. Sein dunkles Haar wurde größtenteils von einer grauen Mütze verdeckt. Er sah aus wie aus einem Werbespot. Petra musterte ihre eigene Daunenjacke, die sie in einem der Schränke in der Wohnung gefunden hatte. Sie war zerrissen und abgenutzt, hielt sie aber warm, ebenso wie die gefütterten Stiefel, die sie schon seit Jahren besaß. *Interessant, welche Wege das Leben manchmal nimmt,* dachte sie. Hier ging sie jetzt neben Nick her, als wäre alles genauso wie früher, obwohl sich doch alles verändert hatte.

»Worüber denkst du nach?«

»Ich habe gerade daran gedacht, wie schön es hier ist«, antwortete Petra hastig. »Im Sommer muss es fantastisch sein.«

»Die Landschaft erinnert mich tatsächlich ein bisschen an Irland.«

»Wirklich?«

»Ja. Du solltest mal hinfahren.«

»Vielleicht.« Sie wollte nicht ohne Nick dorthin fahren. Es wäre seltsam, in sein Heimatland zu reisen, ohne ihn zu besuchen.

»Wann fängt Charlie hier in Nyponviken mit der Schule an?«

»Nach Weihnachten.« Petra seufzte. »Vielleicht sollte ich sie jetzt schon hinschicken, damit sie ein paar neue Freunde findet.«

»Hast du Sorge, dass sie einsam sein könnte?«, fragte Nick vorsichtig.

»Ein bisschen vielleicht. Das Schlimmste ist, dass sie nicht sagen will, wie sie sich fühlt. Ich habe überlegt, einen Psychologen für sie zu suchen, aber sie will mit niemandem reden.«

»In Stockholm hat sie doch auch mit einer Psychologin gesprochen, oder?«

»Sie hatte nur ein paar Sitzungen, und ich musste sie praktisch dorthin schleifen.« Petra dachte an die Streits, die sie gehabt hatten, und wie wütend Charlie vor ihren Therapiesitzungen gewesen war. Fast jeder, mit dem sie nach dem Tod ihrer Schwester gesprochen hatte, hatte gesagt, dass Charlie Hilfe brauchte, um das Geschehene zu verarbeiten. Aber als sie ihr zum ersten Mal von der Kinderpsychologin erzählt hatte, war ihre Nichte explodiert und hatte sie angeschrien. Während der Sitzungen hatte Charlie kein Wort darüber verloren, wie es ihr mit dem Tod ihrer Mutter ging, und nach den ersten paar Besuchen hatte ihr plötzlicher Umzug dem Ganzen ein Ende gesetzt.

»Vielleicht solltest du ihr einfach Zeit lassen«, sagte Nick, als sie an der Kirche vorbeigingen. »Was denkst du, wie geht es ihr mit dem Umzug?«

»Ich glaube, sie versteht nicht, warum wir keine andere Wahl hatten.«

»Hattet ihr das wirklich nicht?«

»Wohin hätten wir denn gehen sollen? Ich hatte keine Arbeit und keine Wohnung. Hier haben wir eine Wohnung und die Chance auf einen Neuanfang.«

»Du hättest mich um Hilfe bitten können.«

Petra antwortete nicht. Warum sagte er ständig Dinge, die er gar nicht so meinte?

Nick zögerte. »Im Ernst. Ich hätte euch bei mir wohnen lassen.«

»Aber irgendwann hättest du uns sattgehabt.« Petra brachte ihn mit einer Geste zum Schweigen, als er widersprechen wollte, und fuhr fort: »Und ich hätte dich genauso sattgehabt. Das wäre nur in Streit ausgeartet.«

Nick steckte die Hände in die Taschen und sah zu Boden. »Weißt du noch, wie wir uns kennengelernt haben?«

»Natürlich.« Wie konnte sie das vergessen?

»Ich glaube, mich hat kein Anmachversuch je so umgehauen.«

»Es war total peinlich, oder?« Petra grinste. Sie war nicht ganz ehrlich zu Viveka gewesen, als sie ihr erzählt hatte, wie sie Nick kennengelernt hatte, denn die Wahrheit war ihr etwas unangenehm. Außerdem *war* Nick zum Haareschneiden in den Salon gekommen, aber erst nach ihrem ersten Date.

»Na ja, es hat geklappt. Ich war auf jeden Fall interessiert.«

Petra lächelte und dachte an ihr erstes Treffen zurück. Sie war mit Alice spazieren gegangen. Ihre Schwester hatte wieder mal auf sie eingeredet, sich mit jemandem zu treffen und nicht nur im Salon und mit ihr und Charlie herumzuhängen. Doch Petra war eigentlich völlig zufrieden damit. In London hatte sie eine On-off-Beziehung hinter sich gelassen und wollte nun ihre ganze Zeit und Energie in ihren neuen Salon stecken. Als sie an der ›Aubergine‹ vorbeikamen, einem ihrer Lieblingsrestaurants, stritten sie gerade darüber, ob Petra sich eine Dating-App herunterladen sollte oder nicht. Als Petra durch das Fenster ins Restaurant schaute, kreuzte sich ihr Blick mit dem von Nick. Flüchtig, wie es mit Fremden manchmal passiert. Aber als er sie anlächelte, machte etwas in ihr klick, und sie beschloss, Alice' Nörgelei ein Ende zu setzen. Zur großen Überraschung ihrer Schwester hatte Petra das Restaurant betreten, war zu Nicks Tisch gegangen und hatte ihn gefragt, ob er mit ihr ausgehen wolle.

»Meine Kollegen erinnern sich immer noch gerne an diesen Abend.«

»Gut, dass du Ja gesagt hast, das wäre sonst wirklich peinlich gewesen.«

»Erst einmal habe ich gefragt, ob ich deine Nummer haben kann«, korrigierte Nick sie.

»Ich hätte nie gedacht, dass du dich melden würdest.« Petra lachte und dachte an Alice' fassungslosen Gesichtsausdruck zurück, als sie wieder zu ihr auf die Straße getreten war. Ihre Schwester hatte kaum glauben können, dass Petra einen unbekannten Mann beim Abendessen unterbrochen und um ein Date gebeten hatte. Petra selbst war zugleich euphorisch und ein wenig erschrocken. Kurz bevor sie zu Hause angekommen waren, hatte Nick ihr eine SMS geschickt und sie für den nächsten Abend zu einem Drink eingeladen. Mit Alice im Nacken, die über ihre Schulter mitlas, hatte Petra keine andere Wahl gehabt, als die Einladung anzunehmen.

»Ich musste einfach wissen, wer du bist.« Nick nahm ihre Hand. »Das war Schicksal.«

»Ich glaube nicht an Schicksal«, sagte Petra und zog die Hand zurück. Das war gelogen. Sie glaubte sehr wohl daran – aber nicht mehr, wenn es um Nick ging.

∗

Petra faltete gerade Bettwäsche zusammen, als die Haustür aufgerissen wurde und Charlie an ihr vorbei in ihr Zimmer stürmte. War etwas passiert? Petra legte das Laken weg und ging zu Charlies Schlafzimmer. Vorsichtig klopfte sie und steckte dann den Kopf in den Raum.

»Darf ich reinkommen?«

»Klar.«

Petra stieg über einen Stapel Kleider und widerstand dem Impuls, sie aufzuheben und auf den Sprossenstuhl in der Zimmerecke zu legen. »Wie geht es dir?«

»Gut!« Charlie starrte wie üblich auf ihr Handy, das den Raum mit den Sounds von TikTok-Videos beschallte.

»Bist du sicher? Weil …«

»Hör auf, dich ständig in alles einzumischen! Du bist nicht meine Mutter!«

Petra schluckte schwer. »Ich weiß. Aber ich sehe doch, dass irgendwas los ist, und ich möchte dir helfen.«

»Du kannst mir nicht helfen.«

»Vielleicht doch«, sagte Petra und trat einen Schritt auf ihre Nichte zu. »Wenn du mir sagst, worum es geht …«

»Meinst du, wir können zurück nach Stockholm ziehen?«

»Im Moment nicht.«

»Na siehst du!«

»Bist du deshalb so wütend?«

»Ich bin wütend, weil …«, Charlies Unterlippe bebte, »… du mich nicht hier haben willst und ich auch nicht hier sein will!«

Die Worte trafen Petra wie ein Schlag in die Magengrube. »Wie kommst du darauf?«

»Weil es wahr ist. Ich habe Nick gebeten, hierherzukommen, weil ich dachte, er vermisst uns beide. Aber er will nur, dass ihr beide wieder zusammenkommt.«

Petra versteifte sich. »Du hast Nick gesagt, dass wir in Nyponviken sind?« Das steckte also dahinter. Aber warum machte er sich so viel Mühe, sie anzulügen?

»Du wolltest ja nie über ihn reden. Aber nur weil du meine Tante bist, kannst du nicht einfach alles bestimmen.«

»Ich bestimme gar nicht alles«, sagte Petra und bemühte sich um einen ruhigen Ton.

»Doch, das tust du. Du hast entschieden, dass wir hierherziehen. Du hast alle unsere Sachen verkauft. Und du hast in deinem Job verkackt.« Charlie wurde immer lauter. »Sag jetzt bloß nicht, das wäre nicht wahr!«

»Ich …«

»Ich habe gehört, wie Mama zu Nick gesagt hat, dass du dich nicht richtig um den Salon kümmerst.« Charlie starrte sie an. »Und dann haben wir die Wohnung verloren.«

»Aber das war nicht meine Schuld. Die Wohnung lief auf Alice' Namen«, versuchte Petra sich zu rechtfertigen.

»Du hättest viel härter darum kämpfen können, aber du hast einfach aufgegeben. So wie immer.«

Petra bemühte sich verzweifelt, sich wie die Erwachsene im Raum zu verhalten. Charlies Trauer brach gerade wie ein Lavastrom aus ihr hervor, und es war ihre Aufgabe, vernünftig damit umzugehen. In ihrer Brust aber brodelte die Wut. »Ich tu immer nur, was ich für das Beste für uns halte!«

»Du …«

»Das reicht! Ich habe alles getan, was ich konnte, damit wir ein gemeinsames Leben führen können. In Stockholm zu bleiben, war nie eine Option, und das solltest du langsam akzeptieren! Außerdem hast du überhaupt kein Recht, dich in meine Beziehung zu Nick einzumischen.« Noch während die Worte aus ihr herausplatzten, bereute Petra sie. Charlie war zwölf Jahre alt, sie trauerte um ihre Mutter und war urplötzlich aus ihrem Umfeld herausgerissen worden. »Du … entschuldige, können wir nicht …«

»Hau ab.« Charlie drehte Petra den Rücken zu und starrte die Wand an.

Petra legte die Hand auf Charlies Rücken, aber ihre Nichte schüttelte sie ab.

»Mann, geh doch einfach!«

Petra stand auf, doch auf dem Weg zur Tür überlegte sie es sich anders und drehte sich wieder zum Bett um.

»Du glaubst, ich will dich nicht bei mir haben. Aber das stimmt nicht. Du bist der wichtigste Mensch in meinem Leben.«

»Das sagst du doch nur so.«

»Nein, das sage ich überhaupt nicht nur so. Ich verstehe, dass du von mir enttäuscht bist und dass du Alice vermisst. Ich vermisse sie auch. Charlie, sieh mich an, bitte!«

»Verpiss dich!«

Petra blieb noch einen Moment, entschloss sich dann aber dazu, ihre Nichte in Ruhe zu lassen. *Warum geht immer alles schief?*, dachte sie. Sie hatte das Gefühl, dass ein Stahlband ihr die Brust einschnürte. Schließlich ging sie in ihr eigenes Schlafzimmer und ließ sich auf das Bett sinken. »Ich vermisse dich so sehr, Alice«, flüsterte sie. »Ich weiß, dass du gesagt hast, wir würden ohne dich auskommen, aber ich glaube, da hast du dich geirrt.«

18

Statte Olssons Teeladen einen Besuch ab, und schau dir die Teesorten aus aller Welt an. Ich komme oft hierher – weniger um Tee zu kaufen, als um mich mit Gunilla zu unterhalten, die das Geschäft führt.

Zur Mittagszeit betrat Petra das Café, in dem Maja gerade einigen Gästen Suppe servierte. Charlie hatte sich den ganzen Vormittag über nicht blicken lassen, und Petra war davon ausgegangen, sie hier zu finden. Sie blickte sich um, aber von ihrer Nichte war nichts zu sehen. War sie mit Berit in der Küche?

Petra starrte auf die geschlossene Küchentür. Sie ertrug die finsteren Blicke und mürrischen Kommentare der älteren Frau heute nicht, nachdem sie so schlecht geschlafen hatte und sich schlapp wie ein ausgequetschter Schwamm fühlte.

»Hi! Suchst du Charlie?«, fragte Maja und legte einige Stoffservietten auf den Tresen.

»Ich dachte, wir essen zusammen zu Mittag.«

Charlie war am Morgen zwar noch wütend gewesen, aber Petra hoffte, dass sie sich inzwischen etwas beruhigt hatte. Sie mussten unbedingt über ihren Streit reden.

»So was Blödes. Viveka dachte, du wärst in der Gärtnerei beschäftigt, also ist sie mit Charlie zum Einkaufen ins Dorf gefahren.«

»Ach ja?« Petra fiel es schwer, ihre Überraschung zu verbergen. Holte man sich nicht eigentlich erst eine Erlaubnis, bevor man mit einem fremden Kind einen Ausflug machte?

»Charlie hat gesagt, sie hat dich gefragt und du wärst einverstanden gewesen.« Maja runzelte die Stirn. »Deinem Gesichtsausdruck nach zu urteilen, war das wohl nicht ganz die Wahrheit.«

»Nein, sie hat mich *nicht* gefragt.« Petra ließ den Blick über die wenigen Gäste schweifen. »Du bist beschäftigt, oder?«

»Ist schon gut. Wenn du willst, können wir zusammen essen.«

»Und die Gäste?«

»Die sind schon bedient.« Maja senkte ihre Stimme. »Und es ist ja nicht gerade viel los.«

Maja hatte recht. Im Gegenteil: Für die Mittagszeit war es eher leer. Wenn es so weiterging, würden die Gärtnerei und das Café nach Weihnachten wahrscheinlich schließen müssen. Was würde aus ihr und Charlie werden, wenn sie keinen Job mehr hatte?, dachte Petra. Es gab nicht gerade viele freie Stellen in dieser Gegend, und die Geschäfte vor Ort konnten sich kaum zusätzliches Personal leisten. Petra zog ihre Jacke aus und setzte sich an den Tisch, der am nächsten zum Tresen stand.

Kurz darauf stellte Maja eine Schüssel mit Suppe vor sie. »Uff, ist das schön, sich einfach mal hinzusetzen.«

»Finde ich auch«, sagte Petra und probierte die Suppe. »Hm, die ist toll.«

»Geheimrezept. Übrigens, du hast heute das Drama des Jahres verpasst. Ich habe Holger noch nie so grantig erlebt.«

»So schlimm?«

»Noch schlimmer! Viveka hat versucht, ihn zu überreden, den Weihnachtsladen zu erweitern. Er sah aus, als wollte er sie mit der Schaufel erschlagen.«

Petra kicherte. »Ich weiß nicht, zu wem ich da halten soll.«

»Viveka will den Betrieb erneuern, und Holger will, dass alles so wird wie früher. Ich denke, dass beides seine Berechtigung hat.«

»Wahrscheinlich hast du recht.« Petra nahm einen weiteren Löffel von der Suppe. »Haben sie sich am Ende geeinigt?«

»Na ja, Viveka und Charlie sind einkaufen gefahren, und jetzt traut sich keiner mehr, Holger anzusprechen, weil er ein Gesicht zieht wie sieben Tage Regenwetter.«

»Autsch.«

»Irgendwann raufen sich die beiden schon wieder zusammen.« Maja schüttelte ein Kissen hinter ihrem Rücken auf und deutete auf die Decke, die neben ihr auf der Bank lag. »Was hältst du eigentlich von den neuen Decken, die ich letzte Woche auf dem Flohmarkt gekauft habe?«

»Die sind wirklich schön«, sagte Petra und betastete den Wollstoff. »Aber ich finde das Café generell irre gemütlich. Man fühlt sich wie im Wohnzimmer von Freunden.«

»Es ist schön, nicht wahr? Viveka hat mir erzählt, dass ihr Vater das Haus gebaut hat.«

»Ach ja?«

»Wahnsinn, oder?« Maja kratzte mit dem Löffel durch ihre Schüssel. »Deswegen bedeutet Berit der Hof auch so viel. Zehn Jahre nach dem Tod ihres Mannes hätte sie ihn fast verloren, aber dann kam Viveka wieder nach Hause, und sie haben die Krise gemeinsam durchgestanden.«

»Ich wusste gar nicht, dass Viveka mal woanders gelebt hat.«

»Sie hat in Stockholm gearbeitet.« Maja wischte sich den Mund mit einer Serviette ab. »Sie war an der Oper.«

»Als Sängerin?«

»Gott bewahre! Viveka trifft nicht einen einzigen Ton. Ich glaube, sie war Kostümschneiderin. Anscheinend war sie ziemlich gut darin und ist sogar für einige ihrer Entwürfe ausgezeichnet worden.«

»Wow, das hätte ich nie gedacht.« Petra fiel es schwer, die Frau, von der Maja erzählte, mit ihrem Bild von Viveka in Einklang zu bringen. Viveka trug meist praktische Arbeitskleidung und schien kein Interesse an Mode zu haben.

»Sie redet nicht viel darüber. Ich glaube, es ist ihr ziemlich schwergefallen, Abschied von der Oper zu nehmen und wieder nach Hause zu ziehen.«

»Das verstehe ich gut.« Petra dachte an all die Dinge, die ihr selbst so sehr fehlten. Kostüme für Operninszenierungen zu schneidern, musste ein Traumjob gewesen sein. Aber Viveka hatte ihn geopfert. Ob sie die Entscheidung jemals bereut hatte?

»Bleibst du mit Charlie jetzt eigentlich hier, oder wollt ihr wieder zurück nach Stockholm ziehen?«, fragte Maja.

»Fürs Erste bleiben wir hier. Wie ist es bei dir, willst du langfristig in der Gegend bleiben?«

»Ich liebe Nyponviken und kann mir nicht vorstellen, woanders zu leben. Außerdem habe ich den besten Job der Welt.«

»Aber du hast doch auch eine Weile in Göteborg gelebt, richtig?«

»Ja, das war toll.« Maja dachte einen Moment lang nach, bevor sie fortfuhr: »Aber ich konnte nicht dortbleiben. Ich … ähm, habe die Familie zu sehr vermisst.«

»Das kann ich verstehen«, murmelte Petra.

»Tja …« Ein Schatten fiel auf Majas Gesicht, bevor sie sich aufrichtete. »Ehrlich gesagt, bin ich froh, wieder hier zu sein. Das Kleinstadtleben passt besser zu mir.«

»Wie meinst du das?«

»Ich mag, dass ich alles, was ich brauche, in der Nähe habe und dass jeder jeden kennt. Wenn jemand Hilfe braucht oder ein Problem hat, bekommt er jederzeit Unterstützung.« Maja strich Butter auf eine Scheibe Knäckebrot. »Auf der anderen Seite gibt es natürlich jede Menge Klatsch und Tratsch.«

»Ich glaube, den perfekten Ort gibt es nicht. Ich liebe den Trubel der Großstadt, und ich mag es, in Ruhe gelassen zu werden. Aber man vereinsamt auch schnell.«

»Ich glaube, am wichtigsten ist es, seinen Platz zu finden. Ich habe meinen hier gefunden.«

»Es ist schön, dass du weißt, wo du hingehörst.« Petra dachte daran, wie verloren sie sich oft fühlte. »Charlie und ich treten immer noch auf der Stelle.«

Maja nahm einen großen Bissen von ihrem Brot. »Viveka hat mir erzählt, dass ihr auch vorher schon in Stockholm zusammengewohnt habt?«

»Eine Zeit lang. Als Charlie drei Jahre alt war, bin ich nach London gezogen, um dort zu arbeiten.« Petra erinnerte sich daran, wie sich das kleine Mädchen an ihre Beine geklammert hatte, als sie sich verabschiedete, und wie sie selbst den halben Flug über geweint und sich gefragt hatte, ob es richtig gewesen war, Alice und Charlie zu verlassen. »Ich habe an einem speziellen Friseurkurs teilgenommen, in der Zeit haben wir uns nicht so oft gesehen. Im Anschluss an die Fortbildung habe ich einen Job bei ›Not Another Salon‹ bekommen, einer Topadresse in London. Und dann habe ich eigentlich die ganze Zeit gearbeitet.«

Petra dachte darüber nach, wie sehr ihr Job sie in Beschlag genommen hatte. Jahrelang hatte sie ihre Familie in den Hintergrund gestellt, weil sie dachte, dass später noch genug Zeit für alles andere wäre.

»Und warum bist du wieder nach Schweden zurückgekehrt?«, fragte Maja.

»Es war Zeit«, antwortete Petra und schob ihren Suppenteller beiseite. »Meine Eltern sind gestorben, während ich noch in London gelebt habe, und irgendwann wollte ich näher bei Alice und Charlie sein. Als Alice mich gefragt hat, ob ich nicht Lust hätte, einen Salon in Stockholm zu eröffnen, habe ich neu angefangen.«

Sie hatte Alice und Charlie schmerzlich vermisst. Außerdem hatte ihre Beziehung mit einem der Salonbesitzer dazu geführt, dass sie sich eine neue Stelle suchen musste. Jedenfalls nachdem sie in die Brüche gegangen war. »Weil der Wohnungsmarkt in Stockholm völlig krank ist, bin ich wieder bei Alice eingezogen und geblieben.«

»Es ist bestimmt schön, einen so engen Kontakt zu seiner Schwester zu haben«, sagte Maja und winkte den aufbrechenden Gästen zum Abschied zu.

»Das war es auch.« Alice hatte Petra so viel bedeutet. Sie war ihre beste Freundin, ihre Schwester und ihre Stütze gewesen, alles gleichzeitig. Ihr Fels in der Brandung. Sie selbst hatte immer gern ihre Grenzen ausgetestet, getan, wonach ihr gerade war, und war ihren eigenen Weg gegangen. Bis ihr ganzes Leben auf den Kopf gestellt wurde. »Hast du ein gutes Verhältnis zu deinem Bruder?«

»Ja, schon. Wir sind nur ein Jahr auseinander, und als wir klein waren, bin ich ihm und seinen Kumpels überallhin gefolgt.«

Petra lachte. »Die nervige kleine Schwester?«

»Die meganervige kleine Schwester«, stimmte Maja zu und zog eine Grimasse.

»Seht ihr euch oft?«

»Ja, schon. Kalle hat eine Zeit lang auf einer Ölplattform in Norwegen gearbeitet. Jetzt lebt er hier, aber er hat sich sehr verändert. Er …«

»Maja?« Berits Stimme ließ die beiden zusammenzucken, bevor sie in Gelächter ausbrachen.

»Chefin ruft«, flüsterte Maja und stand auf. »Danke für die Gesellschaft! Es hat gutgetan, sich mal ein bisschen zu unterhalten.«

*

Petra traf Charlie, Joscha und Viveka im Hof. Beim Anblick von Charlies glücklichem Gesicht schluckte Petra den Vorwurf, der ihr auf der Zunge lag, herunter. Jetzt war nicht der richtige Zeitpunkt für diese Diskussion.

»Wart ihr einkaufen?«

»Ja, wir hatten einen wirklich schönen Vormittag. Stimmt's, Charlie?«, antwortete Viveka und holte drei Tüten aus dem Kofferraum. »Du darfst nicht gucken.«

Petra grinste. »Weihnachtsgeschenke?«

»Genau, und wir wollen dir die Überraschung nicht verderben«, antwortete Viveka zwinkernd. »Wie hast du dir die Zeit vertrieben?«

»Ich habe gerade zusammen mit Maja eine Kleinigkeit gegessen.«

»Darf ich ins Café gehen?«, fragte Charlie.

»Ja, nur vielleicht solltest du …«, begann Petra, verstummte aber, als Charlie mit Joschi auf den Fersen davonlief. Sie seufzte leise und lud sich eine von Vivekas Taschen auf den Arm.

»Ich wollte mal schauen, ob Holger Hilfe braucht. Es sei denn, du möchtest, dass ich etwas anderes mache?«, sagte sie zu Viveka.

»Vielleicht solltest du noch ein bisschen warten. Holger war vorhin ziemlich mies drauf.« Viveka holte die letzten Taschen aus dem Auto und ging in Richtung Haus.

»Ich habe gehört, dass ihr euch gestritten habt.«

Viveka sah Petra erstaunt an und lachte dann laut auf. »Manchmal vergesse ich, dass hier alles sofort durchsickert. Aber ja, stimmt. Holger ist sauer, weil ich vorgeschlagen habe, dass wir den Weihnachtsladen erweitern. Und dann habe ich wieder einmal erwähnt, dass wir eine Website brauchen. Er hat fast einen Herzinfarkt bekommen.«

»Aber das ist doch dein Hof, oder nicht?«

»Ja, aber er arbeitet hier, und ich möchte ihn nicht ausschließen.«

»Kannst du ihm nicht erklären, dass du die Sachen aus dem Weihnachtsladen im ganzen Land verkaufen kannst, wenn ihr euch einen Onlineshop einrichtet?«, fragte Petra.

Holger konnte sich doch nicht gegen eine Maßnahme wehren, die sie retten könnte! Eine Website würde den Kundenstamm der Gärtnerei enorm vergrößern. Außerdem könnte man darüber das Café bewerben und vielleicht sogar Kurse anbieten.

»Das habe ich versucht.« Viveka verdrehte die Augen. »Aber ich könnte ebenso gut gegen eine Wand reden. Holger ist allergisch gegen jeden technischen Fortschritt.«

»Könntet ihr nicht wenigstens über Social Media Werbung machen?«

»Das bringt doch nichts, oder?« Viveka stieß die Tür zu ihrem Haus auf.

»Aber wie will man ein Geschäft bewerben, wenn man weder eine Website hat noch Instagram oder Facebook nutzt?«, fragte Petra.

»Nutzt *du* soziale Medien?«

»Im Moment nicht, aber …«

»Siehst du? Unnötig.« Viveka sah Petra triumphierend an.

»Na ja, ich habe Accounts, die liegen nur im Moment brach. Aber fast alle Unternehmen präsentieren sich auf Social Media.« Petra folgte Viveka ins Haus. Es sah anders aus als bei ihrem letzten Besuch, die ganzen Weihnachtssachen waren in den Laden gebracht worden.

»Ich lasse es mir noch mal durch den Kopf gehen.« Viveka stellte die Taschen auf dem Küchenboden ab, und Petra folgte ihrem Beispiel. Sollte sie ihr anbieten, sich um die Onlinepräsenz der Gärtnerei zu kümmern? Immerhin kannte sie sich ein wenig aus und mithilfe von Social Media war es ihr gelungen, sich sowohl in London als auch in Stockholm eine große Fangemeinde aufzubauen. Petra seufzte leise. Im letzten Jahr hatte sie es einfach nicht mehr geschafft, ihre Kanäle zu bespielen. Als Alice erkrankte, war die Vermarktung ihres Salons nichts, was noch irgendwie wichtig erschien.

»Alles in Ordnung?«, fragte Viveka und sah sie besorgt an.

»Mir geht es gut, ich dachte nur, ich könnte dir mit einem Instagram-Account helfen.«

Viveka überlegte, rang sich dann aber zu einem Nicken durch. »Versuchen wir es. Du darfst Holger aber nicht in die Quere kommen. Er ist im Moment ohnehin schon so stinkstiefelig drauf.« Sie holte einen Weihnachtsschinken und eine Packung Hackfleisch aus einer der Tüten.

»Versprochen.«

»So, jetzt lass uns aber über etwas anderes reden. Was war denn heute im Adventskalender?«

»Ich bin noch nicht dazu gekommen, ihn zu öffnen.«

»Nicht? Willst du nicht wissen, was drin ist?«

»Doch, natürlich. Und tatsächlich wollte ich dich etwas fragen, der Kalender hat mich zum Nachdenken gebracht.« Was, wenn ihre Eltern tatsächlich etwas mit Lilly zu tun hatten? Sie holte tief Luft. »Glaubst du, meine Eltern und Lilly hatten einen Streit?«

Viveka erstarrte. »Wie kommst du darauf?«

»Sie sind etwa zu der Zeit von hier weggezogen, als Lilly starb, und Alice hat erwähnt, dass es irgendeinen Streit gab. Als wir hier angekommen sind, hast du gesagt, die Menschen seien so stur, dass …«

»… sie es nicht schaffen, über den eigenen Tellerrand hinauszuschauen«, beendete Viveka ihren Satz. »Du hast recht, dass ein Streit dazu geführt hat, dass deine Eltern hier weggegangen und nie wieder zurückgekommen sind. Aber die Auseinandersetzung hatten sie mit Berit. Und ja, ich war auch daran beteiligt.«

»Es gab also einen Konflikt?«

»Es war eine merkwürdige Zeit, keiner von uns konnte klar denken. Lilly war gerade verstorben, und wir waren alle vollkommen niedergeschlagen, besonders Berit. Weißt du, Lilly war nicht nur irgendeine Künstlerin im Ort, sie war meine Schwester.«

»Sie war deine Schwester? Warum hast du mir das nicht gesagt?«

»Na ja, wir reden zu Hause kaum über Lilly ... Die Sache ist heikel.«

Petra nickte. »War Berit gegen den Adventskalender?«

»Ach, sie ist gegen alles, wenn sie nicht bestimmen kann, worum es geht.« Viveka holte zwei Weingläser aus einem der Küchenschränke. »Ich glaube, wir brauchen etwas zu trinken.«

»Aber wenn Berit nicht wollte, dass der Kalender veröffentlicht wird, hätte sie doch auch Nein sagen können«, wandte Petra ein.

Viveka machte plötzlich einen schuldbewussten Eindruck. »Er wurde ... ähm ... ohne ihre Zustimmung veröffentlicht, könnte man sagen.«

Petra starrte Viveka an, die ihnen beiden nun Wein einschenkte. »Aber wenn ihr nicht wollt, dass er verkauft wird ...«

»*Ich* war nicht dagegen. Es war sogar mein Vorschlag, dass wir ihn drucken. Ich habe das Original vor einiger Zeit gefunden, und ich möchte, dass Lillys Geschichte erzählt wird.«

»Aha.« Petra versuchte zu verstehen, was sich Viveka dabei gedacht hatte, Berit zu übergehen.

»Lilly hat schon immer für viel Trubel gesorgt, und die Leute denken und glauben so viel dummes Zeug. Der Kalender erzählt ihre wahre Geschichte. Zumindest Lillys Seite der Wahrheit, und ich bin froh, dass sie diese Gelegenheit bekommt.«

»Entschuldige, dass ich so direkt frage, aber warum habt ihr euch mit meinen Eltern zerstritten?«

»Man könnte wohl sagen, dass es eine Art Erbstreit war. Deine Eltern wollten Nyponviken verlassen, und Mutter war wütend …« Viveka verstummte und sah aus dem Fenster. »Sie wollte die Wohnung zurückhaben, weil sie fand, dass deine Eltern sie zu Unrecht bekommen hatten.«

»Aber wieso wollten meine Eltern die Wohnung behalten, wenn sie sowieso nicht hier wohnen wollten?«

»Ich weiß nicht, Berit hatte jedenfalls kein Geld, um die Wohnung zu kaufen. Es gab so viel Krach, ich kann mich nicht mehr genau an alles erinnern«, antwortete Viveka und nahm einen Schluck Wein. »Kurz nach dem Umzug deiner Eltern kam die große Bankenkrise. Dein Vater bat mich, die Wohnung zu vermieten und den Gewinn zu reinvestieren, um sie instand zu halten.«

»Und du hast zugestimmt?«, fragte Petra und schaute Viveka ungläubig an.

»Ich dachte, das wäre besser, als sie an jemand Fremden zu verkaufen. So konnte ich wenigstens kontrollieren, wer auf dem Hof wohnt.«

Petra nippte an ihrem Wein, während sie versuchte, sich einen Reim auf Vivekas Worte zu machen. Es war alles so absurd – wie aus einem schlechten Film.

»Wie ich schon sagte: Mutter ist immer noch sehr empfindlich, was das alles angeht«, ergänzte Viveka.

»Das erklärt zumindest, warum sie uns nicht allzu begeistert hier empfangen hat.«

»Mach dir keine Sorgen. Sie braucht nur etwas Zeit.«

»Aber wenn sie denkt, dass die Wohnung eigentlich euch gehört …«

»Sie gehört dir und niemandem sonst!« Viveka füllte ihre Gläser wieder auf. »Und ich bin sehr froh, dass ihr hier seid. Jetzt können wir endlich versuchen, das Geschehene zu vergessen und wieder nach vorne zu schauen.«

*

Petra zog ihre Stiefel aus und hängte ihre Jacke an einen Haken. Nach zwei Gläsern Wein hatte sie plötzlich Kopfschmerzen bekommen, wohl weil sie immer noch versuchte, Vivekas Worte zu verdauen.

Am Anfang war der Adventskalender nur eine interessante Verpackung für die Geschichte über Lillys Lieblingsorte gewesen. Jetzt war alles ganz anders. Petra lebte in Lillys Elternhaus und arbeitete für ihre Verwandten. Sie ging in die Küche und nahm den Kalender in die Hand. Lilly hatte ein wunderschönes Bild des Dorfes und seiner Umgebung geschaffen. Aber warum hatte Viveka nicht von Anfang an erzählt, dass sie und Lilly Schwestern waren? Selbst wenn die Sache heikel war, wäre es doch möglich gewesen, von vornherein die Wahrheit zu sagen. Oder nicht? Und wer hatte ihr den Kalender vor die Tür gestellt? War es jemand, der wollte, dass sie die Wahrheit über Lilly und den Hof erfuhr? Wollte jemand sie vor Viveka und Berit warnen? Petra schüttelte den Kopf. *Mein Gott, das hier ist kein Krimi*, dachte sie.

Wenigstens konnte sie jetzt Berits Frustration verstehen. Jeder, der den Kalender kaufte, würde einige private Details aus Lillys Leben erfahren, die Berit vielleicht nicht an die große Glocke hängen wollte.

Gerade als sie das heutige Türchen öffnete, stürmte Charlie in die Küche. »Sollen wir zu Olssons Teestube gehen?«, fragte sie, nachdem sie einen Blick auf den Tipp im Adventskalender geworfen hatte.

»Gerne. Wenn du Lust hast?«

»Vielleicht macht es ja Spaß.« Charlie zuckte mit den Schultern.

Petra gab sich einen Ruck. »Wir müssen darüber sprechen, was gestern passiert ist.«

»Muss das sein?«

»Ja.« *Ich darf nicht nachgeben*, dachte sie. *Alice wäre auch hartnäckig geblieben.* »Wir müssen miteinander reden können, wenn es uns nicht gut geht, und gestern … das war kein gutes Gespräch.«

»Du hast mich angeschrien!«

Petra holte tief Luft. »Das war falsch. Ich hätte nicht explodieren dürfen, aber auch ich mache ab und zu Fehler.«

»So ungefähr jeden Tag«, murmelte Charlie.

»Was hast du gesagt?«

»Nichts.« Ihre Nichte starrte sie wütend an.

»Bitte, Charlie. Ich verstehe, dass diese Situation nicht einfach für dich ist, aber es hilft keinem von uns, wenn wir uns ständig zoffen. Du bist mir wichtig, und ich möchte, dass du glücklich bist.«

»Ja, klar.«

»Wirklich. Ich verstehe, wenn du nicht immer mit mir reden willst, aber was hältst du davon, wenn wir einen neuen Psychologen suchen?«

Vielleicht war das doch eine gute Idee. Ein Außenstehender würde Charlie vielleicht dazu bringen können, über ihre Gefühle zu sprechen.

»Was soll das bringen?«

»Dann hättest du jemanden, mit dem du reden kannst. Jemanden, der zur Verschwiegenheit verpflichtet ist.«

»Ich habe schon mit einer Psychologin gesprochen, und das hat nicht geholfen.« Charlie schnaubte.

»Aber …«, Petra versuchte, ihre Worte sorgfältig zu wählen. »Ich glaube nicht, dass es gut ist, seine Gefühle in sich hineinzufressen.«

»Ich will es einfach nicht, okay? War's das?« Ohne Petras Antwort abzuwarten, verließ Charlie das Wohnzimmer und ging in ihr Zimmer. Im ersten Moment schien sie die Tür hinter sich zuknallen zu wollen, hielt dann aber inne und schloss sie stattdessen mit einem leisen Klicken.

Petra stieß langsam die Luft aus. Wie sie Streit hasste! Sie warf einen Blick auf Charlies Tür. Sollte sie sie allein lassen? Nein, sie musste zumindest versuchen, mit ihr zu reden. Petra ging entschlossen los und klopfte an. »Hey, können wir nicht einfach so tun, als wären wir Freundinnen?«

Die Tür öffnete sich einen Spaltbreit.

»Sind wir doch.«

Petra biss sich auf die Lippe. Eigentlich wollte sie darauf

bestehen, dass Charlie mit einem Psychologen sprach. Und sie wollte fragen, warum Charlie Nick erzählt hatte, dass sie hier waren. Aber vielleicht nicht jetzt. Vielleicht war es besser, später über all das zu reden. »Okay, sehr gut«, sagte sie um einen fröhlichen Ton bemüht. »Sollen wir in den Teeladen gehen?«

»Weiß nicht.«

»Es gibt da übrigens was, was du noch nicht weißt … Viveka hat es mir gerade erzählt. Keine Ahnung, warum sie es bisher für sich behalten hat. Lilly war ihre Schwester!« Petra hielt den Atem an und wartete auf die Reaktion ihrer Nichte.

»Echt jetzt?« Charlie öffnete die Tür ein bisschen weiter.

»Ja.« Petra hatte eigentlich vorgehabt, mit der Enthüllung dieses Geheimnisses zu warten, aber vielleicht schaffte sie es so, ihre Nichte aus ihrem Zimmer zu locken. »Ich glaube, wir finden mehr über Lilly heraus, wenn wir in den Teeladen gehen.«

»Wann wollen wir denn los?«

»Jetzt?«, fragte Petra und versuchte, sich unbeschwert zu geben. »Ich dachte, wir könnten auch noch in der Tierhandlung vorbeischauen und eine neue Leine für Joschi kaufen.«

»Okay.« Es klang beiläufig, aber Petra spürte, dass Charlie aufgeregt war. Gut, Bestechung gehörte vielleicht nicht zu den Zehn Geboten der Kindererziehung – falls es so etwas überhaupt gab –, aber manchmal ließ sich ein Waffenstillstand nur mit unorthodoxen Methoden erzwingen.

*

Der Duft von Earl Grey und verschiedenen Fruchtmischungen schlug Petra und Charlie entgegen, als sie den Teeladen betraten. Sie waren dorthin gelaufen. Eigentlich war hier fast alles zu Fuß erreichbar, nur wenn man einkaufen oder das Dorf verlassen wollte, brauchte man ein Auto. Ihr eigenes lief zu ihrer Erleichterung zwar nach der Reparatur durch Holger wieder einwandfrei, es in eine Werkstatt zu bringen, hätten sie sich auch nicht leisten können, aber Petra war lieber zu Fuß unterwegs.

»Wir haben geschlossen.« Eine junge Frau lugte aus einer Art Lagerraum hervor. »Wir öffnen am Donnerstag wieder.«

»Tut mir leid«, erwiderte Petra und ging auf die Tür zu. »Wir dachten, es sei offen, weil im Adventskalender heute Ihr Laden erwähnt wurde.«

»Oh, stimmt ja. Tut mir leid.« Das Gesicht der Frau verzog sich zu einem Lächeln. »Kommen Sie gerne herein. Wir haben kürzlich unsere Öffnungszeiten geändert, und ich hatte völlig vergessen, dass wir heute an der Reihe sind.«

»Sie haben einen sehr schönen Laden.« Petra ließ den Blick über die Reihen von Teedosen schweifen. Das Gewirr von Gläsern in verschiedenen Mustern und Farben war sehr ansprechend.

»Danke. Wir versuchen, für jeden Geschmack das Richtige dazuhaben.« Die Frau richtete sich auf. »Mein Name ist Melissa.«

»Petra. Das ist Charlie.«

»Wir sind neugierig wegen Lilly«, sagte Charlie und sah Melissa an. »Haben Sie sie gekannt?«

»Ne, das war vor meiner Zeit. Aber meine Mutter kannte sie.«

In diesem Moment betrat eine Frau in den Fünfzigern den Laden. »Wir haben Besuch?«, fragte sie und stellte einen Stapel Papiertüten auf den Tresen.

»Sie sind wegen des Adventskalenders hier«, sagte Melissa, und Petra fiel auf, wie die Frau zusammenzuckte, bevor sie näher kam und ihnen die Hände entgegenstreckte.

»Wie schön, dass Sie hierhergekommen sind. Ich bin Karin«, sagte sie und nahm Petras Hände. »Wir freuen uns sehr, dass wir bei diesem Projekt dabei sein dürfen.«

»Blöd, dass wir vergessen haben, heute zu öffnen«, sagte Melissa.

»Sollen wir an einem anderen Tag wiederkommen?«, fragte Petra. Sie wollte nicht stören.

»Nein, nein, schon gut. Sie sagten, Sie wollen mehr über Lilly erfahren. Sie war …« Karin lachte. »Eigentlich mochten wir uns nicht besonders.«

»Warum nicht?«, fragte Charlie.

»Wir waren einfach sehr verschieden. Ich habe sie immer für ein bisschen … äh … rebellisch gehalten, könnte man sagen.«

»Meinen Sie damit, dass sie ihren eigenen Weg gegangen ist?«, fragte Petra.

»So kann man es auch ausdrücken. Sie hat mit ihren Streichen für viel Unruhe im Dorf gesorgt. Ich glaube, einmal musste sogar die Polizei anrücken. Ich weiß nicht mehr genau, worum es ging, aber sie hat immer eine Menge Unfug getrieben.« Karin lächelte. »Vielleicht war ich einfach ein bisschen eifersüchtig auf Lilly, weil sie so viel mutiger war als ich. Außerdem hat es mich gestört, dass sie so oft vorbeikam, um meine Mutter zu sehen.«

»Mochten sie sich?«, fragte Petra neugierig.

»Lillys Vater war gestorben, als sie noch klein war, und sie hat sich gern die Geschichten meiner Mutter aus seiner und ihrer Kindheit angehört. Sie waren Nachbarn und haben viel Zeit miteinander verbracht.« Karin nahm eine Dose Tee in die Hand. »Lillys Mutter gefiel es überhaupt nicht, dass Lilly so oft hier war. Sie behauptete immer, dass meine Mutter ihr nur Flausen in den Kopf setzen würde. Es war auch nicht gerade hilfreich, dass Lilly dann hier im Laden diesen Mann getroffen hat … Er war einige Jahre älter als sie, aber der Altersunterschied war ihr egal. So ist das eben, wenn man sich verliebt.«

Jetzt konnte Petra Berit noch besser verstehen.

»Waren Sie dabei, als die beiden sich getroffen haben? War Lilly sehr verliebt?«, fragte Charlie.

»Oh, ja. Man konnte das Knistern zwischen ihnen quasi spüren, als er zur Tür hereinkam. Ich glaube, er hat sogar … na ja, ist ja auch egal.« Karin füllte eine Tüte mit Tee. »Lillys Schicksal hat viele von uns auf die eine oder andere Weise berührt. Als wir von dem Kalender erfuhren, haben Melissa und ich sofort unsere Teilnahme zugesagt. Nicht um unseretwillen, sondern meiner Mutter zuliebe. Es hätte ihr gefallen.«

»Aber warum hat Lilly diese Texte geschrieben?«, fragte Charlie. »Hat sie ein Geheimnis oder so etwas gehabt? So liest es sich zumindest.«

»Ich glaube, ich sollte nicht alles im Voraus verraten. Der Kalender wird wahrscheinlich alles enthüllen, aber in einer bestimmten Reihenfolge.«

»Wie bei einer Schatzsuche?«

»Genau.« Karin reichte Petra den Teebeutel. »Nehmen Sie den hier. Das war Lillys Lieblingstee. Aber jedes Mal, wenn sie hier war, habe ich so getan, als wüsste ich nicht, welchen Tee sie wollte.«

Petra bedankte sich und plauderte noch ein wenig mit Karin und Melissa über das Dorf und den Laden. Als sie wieder auf die Straße traten, sprudelte Charlie vor Begeisterung fast über.

»Ich will wissen, was Lillys Geheimnis war!«, platzte sie heraus. »Können wir nicht alle Türchen öffnen, wenn wir nach Hause kommen? Bitte!«

»Aber dann verliert der Kalender doch seinen Reiz. Ist es nicht viel schöner, jeden Tag neue Hinweise zu kriegen?« *Und vielleicht kommen wir uns in der Zwischenzeit näher,* dachte Petra und legte den Arm um Charlie, die ihn ausnahmsweise nicht abschüttelte.

19

*Wir haben lange Spaziergänge am Strand unternommen
und uns dazu wie zufällig an der Kirche getroffen.
Meistens trafen wir uns um Punkt zwölf, und um Punkt
eins ging ich mit Schmetterlingen im Bauch nach Hause
und fühlte mich so leicht wie der feinste Pulverschnee.*

So viel zum Thema »Ich will wissen, was Lillys Geheimnis ist«,
dachte Petra und starrte zur Turmuhr hinauf. Obwohl Charlie mehr über Lilly herausfinden wollte, war ihr Interesse
schlagartig abgekühlt, als Maja sie gefragt hatte, ob sie an ihrem Pfefferkuchenhaus weiterarbeiten wollten. Aber solange
Charlie glücklich war, sollte sie sich nicht beschweren. Petra
schaute auf den Zettel aus dem Adventskalender. Der Text
klang, als würde Lilly über eine große Liebe schreiben. Meinte sie damit den Mann aus dem Teeladen?

Als Joschi an der Leine zerrte, ging Petra weiter an der
Kirchenmauer entlang und über das Kopfsteinpflaster in
Richtung Meer. Obwohl das Wetter heute sehr mild war, traf
sie keine Menschenseele auf dem Weg dorthin an. Die einzigen Geräusche waren das Rauschen des Wassers und der
Klang ihrer Schritte. Als sie die Promenade erreichte, entschied sie sich, in Richtung Hafen zu gehen, und Joschi trip-

pelte mit, als wüsste er genau, wohin sie unterwegs waren. Petra überlegte, ob er hier schon einmal mit seinem früheren Besitzer langgegangen war. Aber wenn Joschi jemandem im Ort gehörte, hätten die Dorfbewohner ihn schon längst identifiziert haben müssen. Soweit Petra wusste, hatten die ausgehängten Zettel zu keinem Ergebnis geführt.

In einiger Entfernung bewegte sich eine Gestalt am Meer entlang, und Petra kniff die Augen zusammen. War das Nick? Seit ihrem Spaziergang hatte sie nichts mehr von ihm gehört, obwohl sie ihm eine Menge zu sagen hatte. Zum Beispiel, dass er endlich zugeben sollte, warum er hier war, denn dieser Teil bereitete ihr nach wie vor Kopfzerbrechen. Warum war er nach Nyponviken gekommen, wenn sie ihm doch eigentlich egal war? Na ja, ganz egal war sie ihm wohl nicht. Nick sorgte sich um sie, das wusste sie. Sonst wäre er nicht so lange bei ihr geblieben. Eine gemeinsame Zukunft wollte er aber trotzdem nicht, jedenfalls nicht als Familie.

Sie beobachtete die Gestalt, die näher und näher kam. Es war Holger! Sie waren sich noch nie außerhalb der Gärtnerei begegnet, und jetzt schlenderte er hier am Hafen entlang. Seine Hände steckten in den Jackentaschen, und er wirkte tief in Gedanken versunken. *Soll ich umkehren?,* überlegte Petra. *Nein, was ist, wenn er merkt, dass ich ihm aus dem Weg gehe?*

»Wie schön, dich hier zu sehen«, sagte sie daher, als sie nur noch wenige Meter voneinander entfernt waren. Sie hielt Joschi fest und erwartete halb, dass der ältere Mann sie ignorieren würde. Aber er blieb stehen und musterte sie schweigend.

»Ich komme seit zehn Jahren jeden Abend hierher«, erklärte er schließlich. »Ohne Ausnahme.«

»Bei Wind und Wetter?«, scherzte Petra.

»Bei Wind und Wetter«, bestätigte Holger und zuckte mit den Schultern. »Ich finde es schön, mich nach einem langen Tag in den Gewächshäusern noch ein wenig zu bewegen. Sollen wir ein Stück gemeinsam gehen?«

Petra überlegte, ob sie sich aus der Situation herauswinden konnte. Aber es war unmöglich, ohne unhöflich zu sein.

»Wohnst du hier in der Nähe?«, fragte sie und blickte über den verlassenen Hafen. Die meisten Boote waren schon längst an Land gezogen worden, und nur noch die ein oder andere Jolle dümpelte innerhalb der Wellenbrecher herum.

»Am anderen Ende der Bucht.«

»Dann bist du aber weit gelaufen.«

»Mmh.«

Stille legte sich über sie. Hier mit Holger entlangzuspazieren, fühlte sich seltsam an, und Petra wäre am liebsten umgedreht. Aber sie wollte Holger auch nicht vor den Kopf stoßen. Außerdem war es vielleicht eine gute Möglichkeit, ihn besser kennenzulernen.

»Warum bist du hier? Also wirklich?« Holgers Stimme durchbrach plötzlich die Stille.

»Charlie und ich konnten sonst nirgendwohin«, antwortete Petra. »Viveka hat dir bestimmt erzählt, dass meine Schwester vor einiger Zeit gestorben ist. Nach ihrem Tod haben Charlie und ich die Mietwohnung verloren, in der wir gewohnt haben.«

»Ja, das habe ich gehört. Aber warum seid ihr hierher gekommen?«

»Weil die Wohnung das Einzige ist, was ich noch habe.« Petra schaute Holger an. »Ich weiß, dass es einen Streit mit Berit wegen der Wohnung gab, und ich wünschte, meine Eltern hätten mir davon erzählt, als sie noch lebten. Dann hätte ich vielleicht vorher darüber nachgedacht und versucht, unsere Situation anders zu lösen.« Was wohl kaum möglich gewesen wäre. Sie hätten ohnehin hierherkommen müssen, so aussichtslos, wie ihre Situation gewesen war.

»Es gab einen Riesenstreit, ich glaube, das ganze Dorf hat gehört, wie sie sich angeschrien haben«, sagte Holger.

»So heftig?«

»Es war wirklich ein Drama. Ich habe Berit noch nie so wütend gesehen.«

»Alles nur wegen der Wohnung? Ich verstehe nicht, wie das so einen Krach auslösen kann.«

»Manchmal handeln Menschen eben nicht rational«, murmelte Holger. »Wie lange ist deine Schwester schon tot?«

»Seit neun Monaten.«

»Das tut mir leid.« Holger klang so mitfühlend, dass Petra blinzeln musste, um die Tränen zurückzudrängen.

»Ich vermisse sie jeden Tag. Manchmal frage ich mich sogar, ob ich mir alles nur eingebildet habe und sie nicht vielleicht doch im nächsten Moment wieder auftaucht.«

»Es braucht Zeit, um zu begreifen, dass jemand nicht mehr da ist.«

»Ja.« Petra blickte auf das Meer hinaus. »Manchmal bin ich kurz davor, sie anzurufen und zu fragen, was ich tun soll, bis mir dann klar wird, dass sie nicht antworten kann.«

Holger stellte sich neben Petra und sah den Wellen zu, die auf die Mole zurollten. »Meine Frau ist vor fünf Jahren gestorben. Ich denke immer noch, dass sie am Tisch sitzt und auf mich wartet, wenn ich von der Arbeit nach Hause komme.«

»War deine Frau krank?«

»Sie hatte eine Hirnblutung.«

»Wie schrecklich.«

»Sie war so stark und immer mit allen möglichen Projekten beschäftigt. Aber dann ist sie eines Tages einfach nicht mehr aufgewacht.« Holger seufzte schwer. »Wir sind früher oft zusammen hier spazieren gegangen.«

»Wie war ihr Name?«

»Ester.« Holger lächelte Petra an. »Sie hätte dich gemocht.«

»Danke, aber wenn man mich richtig kennenlernt, kann man mich eigentlich nur für eine wandelnde Katastrophe halten.«

»Wie kommst du denn darauf?«

»Ich … Es war nicht nur die Wohnung, weshalb wir hierherziehen mussten. Vor ein paar Monaten ist mein Geschäft pleite gegangen.«

»Wie kam es dazu?«

Petra und Holger setzten sich wieder in Bewegung und beobachteten, wie Joschi an jedem Laternenpfahl schnüffelte, bevor er sein Revier markierte.

»Ich habe aufgegeben.« Sie hatte zwar schon mit anderen über die Pleite gesprochen, aber so ehrlich war sie noch nie gewesen. »Ich habe einen Friseursalon geführt, und als Alice mir sagte, dass sie krank sei, habe ich alles hingeschmissen. Ich habe mich nicht mehr richtig um den Salon gekümmert.« Genau so war es gewesen. Sie hatte sich kaum noch blicken lassen, hatte Kundentermine abgesagt und ihre ganze Zeit nur Alice gewidmet.

»Du wurdest woanders gebraucht.«

Holgers Worte waren sachlich, aber er hatte recht. Alice *hatte* sie gebraucht. Petra hatte nicht im Salon sein wollen, als ihre Schwester schwer krank war. Außerdem hatte sie ständig Angst gehabt, eine Infektion mit nach Hause zu bringen, während Alice' Immunsystem so gefährlich schwach war. Aber wenn sie einen Weg gefunden hätte, den Salon zu halten, hätte sie Charlie nicht aus ihrem gewohnten Umfeld reißen müssen. Wenn sie es wenigstens geschafft hätte, um die Wohnung zu kämpfen! Doch sie war zu müde und niedergeschlagen gewesen. Sie hatte alles verloren, und nun wusste sie nicht einmal mehr, wer sie war. Sie, die immer alles geschafft hatte, was sie sich vorgenommen hatte, und immer voller Energie gewesen war. Die keine Angst kannte. Wie hatte sie sich nur so sehr verändert?

»Wie nimmt Charlie das alles auf?«, fragte Holger.

»Mal ist sie traurig und dann wieder wütend, vor allem auf mich, weil ich sie hierhergebracht habe. Gestern hatten wir einen großen Streit.«

Holger nickte bedächtig. »Könnt ihr miteinander über Alice reden?«

»Manchmal. Ich weiß nur oft nicht, wie ich an Charlie herankommen soll. Bevor ich nach London gezogen bin, waren wir ein Herz und eine Seele. Aber als ich zurückkam, war die süße Dreijährige verschwunden und durch eine mürrische Zehnjährige ersetzt worden.« Petra zog sich die Mütze über die Ohren und erschauderte. »Alice und ich waren uns einig, dass ich nach ihrem Tod Charlies Vormund werden sollte. Sie … sie sagte, ich solle der Sache Zeit geben, und irgendwann werde Charlie mich schon an sich heranlassen. Aber was, wenn sie sich geirrt hat?«

»Ist dir mal in den Sinn gekommen, dass Charlie vielleicht nur Angst hat, auch dich zu verlieren?«

»Glaubst du das?« Petra wich Holgers Blick nicht länger aus. »Ich weiß, dass sie denkt, ich hätte sie im Stich gelassen, als ich damals weggezogen bin und nur noch so selten zu Besuch war, aber ich wusste schließlich nicht, dass Alice nur noch ein paar Jahre zu leben hatte.« Ihre Augen füllten sich mit Tränen. »Wenn ich gewusst hätte, was auf uns zukommt …«

»Es ist nicht deine Schuld. Du musstest auch an dich denken.«

»Aber ich habe so viel verpasst«, flüsterte Petra. »Ich hätte für sie da sein müssen. Außerdem bin ich schrecklich als Erziehungsberechtigte. Charlie braucht eine Mutter, aber ich habe keine Ahnung, wie man eine gute Mutter ist.«

»Sie braucht dich mehr, als du denkst. Ich glaube, ihr versucht gerade beide, euren Platz in diesem neuen Leben zu finden.« Holger tätschelte sanft Petras Arm. »Das wird schon wieder, da bin ich mir sicher.«

»Ich hoffe, du behältst recht.«

Als sie an einer Weggabelung ankamen, stellte Petra fest, dass sie schon seit über einer halben Stunde unterwegs waren. Wo war nur die Zeit geblieben?

»Ich glaube, ich sollte langsam umdrehen«, sagte sie und legte Joschi wieder an die Leine. »Danke, dass du mir zugehört hast.« Sie meinte es ernst. Der Druck auf ihrer Brust hatte ein wenig nachgelassen.

»Wenn du reden willst, bin ich immer für dich da.« Holger schaute sie aufmunternd an. »Manchmal braucht man einfach nur einen Freund.«

20

In ›Snäckans Konditorei‹ hat er mir ein Pfefferkuchen-
herz mit Zuckerguss gekauft und gesagt, er sei froh,
mich in seinem Leben zu haben. Jemand, mit dem
man über alles reden kann. Und ich wollte ihm sagen,
dass es mir genauso ging – aber zum ersten Mal
in meinem Leben brachte ich keinen Ton heraus.

Petra betrachtete das Pfefferkuchenschloss auf dem Tresen, während Nick ihren Kaffee bezahlte. Er hatte sich gestern Abend bei ihr gemeldet und gefragt, ob sie Lust habe, sich nach der Arbeit mit ihm zu treffen. Obwohl sie sich eigentlich von ihm fernhalten sollte, hatte Petra zugesagt.

»Nehmen Sie dieses Jahr am Wettbewerb teil, meine Liebe?«, fragte Mary, während sie Milch aufschäumte.

»Viveka hat gefragt, ob wir zusammen antreten, aber ich weiß nicht so recht.« Petra las sich die Anleitung durch. »Gibt es immer viele Teilnehmer?«

»Es werden von Jahr zu Jahr mehr.«

»Wie schön.« Petra kramte in ihrer Tasche und holte einen Miniaturpfefferkuchen aus Glas heraus. »Übrigens, den hatte ich heute im Adventskalender, zusammen mit einem kurzen Text über Ihre Konditorei.«

»Oh, wie schön. Wenn Sie sich hinsetzen möchten, komme ich gleich zu Ihnen.«

»Was glaubst du, werden wir heute hören?«, fragte Nick, als Mary sich den nächsten Kunden zuwandte.

»Wir werden sehen, ich bin gespannt«, antwortete Petra, bevor sie ihm direkt in die Augen sah. »Charlie sagt übrigens, sie hätte dir verraten, dass wir hier sind.«

»Dachte mir schon, dass sie sich verplappert«, antwortete Nick ruhig. »Bist du böse?«

»Zuerst war ich wütend, dass ihr das hinter meinem Rücken geplant habt, aber mittlerweile frage ich mich nur, warum?«

»Ich habe mir Sorgen gemacht. Wundert dich das wirklich?«

»Das erklärt trotzdem nicht, weshalb du hier bist.«

Nick sah sie lange Zeit an. »Ich wollte mich vergewissern, dass es euch gut geht«, sagte er schließlich. »Und da sowieso eine Konferenz angesetzt war, habe ich Nyponviken als Treffpunkt vorgeschlagen.«

»Das war also der Grund?«

»Ja. Und die Nähe zum Büro in Helsingborg ist natürlich auch praktisch«, antwortete Nick.

Darum also, dachte Petra. Sie schaute aus dem Fenster auf den großen Weihnachtsbaum, den einige Männer draußen auf dem Platz aufstellten. Obwohl sie gewusst hatte, dass Nick seine Arbeit wichtiger war als alles andere, fiel es ihr schwer, nicht enttäuscht von seiner Antwort zu sein. Sie konzentrierte sich auf das Treiben vor dem Fenster.

»In ein paar Wochen sieht alles ganz anders aus«, sagte sie in dem Versuch, das Thema zu wechseln.

Nick runzelte die Stirn. »Was?«

»Das Licht, meine ich. Hier in Schweden sind wir besessen vom Wetter und vom Licht. Hast du das nicht gewusst?«

»Was das Wetter angeht, ja. Aber Licht?«

»Am einundzwanzigsten Dezember ist Wintersonnenwende. Das ist der dunkelste Tag des Jahres, danach wird es wieder heller. Ein bisschen so, als käme die Hoffnung zurück.«

»Verstehe. Ein schöner Gedanke«, antwortete Nick.

»Du siehst ja selbst, wie dunkel es ist. Es ist erst drei Uhr, und draußen ist es fast stockduster. Wenn die Straßenlaternen nicht wären, könnten sie nicht einmal den Baum dort aufstellen.«

»Das stimmt.« Nick wirkte plötzlich nachdenklich. »Auf der Arbeit ist meistens so viel los, dass ich selten im Hellen Feierabend machen kann.«

Petra nickte. »Deprimierend, nicht wahr?«

»Ein bisschen.« Nick schaute sich um. »Und was ist jetzt mit dem Pfefferkuchenwettbewerb?«

»Dafür habe ich keine Zeit.«

»Aber Charlie könnte es Spaß machen, oder nicht?«

»Sie tritt mit Maja zusammen an.«

»Aha, und du fühlst dich zurückgewiesen.«

»Vielleicht ein bisschen«, gab Petra zu und wand sich auf ihrem Stuhl. Plötzlich fühlte sich alles wie früher an, als sie mit Nick noch über alles reden konnte. »Ich bin schrecklich, nicht wahr?«

»Menschlich, würde ich eher sagen.«

»Ich will, dass es ihr gut geht, aber manchmal ist es schwer, sich wie ihre Erziehungsberechtigte zu verhalten. Außerdem habe ich sie kaum zu Gesicht bekommen, seit wir hier sind.

Wenn sie nicht lernt, hängt sie mit Maja und Berit im Café herum. Gestern ist sie mit Viveka ins Dorf gefahren, ohne mir etwas zu sagen.«

»Aber das hätte sie doch tun müssen, oder nicht? Und Viveka hätte dir sagen müssen, dass sie Charlie mitnimmt.« Nick runzelte die Stirn.

»Charlie hat Viveka angelogen und behauptet, ich hätte Ja gesagt. Ich wollte mich nicht mit ihr streiten, also habe ich nichts gesagt, als sie nach Hause gekommen sind.«

»Warum nicht?«

Ich wollte nicht alles noch schlimmer machen. Außerdem musste ich noch über etwas anderes mit ihr reden, und irgendwie war mir das alles schlicht und ergreifend zu viel. Ehrlich gesagt, weiß ich oft nicht so recht, wie ich mich ihr gegenüber verhalten soll.«

»Sie hat ihre Mutter verloren, kein Wunder, dass sie sich in ihr Schneckenhaus verkriecht.«

»Ich weiß, aber …«

»Bitte sehr, zweimal heiße Schokolade.« Mary stellte zwei Tassen mit Sahnehäubchen ab, in denen jeweils eine Schokoladenwaffel steckte.

»Wir haben aber …«, begann Nick.

»Danke, das sieht köstlich aus«, schnitt Petra ihm das Wort ab, froh über die Unterbrechung. »Komm schon, du könntest eine heiße Schokolade vertragen. Wann hast du zuletzt eine getrunken?«

»Oje, Sie hatten Kaffee bestellt!« Mary hielt sich die Hand vor den Mund.

»Schon gut, kein Problem«, erwiderte Petra.

»Petra hat recht«, stimmte Nick zu. »Ich habe seit meinem

letzten Besuch in Irland keine heiße Schokolade mehr getrunken.«

»Sie kommen aus Irland? Wie schön!«, sagte Mary. »Woher genau?«

»Kildare. Meine Eltern haben dort einen Bauernhof und züchten Pferde.«

Petra schaute ihn überrascht an. »Das hast du mir nie erzählt.«

»Ich dachte, es wäre nicht weiter wichtig.«

»Natürlich ist das wichtig. Ich habe dich immer für ein Stadtkind gehalten.« Petra versuchte, das Bild, das sie von Nick hatte, mit dieser neuen Information in Einklang zu bringen. Er hatte ihr von Dublin erzählt und davon, dass er seine Familie nicht sehr oft sah, aber er hatte nie erwähnt, dass er auf einem Pferdehof aufgewachsen war.

»Hast du gedacht, ich wäre schon im Anzug zur Welt gekommen?«, fragte Nick amüsiert.

»So ähnlich«, gab Petra grinsend zu, bevor sie wieder ernst wurde. »Aber ich verstehe trotzdem nicht, warum du es nie erwähnt hast.« Eigentlich sollte es sie nicht überraschen, dass Nick so sparsam mit Informationen über sich selbst umgegangen war. Er wollte sich nicht zu fest binden.

Nick ging nicht darauf ein, sondern nippte an seiner Tasse und wandte sich dann an Mary. »Das ist die beste heiße Schokolade, die ich je getrunken habe.«

»Wie schön! Ich finde ja, man kann nie zu viel heiße Schokolade trinken«, sagte Mary erfreut und setzte sich zu ihnen an den Tisch. Sie schaute Petra an. »Sind Sie auch den anderen Hinweisen im Adventskalender gefolgt? Ist das Ganze nicht bezaubernd?«

»Das ist es.« Petra probierte die Schokolade und genoss den milden Geschmack. »Ich glaube nicht, dass ich jemals einen so originellen Adventskalender besessen habe.«

»Er ist wirklich etwas Besonderes. Aber Lilly war auch etwas Besonderes.«

»Viveka hat mir erzählt, dass Lilly ihre Schwester war«, sagte Petra und ignorierte Nicks überraschten Blick.

»Sie waren einige Jahre auseinander, aber Lilly hat immer zu ihrer großen Schwester aufgeschaut.«

So wie ich zu Alice aufgesehen habe, dachte Petra, und ein vertrautes Ziehen in ihrem Magen machte sich bemerkbar.

»Lilly war so unglücklich, als Viveka Nyponviken verließ und nach Stockholm zog«, fuhr Mary fort.

»Ich habe gehört, dass Lilly sich nicht besonders gut mit Berit vertragen hat.«

»Berit ist eine reizende Dame, aber sie hat Lilly nie verstanden. Lilly wiederum hat Berit nie verstanden. Und dann hat sie diesen Mann getroffen.« Mary fingerte am Tischtuch herum.

»Offiziell hieß es, sie seien nur Freunde, aber ich konnte sehen, dass da mehr zwischen ihnen war …«

»Kam er aus Nyponviken oder war er ein Tourist?«, fragte Nick.

»Er war ein paar Wochen lang beruflich für ein Projekt in der Gegend. Das war im Dezember, genau um diese Jahreszeit.« Mary führte die Tasse an ihren Mund. »Er war älter als Lilly, und zuerst war ich besorgt, dass der Altersunterschied zu groß sein könnte. Aber ihre Zuneigung zueinander war nicht zu übersehen. Sie saßen hier drin und unterhielten sich stundenlang, und manchmal waren sie auch an der

Strandpromenade unterwegs. Wie er sie angesehen hat!«
Mary lächelte bei dieser Erinnerung, bevor sie wieder ernst
wurde. »Ich glaube, sie haben einander gesucht und gefunden.
Sie brauchten beide jemanden zum Reden. Lilly war
wirklich sehr einsam, und der ständige Streit mit Berit hat
ihr wahrscheinlich mehr zugesetzt, als sie zugeben wollte.«

»Das kann ich verstehen«, sagte Petra und dachte an ihre
eigene Familie. »Meine Mutter und ich hatten auch immer
wieder Diskussionen. Sie wollte nicht, dass ich Friseurin
werde.«

»Warum nicht?«

»Sie war der Ansicht, mit meinen guten Noten sollte ich
unbedingt versuchen, Medizin oder Jura zu studieren.« Petra
dachte an den Streit, den sie vor ihrem Umzug hatten. »Meine
Eltern meinten, ich würde mein Talent vergeuden.«

Mary nickte langsam. »Ich sage immer, man soll seinem
Herzen folgen.«

»Was ist mit Lilly und ihrem Liebhaber passiert?«, fragte
Nick.

»Ich erzähle nicht die ganze Geschichte, sonst ruiniere
ich den Kalender. Aber ich glaube, dass sie beide nicht mit
dem gerechnet hatten, was dann passierte.«

»Es ist also nichts aus ihnen geworden?«

Mary lächelte Petra geheimnisvoll an. »Ich muss mich um
die anderen Gäste kümmern, aber ich würde mich freuen,
wenn wir uns bald wiedersehen. Vielleicht mit einem Pfefferkuchenhaus?«

Petra erwiderte ihr Lächeln. »Ich nehme zwar nicht am
Wettbewerb teil, komme aber auf jeden Fall und sehe mir alles
an.«

»Ich finde, du solltest mitmachen«, drängte Nick, nachdem Mary sie allein gelassen hatte.

»Ich habe noch etwas anderes zu tun, deswegen habe ich keine Zeit.«

»Was denn?«

»Ich will versuchen, eine Website für die Gärtnerei zu erstellen.« Versuchen war das richtige Wort, dachte Petra und hoffte, dass es sich nicht als allzu kompliziert herausstellen würde. Aber nach ihrem Gespräch mit Viveka war sie zu dem Schluss gekommen, dass die Gärtnerei diese Homepage unbedingt brauchte.

»Ich könnte dir dabei helfen.«

»Du?«

»Ich bin ziemlich gut in so was. Ich habe meinem Bruder auch bei seiner Website geholfen.«

Noch etwas, das sie nicht über Nick wusste. »Wirklich?«

»Jepp.« Er trank seine Tasse aus. »Und ich werde sowieso noch eine Weile hierbleiben.«

»Dann würde ich mich freuen, wenn du mir hilfst. Ehrlich gesagt, habe ich keine Ahnung, wie ich das anstellen soll.«

*

Petra fotografierte die Christrosen und dachte dabei an den Konditoreibesuch am Vormittag. Obwohl sie keine Ahnung von Webdesign hatte, freute sie sich auf das Projekt Website, auch wenn sie nicht wusste, wie es sein würde, mehr Zeit mit Nick zu verbringen.

»Wie lange willst du dich damit denn noch aufhalten?«, fragte Holger von seinem Platz am Verkaufstresen aus, wo er sich Notizen in einer Broschüre über Saatgut machte.

»Guck nicht so skeptisch, das wird euch helfen, mehr Kunden zu erreichen«, antwortete Petra.

»Ein Foto?«

»Ich habe einen Instagram- und einen Facebook-Account für euch eingerichtet. Schau mal hier.« Petra ging auf Holger zu und zeigte ihm die Fotos, die sie hochgeladen hatte. »Ihr habt schon einige Follower.«

»Wozu soll das gut sein?«

»Du weißt doch wohl, was Social Media ist?«, stichelte Petra, doch der Blick, den Holger ihr zuwarf, ließ sie zurückrudern. »Ich meinte nur …«

»Ich weiß, was du denkst.« Holger schaute amüsiert drein. »Dass ich ein alter Knacker bin, der nicht weiß, was Facebook ist.«

»Tut mir leid.«

»Du hast recht, ich interessiere mich nicht so sehr dafür. Meinst du wirklich, wir können dadurch mehr Kunden erreichen?«

»Ich bin felsenfest davon überzeugt. Vertrau mir.«

Holger seufzte und schien sich einen Ruck zu geben.

»Ich stelle ein paar Blumenarrangements zusammen, die du fotografieren kannst.«

Petra schaute Holger hinterher, der sich auf den Weg zum Lager machte. War das sein Ernst? Wollte er, der Veränderungen immer so misstrauisch gegenüberstand, ihr auf einmal doch helfen?

»Wenn du ein paar Amaryllen zusammensuchst, hole ich die Erde«, sagte er über die Schulter, woraufhin Petra ihr Handy weglegte und sich beeilte, seinem Vorschlag zu folgen.

Als Holger zurückkam, schob er einen Wagen mit Säcken voller Erde, einem Korb mit Moos, Weihnachtsschmuck und einigen terrakottafarbenen Töpfen in verschiedenen Größen vor sich her.

»Fangen wir mit der Erde an. Es ist wichtig, dass die Zwiebel nicht ganz bedeckt ist, sondern etwa zwei Drittel davon über der Erde liegen«, erklärte Holger und zeigte Petra, wie sie die Zwiebeln arrangieren sollte.

»Wie schön das aussieht mit dem Moos über der Erde«, stellte Petra fest und betrachtete zufrieden ihr Werk.

»Moos eignet sich auch gut zum Dekorieren. Womit sollen wir das Ganze noch schmücken?«

»Ich finde es eigentlich schön, so wie es ist.«

»Dann lassen wir es doch so.« Holger stellte zwei neue Töpfe vor sie hin. »Nur noch sieben weitere.«

Petra lachte und machte sich ans Werk. Eine Weile arbeiteten sie ruhig nebeneinander. Es war entspannend, Zeit mit Holger zu verbringen. Kaum zu glauben, dass sie ihn anfangs für schroff und griesgrämig gehalten hatte. Der Spaziergang hatte sie einander nähergebracht.

»Wenn wir die Töpfe versetzt auf einen Tisch stellen, sieht das bestimmt super aus«, sagte Petra.

»Probieren wir es aus.« Holger schleppte einen niedrigen Holztisch herbei, stellte ein Holzgestell auf die eine und einige umgedrehte Zinkwannen auf die andere Seite. Auf diesen unterschiedlichen Ebenen arrangierte er einige der Terrakottatöpfe. Es war wirklich schön, stellte Petra fest. Rustikal und ländlich. Sie zückte ihr Handy und schoss mehrere Fotos aus verschiedenen Blickwinkeln.

»Das Licht hier drin ist wunderbar«, sagte sie.

Sie hielt Holger ihr Smartphone unter die Nase, damit er das Ergebnis sehen konnte. »Siehst du? Die Bilder sind gestochen scharf und nicht so gelblich und verschwommen, wie sie manchmal in Innenräumen werden.«

Holger betrachtete das Bild und sagte lange nichts. »Du bist eine gute Fotografin«, stellte er dann fest.

»Ich habe manchmal meine Kunden fotografiert«, antwortete Petra. »Vorher-nachher-Bilder.« Als sie sah, dass Holger ihr nicht ganz folgen konnte, erklärte sie ihm ausführlich, wie sie früher die Haare ihrer Kunden vor und nach dem Schneiden und Stylen für ihre Social-Media-Accounts fotografiert hatte.

»Das klingt … äh … interessant.«

»Ich hatte tatsächlich ziemlich viele Follower.«

Holger lächelte, sodass sich die Falten um seine Augen noch tiefer in seine Haut gruben. »Ich glaube, Ester hätte das gefallen«, sagte er mit rauer Stimme. »Sie war immer begeistert, wenn wir etwas Neues ausprobiert haben.«

»War sie oft hier?«

»Sie hat auch hier gearbeitet. Ester und Viveka waren befreundet und haben mich fast verrückt gemacht mit all den Plänen, die sie hatten.« Plötzlich wirkte er wieder düsterer. »Ich glaube, ich bin doch zu alt für all das.«

»Ach Quatsch, das bist du nicht. Vielleicht ein bisschen … äh …«

»Widerspenstig?« Holger lächelte wieder, und Petra kicherte.

»Ein kleines bisschen vielleicht. Aber du kennst dich so gut mit den ganzen Pflanzen aus. Was hältst du davon, wenn wir auch ein paar Filme drehen? Ich könnte dich bei verschiedenen Arbeiten aufnehmen, beim Dekorieren oder wenn du dich um die Pflanzen und Blumen kümmerst.«

»Ich glaube, ich muss dich ein bisschen bremsen«, erwiderte Holger und hob abwehrend die Hände. »Können wir nicht erst einmal bei den Fotos bleiben?«

»Darf ich dich dann bei der Arbeit fotografieren?«

»Wie wäre es, wenn wir mit den Amaryllen anfangen?«

Petra reckte den Daumen nach oben, und Holger konnte sich ein Grinsen nicht verkneifen.

*

»Hallo!«, rief Maja und kam über den Hof auf sie zugerannt.

Petra schaute von den Kränzen auf, die sie und Holger aus Weißtannenzweigen wanden und mit breiten roten Seidenbändern umwickelten. »Schöne Jogginghose. Warst du laufen?«

»Wohl kaum. Ich habe vergessen, die Waschmaschine anzustellen, und die Jogginghose war das einzig Saubere in meinem Schrank. Wenn ich anfange, laufen zu gehen, könnt ihr davon ausgehen, dass irgendetwas mit mir nicht stimmt«, erklärte Maja schnaufend. »Obwohl ich vielleicht versuchen sollte, ein bisschen was für meine Fitness zu tun, wenn ich nach ein paar Metern schon so aus der Puste bin.«

»Ehrlich gesagt, siehst du auch ziemlich müde aus.« Petra trat einen Schritt näher. »Willst du dich hinsetzen?«

»Oh, mir geht es gut«, antwortete Maja und setzte ihr typisches Lächeln auf, mit dem sie die meisten Kunden direkt um den Finger wickelte. »Ich muss nur in der Mittagspause

Tapeten und Farbe für meine Eltern abholen. Das könnte eine Weile dauern, also habe ich mich gefragt, ob du in der Zwischenzeit vielleicht im Café aushelfen könntest?«

»Das sollte kein Problem sein«, sagte Petra nach kurzem Zögern.

»Machst du dir Sorgen wegen Berit?«

»Ein bisschen«, gab Petra zu. »Sie ist ziemlich furchterregend.«

»Ich weiß, was du meinst. Als ich hier angefangen habe, hatte ich jedes Mal Todesangst, wenn sie sich mir näherte. Dann habe ich gemerkt, dass sie eigentlich ganz nett ist und sich nur hinter dieser harten Fassade verschanzt.«

Angesichts dessen, was sie in den letzten Tagen über Berit erfahren hatte, konnte Petra sich gut vorstellen, dass Maja recht hatte. Aber sie hatte trotzdem keine Lust, zur Zielscheibe des Zorns der alten Dame zu werden.

»Wann musst du gehen?«, fragte sie.

»In einer halben Stunde.« Majas Gesicht verdüsterte sich. »Ich dachte, Kalle würde helfen, aber er ist nach Kopenhagen gefahren.«

»Kann ich etwas tun?«

»Nein, nein. Ich bin nur sauer, weil das so typisch ist. Kaum haben wir etwas abgesprochen, macht er sich aus dem Staub. Er ist ein Experte darin, Verantwortung auf andere abzuwälzen.«

»Wie mies.«

»Tja, da kann man nichts machen.« Maja brachte ein kurzes Lächeln zustande, das ihre Augen nicht ganz erreichte. Dann spähte sie in die Gärtnerei. »Wie ist es heute gelaufen? Hattet ihr viele Kunden?«

»Ein paar waren schon da, aber einen Ansturm würde ich es nicht nennen.«

»Im Café war es das Gleiche.« Maja zwirbelte ihr Haar zu einem Pferdeschwanz zusammen. »Übrigens, Jakob hat sich gemeldet und gefragt, wie es Joschi geht.«

»Hat er seine Besitzer gefunden?« *Bitte nicht,* dachte Petra. *Charlie wird am Boden zerstört sein.*

»Noch nicht. Ist das nicht seltsam? Ich meine, das Dorf ist nicht sehr groß, und irgendjemand sollte doch von einem vermissten Hund gehört haben.«

»Könnte er einem Urlauber gehört haben?«

»Um diese Jahreszeit haben wir kaum Touristen, es sei denn, man zählt die Gäste des Kurhotels mit. Aber dort sind keine Hunde erlaubt, also …«

»Das heißt, dort kommt Joschi schon einmal nicht her«, sagte Petra. »Aber woher dann? Er ist so ein lieber Hund und wirklich gut erzogen.«

»Wollt ihr ihn behalten?«

Charlie zuliebe wäre Petra durchaus dazu bereit gewesen, aber was würde mit ihm geschehen, wenn sie dann doch zurück nach Stockholm zogen?

»Ich weiß es nicht.« Sie näherten sich dem Café und stiegen die Stufen zur Veranda hinauf. »Übrigens, was hältst du von einer Website für die Gärtnerei?«, fragte sie dann, um das Thema zu wechseln.

»So etwas hätten wir bitter nötig, um Kunden anzuziehen, die nicht aus der Nachbarschaft kommen. Die Frage ist nur, ob das ins Budget passt. Ich habe gehört, wie Berit irgendetwas über Einnahmen und Ausgaben gegrummelt hat, die sich nicht decken.«

»So etwas habe ich auch schon läuten gehört.« Petra ließ den Blick über den Hof schweifen. »Ich verstehe einfach nicht, warum es so schlimm steht. Der Hof ist schön, die Gärtnerei gut gepflegt, wenn auch ein bisschen in die Jahre gekommen, und zusammen mit dem Café und dem Weihnachtsladen sollte das hier doch ein perfektes Ausflugsziel sein.«

»Ehrlich gesagt, weiß ich nicht, ob Berit und Viveka wirklich die Kraft dazu aufbringen können, den Hof am Leben zu erhalten.«

»Wie schade.« Petra dachte daran, wie müde Berit oft aussah. Mehr als einmal hatte sie sie im Café beim Dösen erwischt.

»Ehrlich gesagt, war ich ziemlich überrascht, als Viveka den Weihnachtsladen eröffnet hat. Mal sehen. Ich arbeite gerne hier und wäre am Boden zerstört, wenn sie schließen müssten.« Maja lehnte sich gegen das Geländer der Veranda. »Ich bin absolut für eine Website. Schaden wird es kaum.«

»Meinst du, Viveka und Berit wären sauer, wenn ich sie damit überraschen würde?«

»Du bist also fest entschlossen?«

»Wie soll Viveka sonst ihre Produkte an den Mann bringen?«

»Meinst du, das schaffst du noch vor Weihnachten?«

»Es wird knapp, aber ich finde den Gedanken daran, dass Viveka und Berit alles verlieren könnten, wofür sie so hart gearbeitet haben, einfach traurig.«

»Und wenn Berit und Viveka nicht …« Maja beendete den Satz nicht, aber Petra war klar, was sie sagen wollte.

Was hatte es noch für einen Sinn, weiterzukämpfen, wenn

die beiden bereits beschlossen hatten, ihr Geschäft zu schließen? Aber war das wirklich so? Oder irrte sich Maja vielleicht doch?

21

Ich habe ein Geheimnis. Das köstlichste, wunderbarste
Geheimnis, das man sich vorstellen kann. Wenn du
heute keine Lust hast, Pfefferkuchen zu backen,
hefte dir auf jeden Fall das Rezept ab – du könntest
es später noch brauchen. Pass gut darauf auf!

»Und, was war heute im Kalender?«, fragte Charlie und bediente sich an den Frühstücksflocken und der Sauermilch, die Petra ihr hingestellt hatte.

»Ein Pfefferkuchenrezept.« Petra wedelte mit dem Zettel. »Willst du es haben?«

»Nein, für den Wettbewerb nehmen wir Berits Rezept.«

»Und was war in deinem Schokoladenkalender?«, fragte Petra und goss sich die zweite Tasse Kaffee des Tages ein. Sie hatten beschlossen, heute in ihrer eigenen Wohnung zu frühstücken.

»Schokolade?«, sagte Charlie und griff sich ihr Smartphone.

»Bitte, Charlie, kannst du das Handy nicht in Ruhe lassen, während wir frühstücken?«

»Klar.« Eine Weile saßen sie schweigend da, jede in ihre eigenen Gedanken versunken.

»Wollen wir nach dem Frühstück einen Spaziergang mit Joschi machen?«, fragte Petra irgendwann.

»Ich dachte, du müsstest arbeiten?«

»Muss ich auch, aber erst später. Es wäre schön, wenn wir beide etwas Zeit miteinander verbringen würden. Es ist schon so lange her, und ich …«

»Ich kann nicht. Maja und ich müssen an unserem Pfefferkuchen … äh, -haus arbeiten.« Charlie schob ihren Stuhl zurück. »Ich muss los.«

Petra blickte auf die leeren Teller.

»*Choose your battles*«, murmelte sie und räumte das Geschirr zusammen, bevor sie die Küche verließ. Nach ihrem Spaziergang mit Joschi würde sie ins Café gehen und fragen, ob sie bei irgendetwas helfen konnte. Offenbar hatte der Damenklub von Nyponviken den Gastraum für ein paar Tage in Beschlag genommen, und sie vermutete, dass es viel zu tun gab.

*

Viveka und Holger saßen an einem der Tische und blätterten in einer Zeitung, während sie Kaffee tranken und belegte Brötchen aßen. Sie wirkten so synchron, dass Petra grinsen musste. In diesem Moment schaute Viveka auf und lächelte herzlich.

»Guten Morgen. Charlie und Maja sind schon voll bei der Sache. Wie sieht es bei dir aus?«

»Ähm …« Petra trat an den Tisch heran, Holger nickte ihr kurz zu. »Ehrlich gesagt, wollte ich fragen, ob du sauer bist, wenn ich nicht mit dir am Pfefferkuchenwettbewerb teilnehme.«

»Gott sei Dank«, sagte Viveka und lehnte sich mit einem erleichterten Gesichtsausdruck in ihrem Stuhl zurück. »Ich habe gerade sowieso viel zu viel um die Ohren, um mich um den Wettbewerb zu kümmern, und schiebe es seit Tagen vor mir her, mit dir darüber zu sprechen.«

»Dann geht's dir wie mir.« Petra zog einen Zettel aus der Tasche. »Aber ich hatte heute ein Pfefferkuchenrezept im Adventskalender.«

Holger, der die ganze Zeit stumm Zeitung gelesen hatte, stand auf und murmelte, dass es Zeit sei, wieder in die Gärtnerei zu gehen.

Viveka ignorierte ihn, trank in Ruhe ihren Kaffee weiter und streckte die Hand aus. »Zeig mal.«

Petra reichte ihr den Zettel.

»Ja, das ist das Pfefferkuchenrezept meiner Schwester«, sagte Viveka nach einer Weile.

»Hat sie früher auch am Wettbewerb teilgenommen?«, fragte Petra.

»Manchmal. Gewonnen hat sie nie, obwohl ihr Teig immer klar der beste war.«

»Kann man die Pfefferkuchenhäuser nach dem Wettbewerb probieren?«

»Wenn man möchte.« Viveka stapelte die Kaffeetassen. »Warum machst du nicht einen Pfefferkuchenteig hier fürs Café?«, schlug sie vor. »Maja freut sich bestimmt, der Damenklub nimmt sie ziemlich in Beschlag.«

»Soll ich Charlie sagen, dass sie an einem anderen Tag wiederkommen soll?«, fragte Petra. »Ich will nicht, dass sie stört. Außerdem hat sie noch Hausaufgaben zu erledigen.«

»Wir wollen den beiden doch nicht den Spaß verderben.«

Viveka machte sich auf den Weg in die Küche. »Es sei denn, sie *muss* ihre Aufgaben unbedingt jetzt machen?«

»Eigentlich nicht. Heute ist Studientag, sie kann auch nach dem Backen loslegen.«

»Na dann.«

Petra folgte Viveka in die Küche, wo sich Weihnachtsmusik aus dem Radio mit Majas und Charlies Lachen mischte.

»Und, wie läuft es?«, fragte Petra.

»Ziemlich gut«, antwortete Charlie.

»Wisst ihr schon, was ihr bauen wollt?«

»Na, na, na, nicht abgucken!« Maja legte die Arme über die Skizzen auf dem Tisch. »Wollt ihr jetzt euren Teig machen?«

»Wir haben gerade beschlossen, dass wir nicht am Wettbewerb teilnehmen. Viveka und ich haben beide zu viel zu tun. Aber ich will einen Pfefferkuchenteig für das Café machen.« Petra suchte sich eine der Arbeitsflächen aus. »Kann ich hier arbeiten?«

»Klar, kein Problem, antwortete Maja und konzentrierte sich dann wieder auf Charlie und die Skizzen.

Viveka stellte Petra eine Schüssel vor die Nase und zeigte auf die Speisekammer. »Du kennst dich ja mittlerweile aus. Nimm dir einfach, was du brauchst. Ich gehe Holger helfen.«

Nachdem Viveka sie allein gelassen hatte, suchte Petra die Zutaten für den Teig zusammen. Hier allein zu stehen, während Maja und Charlie kicherten und plauderten, fühlte sich komisch an. Wie damals in der Schule, wenn man keinen Partner für die Gruppenarbeit fand.

»Du backst also Pfefferkuchen.«

Petra drehte sich um und sah sich Berits prüfendem Blick gegenüber. »Ich habe dich gar nicht reinkommen hören.«

»Das glaube ich dir gerne, so wie die beiden Hühner da vorn herumgackern.« Berit reichte Petra eine Schürze und schaute auf das Rezept hinunter. »Wollen wir loslegen?«

»*Du* willst mir helfen?«

»Das ist wahrscheinlich sicherer.«

Trotz der harschen Worte schien Berit nicht annähernd so grantig zu sein wie sonst. Sie wirkte fast … nein, nicht wirklich freundlich, nur ein bisschen weniger zornig. Petra folgte den Anweisungen der alten Dame und erhitzte Sahne, Sirup und Zucker in einem Topf. Berit gab einen großzügigen Schwung Gewürze hinzu, und kurz darauf erfüllte Pfefferkuchenduft die ganze Küche.

»Lass es nicht anbrennen.«

Petra drehte den Herd runter.

»Nimm den Topf von der Platte und rühre das hier unter«, sagte Berit und hielt ihr eine Schale mit Butter hin.

Petra tat wie befohlen und rührte langsam die schmelzende Butter ein.

»Gut. Jetzt muss das Ganze abkühlen, bevor das Mehl und der Rest dazukommen.« Berit griff nach ihrem Stock. »Wir können so lange einen Kaffee trinken.« Ohne auf eine Antwort zu warten, verließ sie die Küche.

»Wollt ihr auch etwas?«, wandte sich Petra an Maja und Charlie.

»Wir arbeiten noch an unserem Entwurf«, sagte Maja und stupste Charlie an. »Oder willst du eine Pause machen?«

»Nein«, antwortete Charlie und rollte ein Stück Teig aus.

Petra trödelte noch ein bisschen in der Küche herum, bevor sie Berit widerwillig folgte. Sie füllte eine Tasse mit heißem Wasser und entschied sich für einen Tee mit Schokoladengeschmack und Orangennote. Während der Tee zog, beobachtete sie Berit, die ein Stück Mürbeteigkuchen aß und aus dem Fenster starrte. Es war ihr nicht ganz geheuer, mit der alten Dame allein Kaffee zu trinken, aber vielleicht war das ja der richtige Zeitpunkt, um den Streit mit Petras Eltern zur Sprache zu bringen.

»Gefällt es euch hier?«, fragte Berit, als Petra sich setzte.

»Nyponviken ist wirklich ein schöner Ort.« Petra dachte an das kleine Dorf und seine Bewohner. *Pittoresk* war das richtige Wort. Sie schluckte und sammelte ihren Mut zusammen. »Ich würde gerne mit dir über etwas reden.«

»Ach ja?« Berit tunkte ihren Kuchen in den Kaffee.

»Ich habe gehört, dass du und meine Eltern … also, Viveka meinte, ihr hättet eine Meinungsverschiedenheit wegen der Wohnung gehabt.«

Berit versteifte sich, seufzte und schaute Petra dann direkt ins Gesicht. »Wir hatten einen großen Streit, aber das hat dir Viveka bestimmt schon erzählt. Ich war wütend, und sie waren … nicht besonders kooperativ.«

»Tut mir leid.«

»Das muss es nicht.« Zu Petras Überraschung tätschelte Berit ihr die Hand. »Wir haben uns damals alle nicht gerade mit Ruhm bekleckert.«

»Wenn Charlie und ich wieder wegziehen …«

»Ihr wollt wieder wegziehen?« Berit sah Petra scharf an.

»Keine Ahnung, was die Zukunft bringt. Aber falls Charlie und ich wieder wegziehen sollten, verspreche ich, dass ich die Wohnung nicht an irgendjemanden verkaufe, sondern sie zuerst dir und Viveka anbiete. Wenn ihr wollt und könnt.«

Berit antwortete nicht. War sie sauer? Oder enttäuscht?

»Charlie ist ein liebes Mädchen«, murmelte sie nach einer Weile. »Sie erinnert mich an meine Tochter.«

»Meinst du Lilly?«, fragte Petra, zu neugierig, um sich den Kopf darüber zu zerbrechen, weshalb Berit das Thema gewechselt hatte.

Berit nickte und schaute wieder aus dem Fenster. »Viveka und Lilly waren so süße Kinder. Und so verschieden. Viveka wollte nur weg von hier, während Lilly sich nicht vorstellen konnte, irgendwo anders zu leben.«

»Und du, wolltest du nie von hier wegziehen?«

»Doch, das wollte ich. Einmal war ich schon auf dem Sprung, aber dann habe ich mich verliebt und bin geblieben.«

»Hast du es bedauert?«, fragte Petra vorsichtig nach.

»Nicht eine einzige Sekunde. Algot war der beste Mann, den man sich vorstellen kann. Wir haben immer gesagt, wir würden reisen, wenn wir in Rente sind, aber er ist vorher gestorben.« Berit strich mit den Händen über das rot karierte Tischtuch. »Wenn Viveka nicht zurückgekommen wäre, um mir zu helfen, weiß ich nicht, was aus dem Hof geworden wäre.«

»Ich habe gehört, dass sie vorher als Kostümbildnerin gearbeitet hat?«

»Sie hat die Oper geliebt. Eigentlich wollte sie nur eine Weile hierbleiben, aber das Leben verläuft nun einmal nicht immer so, wie wir es uns wünschen.«

Petra nippte an ihrem Tee. »Glaubst du, Viveka vermisst das Leben in Stockholm?«

»Ich weiß es nicht.« Berit lächelte traurig. »Viveka hat sich

nie anmerken lassen, dass sie es bereut, ihre Karriere aufgegeben zu haben. Aber ich bereue jeden Tag, dass ich sie
darum gebeten habe.«

22

Petra schwirrte der Kopf von allem, was Berit ihr erzählt hatte. Sie zog sich den Mantel an, um noch eine Runde mit Joschi und Rufus spazieren zu gehen. Durch das Fenster sah sie Jakob, der sich vor dem Gewächshaus mit Viveka unterhielt. Was hatte er hier zu suchen? Hatte er Joschis Besitzer gefunden? Hoffentlich nicht! Zögerlich öffnete Petra die Haustür und ging über den Hof.

»Hallo. Wie gehts?«, fragte Jakob, als sie sich ihm näherte.

»Gut«, antwortete Petra und versuchte, ein Lächeln zustande zu bringen, doch es entwickelte sich eher zu einer Grimasse. »Bist du wegen Joschi hier?«

»Tut mir leid, kein Besitzer in Sicht. Ich wollte nur sehen, wie es euch geht, und mir Joschi mal anschauen.« Jakob ging in die Hocke und winkte den kleinen Hund heran, der ihn so misstrauisch ansah, dass Rufus sich schützend vor ihn stellte.

»Wahrscheinlich glaubt er, dass du ihn mitnehmen willst«, sagte Viveka. »Jakob ist harmlos, mein Kleiner«, fügte sie an Joschi gewandt hinzu, bevor sie Rufus zurückzog. »Und du, mein Guter, solltest Jakob deinen Kumpel untersuchen lassen.«

Petra hob Joschi hoch und wandte sich an Jakob. »Ich fürchte, wir verwöhnen ihn ein bisschen zu sehr.«

»Das kann der Bursche gut vertragen«, sagte Jakob und kraulte Joschi hinter dem Ohr, was ihm zu gefallen schien. »Am besten kommt ihr mal in der Praxis vorbei, dann kann ich ihn gründlicher untersuchen.«

»Auf jeden Fall.«

»Sonst ist alles in Ordnung? Er frisst und trinkt, wie er sollte?«

»Vielleicht ein bisschen zu viele Leckerlis, wie gesagt, aber ich mache dafür eigentlich jeden Tag vor dem Frühstück einen langen Spaziergang mit ihm. Tagsüber läuft er dann auf dem Hof herum.«

»Er sieht gut aus.« Jakob hob Joschis Lefzen an. »Seine Zähne sind allerdings ein bisschen ungepflegt. Ich glaube, sein Besitzer hat sie ihm nicht gut geputzt.«

Musste man einem Hund die Zähne putzen? Petra hoffte, dass Jakob ihr keine weiteren Fragen dazu stellen würde, und zu ihrer Erleichterung ließ er das Thema fallen. Als Jakob mit seiner Untersuchung fertig war, gab er Joschi ein Leckerli. »Er sieht wirklich munter aus, wenn man bedenkt, dass es noch keine zwei Wochen her ist, seit ich ihn gefunden habe.«

»Es kommt mir auch so vor, als hätten wir ihn schon viel länger«, sagte Petra.

»Charlie hat Joschi richtig gern«, fügte Viveka hinzu. »Sie spielen und toben herum, dass es eine wahre Freude ist.«

»Er ist wirklich ein aufgewecktes Kerlchen.« Jakob verstummte kurz. »Ich habe eine Hundevermittlung in der Nähe gefragt, ob sie ihn nehmen würden.«

»Wir können ihn gerne behalten, bis seine Besitzer gefunden sind«, sagte Petra schnell.

»Ja, das hast du schon gesagt, aber was, wenn wir sie nicht finden? Ich habe schon viel zu oft erlebt, dass Leute sich einen Hund anschaffen und es nach ein paar Monaten bereuen, wenn sie merken, wie viel Arbeit so ein Tier macht.«

»Es ist doch nicht mal zwei Wochen her«, warf Viveka ein. »Ein bisschen mehr Zeit sollten wir dem Ganzen noch geben, bevor wir die Flinte ins Korn werfen, oder?«

»Ja, aber …«

»Außerdem ist der kleine Racker bei uns viel besser aufgehoben als in irgendeinem Zwinger.«

Jakob grinste. »Okay, ihr habt mich überzeugt. Aber versprecht mir, dass ihr Bescheid sagt, wenn es euch zu viel wird.«

»Er wird uns nicht zu viel«, sagte Petra und nahm Joschi wieder auf den Arm. »Und wenn wir seine Besitzer nicht finden, kümmern wir uns gerne weiter um ihn.« *Was rede ich da?*, dachte sie, während die Worte aus ihrem Mund purzelten. *Wir können uns doch jetzt keinen Hund anschaffen?* Sie sah Joschi an, und ein warmes Gefühl breitete sich in ihrer Brust aus. Doch, wenn sie die Möglichkeit dazu bekamen, würden sie ihn behalten. Er gehörte jetzt schon zu ihnen.

23

Wir waren spätabends zusammen auf der Schlittschuhbahn. Die Weihnachtsbeleuchtung spiegelte sich auf dem Eis. Als er mich auffing und in den Arm nahm, wusste ich, dass wir nicht mehr länger nur Freunde sein konnten.

Der Frost hatte sich wie eine Decke über den Boden gelegt, und bei Ausatmen gefror die Luft vor Petras Gesicht. Sie knöpfte ihre Jacke zu und zog sich ein Paar Handschuhe an. Wie jeden Morgen lag der Hof um diese Uhrzeit noch komplett im Dunkeln. Petra marschierte mit Joschi zügig an Berits und Vivekas Haus vorbei, um dann in Richtung Strandpromenade abzubiegen. Im Frühjahr konnte sie mit Charlie vielleicht eine Fahrradtour an der Küste entlang machen, einen Picknickkorb einpacken und ein paar neue Orte entdecken. Wenn es wärmer wurde, war es bestimmt wunderschön hier, der Strand, das Meer und das malerische Dorf, dessen Häuser sich bis hin zu den Ausläufern der Hügel im Landesinneren erstreckten.

Am Strand angekommen ließ sie Joschi von der Leine. Die Warnweste, die sie für ihn gekauft hatte, war jede Krone wert gewesen. Jetzt war er auch im Dunkeln von Weitem zu sehen.

Petra dachte darüber nach, was Jakob am Tag zuvor gesagt hatte. Ihre impulsive Entscheidung, sich um Joschi zu kümmern, wenn sein Besitzer nicht auftauchen sollte, fühlte sich immer noch richtig an. In kurzer Zeit war der kleine Hund zu einem richtigen Familienmitglied geworden. Allein der Gedanke, dass er irgendwo in einem Zwinger saß und auf seinen rechtmäßigen oder einen neuen Besitzer wartete, bereitete ihr Bauchschmerzen.

Als sie am Hotel vorbeispazierte, schaute Petra zu den großen Glasfenstern hinauf. Hatte Nick ein Zimmer mit Meerblick, oder ging sein Zimmer auf der anderen Seite zu den Tennisplätzen hinaus?

Petra sah auf ihre Armbanduhr. Es war sechs Uhr, und das Hotel lag im Dunkeln, ebenso wie die Häuser in der Umgebung. War es zu früh, um ihm eine Nachricht zu schreiben? Und was sollte sie überhaupt schreiben? Nick würde kaum Lust auf einen Morgenspaziergang in der Kälte haben, wahrscheinlich hatte er einen anstrengenden Tag vor sich. Sie pfiff nach Joschi, der aus einem Busch herausgeschossen kam.

»Toll machst du das«, sagte sie und kraulte ihn hinter den Ohren, bevor sie ihm die Leine wieder anlegte. Dann richtete sie sich auf und schaute noch einmal zum Hotel. Nick hatte ihr immer noch nicht gesagt, wie lange er bleiben würde, aber früher oder später war es an der Zeit, sich zu verabschieden. Endgültig.

*

Petra hängte die Leine und die Warnweste an einen Haken im Flur. »Bist du schon wach?«, fragte sie überrascht, als Charlie in ihrer Zimmertür erschien.

»Ich konnte nicht mehr schlafen«, murmelte ihre Nichte und gähnte herzhaft. Sie lockte Joschi zu sich, der sofort schwanzwedelnd herbeigesprungen kam. »Sollen wir zum Frühstücken ins Café gehen?«

»Es ist noch ein bisschen früh. Mach dich ruhig erst mal in Ruhe fertig.«

»Okay«, sagte Charlie und drehte sich um.

»He! Warte mal kurz.«

»Was ist denn jetzt schon wieder?«

»Ich …« Petra brach ab. »Na ja, ich habe noch mal über unseren Streit nachgedacht. Sollen wir nicht vielleicht versuchen, mehr miteinander zu reden?«

»Worüber?«

»Ich weiß nicht, vielleicht darüber, wie es dir geht? Und wie wir uns mit der ganzen Situation hier fühlen.«

»Das weißt du doch.«

»Ich weiß, dass du nicht hierherziehen wolltest, aber ich habe trotzdem das Gefühl, dass es dir gerade gefällt.«

»Das heißt aber nicht, dass ich hierbleiben will!«

Petra trat einen Schritt näher an Charlie heran. »Das weiß ich, und vielleicht können wir ja irgendwann zurückziehen. Aber der Wohnungsmarkt in Stockholm ist die reinste Hölle für alle, die nicht auf einem Haufen Geld sitzen. Und ich habe keinen Job in Stockholm.«

»Wenn du dich mehr für den Salon ins Zeug gelegt hättest, hättest du noch einen Job!« Charlie ballte die Fäuste. »Und dann hätten wir unsere Wohnung behalten können.«

»Ganz so einfach ist es nicht. Wir hätten die Wohnung so oder so verloren. Ich konnte nicht weiterarbeiten, als deine Mutter …«

»Also ist es Mamas Schuld, dass du pleite gegangen bist?« Charlie wurde immer lauter.

»Das habe ich nicht gesagt. Aber ich wollte die wenige Zeit, die sie noch hatte, mit ihr verbringen.« Petra hatte alles für Alice getan, was in ihrer Macht stand, und selbst als ihre Schwester im Sterben lag, immer noch gehofft, dass die Ärzte sich irrten und irgendjemand einen Weg finden würde, Alice wieder gesund zu machen. »Ich vermisse Alice auch«, sagte sie leise. »Sie war meine beste Freundin, und ich …«

»Warum bist du dann nach London gezogen, als ich klein war?« Charlie funkelte Petra trotzig an. »Du hast dich jahrelang nicht für uns interessiert.«

»Das stimmt überhaupt nicht.«

»Du bist nicht mal zu unseren Geburtstagen nach Hause gekommen. So wichtig waren wir dir.«

Petra schluckte. Charlie hatte recht. Eine Zeit lang war sie eine schlechte Tante und Schwester gewesen. Aber während sie mit ihrer Karriere beschäftigt war, hatte sie sich felsenfest vorgenommen, in Zukunft mehr Zeit mit der Familie zu verbringen. »Es tut mir leid, dass ich nicht häufiger da war«, sagte sie und versuchte, Blickkontakt zu ihrer Nichte aufzubauen. »Aber als ich wieder nach Stockholm gezogen bin …«

»Da war ich schon zehn! Du hast dich jahrelang nicht um mich gekümmert. Warum soll ich dir glauben, dass du es jetzt tun willst?«

»Du bist meine Familie.«

»Ich habe gehört, wie du mit Mama über mich gesprochen hast.« Charlie schaute Petra finster an, die schwer schluckte.

»Was hast du gehört?«

»Ist doch egal«, antwortete Charlie und wandte sich ab.

»Nein, ist es nicht.«

»Du hast gesagt, du willst nicht meine Mutter sein!«

Petra sah ihre Nichte entsetzt an, während sie verzweifelt nach einer Antwort suchte. Sie erinnerte sich an die Unterhaltung, von der Charlie sprach. Alice war es immer schlechter gegangen, und sie wussten beide, dass ihr nicht mehr viel Zeit blieb. Als ihre Schwester über Charlies Zukunft sprechen wollte, hatte Petra versucht, das Thema zu wechseln, aber Alice hatte nicht lockergelassen. Petra hatte ihr offen gesagt, wie viel Angst sie hatte und dass sie nicht wusste, wie sie die Rolle ihrer Schwester übernehmen und eine gute Mutter sein könnte. Alice hatte sich zu einem Lächeln gezwungen und gesagt, sie solle einfach für Charlie da sein und sich nicht verstellen. »Familien können ganz unterschiedlich aussehen«, hatte sie geflüstert. »Du und Charlie, ihr findet schon heraus, wie ihr auch ohne mich eine Familie sein könnt.«

»Du hast mich missverstanden«, sagte Petra schließlich. »Ich hatte Angst, weil ich nicht wusste, wie ich mich um dich kümmern sollte. Aber Alice hat mich überzeugt, dass wir es schaffen können. Zusammen.«

Sie legte eine Hand auf Charlies Arm, obwohl sie Angst hatte, dass das Mädchen sie abschütteln würde, aber Charlie blieb ruhig stehen und sah sie ruhig an.

»Du bist mir unglaublich wichtig«, fuhr Petra fort. »Ich weiß, dass ich viele Jahre nicht für dich da war, und es tut mir wirklich leid, dass ich dich nicht häufiger besucht habe.

Aber jetzt bin ich hier. Ich werde deine Mutter nie ersetzen können, und ich *will* Alice auch nicht ersetzen. Aber ich wäre am Boden zerstört, wenn wir nicht mehr zusammen sein könnten.« Sie zog ihre Nichte an sich, und zum ersten Mal seit langer Zeit schlang Charlie die Arme um Petra und erwiderte ihre Umarmung.

»Ich will auch mit dir zusammenbleiben«, flüsterte sie. »Ich hatte nur solche Angst, dass du mich nicht willst.«

*

Petra drehte den Christbaumanhänger, der eine junge Frau auf Schlittschuhen zeigte, in den Händen. Ihr Tüllrock schimmerte in verschiedenen Farben, und das Gesicht der Eiskunstläuferin war so ausdrucksstark gemalt, dass sie fast echt wirkte.

»Sie ist wunderschön«, sagte Charlie. »Darf ich mal sehen?«

»Wir können sie an den Weihnachtsbaum hängen.« Petra drückte Charlie die Figur in die Hand. »Suchst du einen Platz?«

Sie sah ihrer Nichte dabei zu, wie sie den Anhänger vorsichtig an einen Zweig hängte. Das Gewitter zwischen ihnen hatte sich verzogen und war etwas anderem gewichen. Etwas Fragilem, das jeden Moment zu zerbrechen drohte, aber auch stärker und widerstandsfähiger werden konnte, wenn sie es beide hegten und pflegten. Und genau das wollte sie tun. Sie wollte unbedingt wieder zu der Verbundenheit von damals zurückfinden, als Charlie noch klein gewesen war.

»Ich dachte, ich frage mal Viveka, ob ich heute freibekomme. Hast du Lust, irgendwas zu unternehmen?«

»Was?«, fragte Charlie.

»Na ja, ich weiß nicht. Vielleicht könnten wir Schlittschuh laufen gehen?«

»Aber wir haben doch gar keine Schlittschuhe.«

»Dann fragen wir Maja oder Viveka, ob sie uns welche ausleihen. Du hast Größe achtunddreißig, also müssten dir Schlittschuhe für Erwachsene passen.«

»Okay.« Charlie wirkte nicht ganz überzeugt, aber Petra war schon zufrieden, wenn ihre Nichte nicht in ihr Zimmer stürmte und die Tür hinter sich zuschlug.

»Super.« Petra schaute auf die Uhr. »Jetzt ist langsam Zeit fürs Frühstück. Bist du fertig?«

Charlie nickte, und gemeinsam gingen sie hinunter ins Café, wo Holger, Berit und Viveka sich bereits zusammengesetzt hatten und den heutigen Tag besprachen.

»Ist Maja noch nicht da?«, fragte Petra.

»Sie hat Schnupfen und bleibt heute zu Hause«, antwortete Viveka.

»In letzter Zeit ist sie oft nicht da«, sagte Berit. »Ich hoffe, ihr geht es bald besser.«

»Ganz bestimmt.« Viveka nahm sich ein Brot. »Soll ich versuchen, für ein paar Tage eine Vertretung zu finden?«

Berit runzelte die Stirn. »Warum?«

»Um dich zu entlasten. Du kannst doch nicht …«

»Ich habe absolut *kein* Problem damit, ein paar Tage allein zu arbeiten.« Berit streckte sich. »Ich habe es bisher immer geschafft, oder nicht?«

»Ja, aber …«

»Willst du einen Kaffee, Petra?« Berit ignorierte Viveka und hob die Kaffeekanne an.

»Gern.« Petra hielt ihr die Tasse hin. Sie wollte sich nicht in den Streit zwischen Berit und Viveka einmischen, obwohl sie sich ebenfalls fragte, wie Berit allein zurechtkommen wollte. Die alte Dame konnte sich kaum zwei Schritte ohne ihren Stock bewegen. Petra warf einen Blick auf Charlie, die sich einen Frühstücksteller zusammengestellt und auf ihren Lieblingsplatz am Fenster verzogen hatte. Das Schlittschuhlaufen musste wohl bis zum Abend warten. Petra wollte nicht um einen freien Tag bitten, solange Maja krank war.

»So, bitte schön.« Berit stellte die Kaffeekanne ab und strich eine dicke Schicht Butter auf ihr Brötchen. »Hast du heute schon dein Adventskalendertürchen geöffnet?«

»Da war eine Ballerina drin«, meldete sich Charlie schnell zu Wort. »Auf Schlittschuhen.«

»Ach ja?«

»Auf dem Zettel stand, dass es zwischen Lilly und diesem Mann auf der Eisbahn gefunkt hat«, sagte Petra. »Und dass aus der Freundschaft Liebe wurde.«

Berits Blick verfinsterte sich. »War das alles? Nichts darüber, dass er ...«

»Ich war an dem Abend dabei«, unterbrach Viveka ihre Mutter. »Sie hatten nur Augen füreinander. Ich weiß noch, was für ein schönes Paar sie abgegeben haben. Er hat sie angesehen, als wäre sie die einzige Frau auf der Eisfläche.«

»Das war ...«, setzte Berit an.

»So war es, oder nicht?« Viveka hob eine Augenbraue. »Niemand hat sich damals dafür interessiert, was *Lilly* wollte. Weder du noch ich. Er schon, also war es gar nicht so verwunderlich, dass sie sich ineinander verliebt haben.«

»Ich habe ihr zugehört! Ich habe versucht, sie zu verstehen, aber es war, als würde ich gegen eine Wand reden!« Berit erhob sich so abrupt von ihrem Stuhl, dass er nach hinten kippte und auf den Boden knallte. Bevor jemand etwas sagen konnte, griff die alte Dame nach ihrem Stock und ging mit geradem Rücken in Richtung Küche.

24

Aus dem Gewächshaus waren Gelächter und Geplauder zu hören, und wie immer, wenn Petra ihren neuen Arbeitsplatz betrat, wurde ihr ein wenig leichter ums Herz. Zwischen den Pflanzen herumzuspazieren und ihre welken Blätter und Blüten abzuzupfen, hatte eine ebenso entspannende Wirkung auf sie, wie einem Kunden die Haare zu schneiden. Petra ging direkt durch ins zweite Gewächshaus und blieb abrupt stehen.

»Ich dachte, du hast in Helsingborg zu tun?«, rief sie aus.

»Heute ist Samstag.« Nick grüßte mit der Schaufel in der Hand und schenkte ihr ein Lächeln, das ihren Magen einen Salto schlagen ließ. »Holger hat mir erzählt, dass Maja krank ist.«

»Aber ...«

»Eigentlich wollte ich dich und Charlie fragen, ob ihr einen Ausflug machen wollt, aber da ihr zu wenig Leute seid und ich freihabe, dachte ich, ich könnte genauso gut hier ein bisschen aushelfen.«

Petra versuchte, sich ihre Überraschung nicht anmerken zu lassen. Nick hatte nicht gerade einen grünen Daumen. Oder vielleicht doch? In letzter Zeit hatte sie sich des Öfteren gefragt, wie gut sie ihren Ex-Freund wirklich kannte.

»Steh hier nicht rum und starr Löcher in die Luft«, sagte Holger. »Ich habe eine Aufgabe für dich und Charlie.« Er nickte in Richtung Petras Nichte, die schon an einer Werkbank stand, vor ihr ein Tableau aus weißen Blumen, Eukalyptus, roten Beeren und grünen Blättern.

»Wir sollen das hier fertig machen«, sagte Charlie und deutete auf die Blumenarrangements. »Schau mal, der Basteldraht wird so um die Tannenzapfen gewickelt, und dann befestigen wir sie im Steckmoos.«

»Du klingst wie ein Profi«, sagte Petra und trat näher heran. »Verkaufen wir die Gestecke hier im Laden?«

»Die sind für das Hotel. Viveka hat alles vorbereitet, ihr müsst sie nur noch mit Zapfen und Tannengrün dekorieren. Achtet darauf, dass nichts mehr von dem Steckmoos durchschimmert.« Holger legte ein Bündel grüner Zweige auf den Tisch. »Und entfernt die Nadeln unten an den Zweigen, bevor ihr anfangt.« Er führte ihnen die Handgriffe einmal vor.

»Das wird toll aussehen.« Petra musterte die Dekorationen. »Super, dass das Hotel so viel bestellt hat.«

»Im letzten Jahr hatten sie einen anderen Blumenlieferanten, aber aus irgendeinem Grund haben sie sich plötzlich an uns gewandt. Wir sollen jetzt das ganze Jahr über ihre Tischdekoration liefern.«

»Das ist fantastisch.«

»Absolut«, stimmte Holger ihr zu. »Genau so etwas haben wir gebraucht.«

Petra und Charlie machten sich an die Arbeit. Während sie die Blumen arrangierten, hörte Petra interessiert zu, wie Nick und Holger über die Bewässerungsanlage diskutierten.

»Bist du dir sicher, dass du nicht lieber deinen freien Tag

genießen willst?«, fragte sie Nick, als er sich irgendwann zu ihnen an die Werkbank setzte.

»Das hier macht wirklich Spaß.« Nick wickelte Draht um einen der Tannenzapfen und betrachtete sein Werk zufrieden, bevor er es Charlie übergab. »Außerdem habe ich das Projekt in Helsingborg abgeschlossen.«

Petra versuchte, ihre Gedanken zu ordnen. Obwohl sie die ganze Zeit gewusst hatte, dass er wieder fahren würde, trafen seine Worte sie nun wie eine kalte Dusche. Sie setzte gerade zu einer Antwort an, als Holger Charlie zu sich ins andere Gewächshaus rief.

»Es war schön, dich wiedergesehen zu haben«, sagte Petra zu Nick, als sie allein waren.

»Ich bleibe noch hier.«

Petra blinzelte. »Was?«

»Ich habe vor, noch eine Weile hierzubleiben. Wir haben nicht einmal mit der Website angefangen.«

Petra legte die Tannenzapfen und den Wickeldraht zur Seite. »Das geht nicht«, sagte sie leise. »Das wird nicht funktionieren.«

»Wie meinst du das?«, fragte Nick und runzelte die Stirn. Petra holte tief Luft. Sie hatte ihm eigentlich nicht erzählen wollen, dass sie dieses Gespräch damals mitbekommen hatte, aber jetzt konnte sie es nicht länger für sich behalten. »Ich habe gehört, wie du deinem Kollegen gesagt hast, du wärest noch nicht bereit für eine ernsthafte Beziehung und könntest dir absolut nicht vorstellen, Kinder zu haben.«

»Was …«

»Das ist vollkommen in Ordnung für mich, und als wir uns kennengelernt haben, wusste ich ja, an welchem Punkt in deinem Leben du stehst«, schnitt Petra ihm das Wort ab. »Aber ich verstehe nicht, warum du jetzt darauf bestehst, hierzubleiben.«

»Warte, noch mal von vorne. Was soll ich gesagt haben?«, fragte Nick ernst.

»Komm, hör auf, das wiederhole ich jetzt nicht.« Petra wandte den Blick ab. »Ich weiß, dass du hergekommen bist, weil wir Freunde sind, aber ich will nicht, dass du dich jetzt verpflichtet fühlst, hierzubleiben. Mir und Charlie geht es gut, und wir kommen zurecht.«

»Petra! Sieh mich an!« Nicks Stimme ließ keinen Widerspruch zu. »Ich habe nie gesagt, dass ich nicht bereit für eine Beziehung wäre oder keine Kinder will.«

»Ich habe dich doch gehört.«

»Aber so etwas habe ich nicht gesagt.« Nick fuhr sich mit der Hand durch die Haare. »Warum sollte ich herkommen, wenn ich so denke?«

»Keine Ahnung. Ich …« Petra verstummte. »Ich …«

Nick sah sie mit einem unergründlichen Blick an. »Ich fasse es nicht, wie du das glauben kannst, nach allem, was wir durchgemacht haben.«

»Nick!« Charlie kam auf sie beide zu. Nick und Petra zuckten zusammen. »Du gehst doch heute mit uns Schlittschuh laufen, oder?«

»Ich weiß nicht«, antwortete Nick und sah Petra an.

»Keine Widerrede.« Charlie kam näher. »Das ist die Aufgabe aus dem Adventskalender.«

»Lilly hat sich auf der Eislaufbahn verliebt …« Petra verstummte. Sie wollte mit Nick jetzt nicht über Romantik reden. »Weißt du, ob es in der Nähe eine Eislaufbahn gibt?«, fragte sie stattdessen Holger, der sich ebenfalls wieder zu ihnen gesellte.

»Eine Eisbahn hatten wir hier schon lange nicht mehr«, antwortete er. »Die nächste ist in Ängelholm.«

»Dann fahren Charlie und ich eben dorthin«, sagte Petra und warf Nick einen kurzen Blick zu. »Ich muss nur noch Viveka fragen, ob sie uns Schlittschuhe leiht.«

*

Viveka sah von der Schachtel auf, die sie gerade auspackte, als Petra in den Weihnachtsladen stürmte. Das Gespräch mit Nick war kein bisschen so verlaufen, wie sie es sich vorgestellt hatte, und jetzt bereute sie es, überhaupt mit dem Thema angefangen zu haben. Sie hätte ganz einfach weiter so tun können, als wäre alles in Ordnung. Andererseits konnte sie sich keinen Reim auf Nicks Reaktion machen. Warum hatte er behauptet, nicht zu wissen, wovon sie sprach?

»Na, hallo!«

Petra schob den Gedanken an Nick weg. »Störe ich etwa?«

»Ganz und gar nicht.« Viveka deutete auf einen Pappkarton. »Kannst du mit anpacken?«

»Klar.« Petra hievte den Karton hoch. »Charlie und ich wollen heute Nachmittag gerne Schlittschuh laufen gehen. Hast du zufällig welche, die wir uns ausleihen können?«

»Hm, ich fürchte, meine habe ich entsorgt. Aber ich kann in der Mittagspause noch mal nachsehen.«

»Danke, das wäre total nett.« Petra hängte einen Glasengel an einen der Haken an der Wand. »Die sind schön«, sagte sie und bewunderte die zarte Figur.

»Lilly hat mir und Berit zu Weihnachten immer solche

Engel geschenkt. Sie hat sie selbst gebastelt, ich habe eine ganze Sammlung davon.«

»Was für eine schöne Tradition. Es ist toll, dass ihr euch so nahe gestanden habt. Es gibt nichts Wichtigeres als die Familie.« Petra musste an sich und Charlie denken. Nach ihrem letzten Gespräch war ihr klar geworden, dass sie ihrer Nichte ein Gefühl der Sicherheit geben musste, um ihr klarzumachen, wie viel ihr an ihr lag. Charlie sollte wissen, dass Petra immer für sie da sein würde. *Nicht so wie damals, als Charlie noch klein war.* Petra war nicht einmal nach dem Tod ihrer Eltern länger in Stockholm geblieben. Nein, sie war gleich nach der Beerdigung zurück nach London gereist und hatte Alice die Verantwortung für ihr Elternhaus und alles andere überlassen. Sie seufzte vor sich hin und nahm ein paar weitere der Engel in die Hand.

»Das war aber ein schwerer Seufzer«, sagte Viveka und rückte ein paar Wichtel zurecht.

»Ich habe gerade über die Beziehung zwischen Charlie und mir nachgedacht.«

»Willst du darüber reden?«

Petra zögerte, bevor sie sich entschloss, offen darüber zu sprechen, was ihr auf der Seele brannte. »Charlie findet, ich hätte sie im Stich gelassen, als ich damals nach London gezogen bin.«

»Und was denkst du?«

»Dass sie recht hat …«

»Weil du deinem Traum gefolgt bist?«

»Weil ich mich von meiner Familie abgewandt habe. Ich bin nur selten mal nach Hause gefahren, um sie zu besuchen. Alles andere war immer wichtiger.«

»Du hattest jedes Recht, an dich und deine eigene Zukunft zu denken«, entgegnete Viveka. »Wenn du das Leben deiner Schwester geführt hättest, wärst du wahrscheinlich nicht glücklich geworden. Sie hat ihre Entscheidungen im Leben getroffen, und du durftest deine treffen.«

Viveka klang genau wie Holger. Doch Petra wusste, dass sie noch viel Zeit brauchen würde, um sich nicht mehr ständig den Vorwurf zu machen, Alice und Charlie im Stich gelassen zu haben.

»Darf ich fragen, wie du darauf gekommen bist, Friseurin zu werden?«, fragte Viveka.

»Eigentlich war das überhaupt nicht mein Plan. Aber nach der Schule habe ich am Empfang bei Björn Axén gejobbt, dem berühmten Friseur in Stockholm, weißt du? Da habe ich gemerkt, wie gerne ich mit Menschen arbeite.«

»Hast du dort auch deine Ausbildung gemacht?«

»Genau. Ich habe jahrelang über nichts anderes nachgedacht als Frisuren, Farben und Schnitte.« Petra schaute die ältere Frau an. »Und was ist mit dir? Ich habe gehört, du hast als Kostümschneiderin gearbeitet?«

Viveka lächelte. »Ich war genau wie du und war Feuer und Flamme für meinen Beruf. Ich bin nach Stockholm gezogen und habe jede freie Minute mit der Arbeit an den ausgefallensten Kostümen verbracht. Es war eine tolle Zeit.«

»Fehlt dir das alles?«

»Manchmal.« Viveka sah Petra an. »Aber ich habe nun einmal meine Entscheidung getroffen.«

»Bereust du sie manchmal?«

»Alles hat seine Zeit.« Viveka hob die Gießkanne auf und

ging zu einem der Weihnachtsbäume hinüber. »Hast du dich wieder mit Charlie vertragen?«, fragte sie.

»Ja, wir haben zum ersten Mal so richtig über alles gesprochen. Aber auch, wenn wir uns dadurch irgendwie näher gekommen sind, weiß ich nicht, wie ich es schaffen soll, so zu sein wie Alice.«

»Musst du das denn?«

»Wie meinst du das?«

Viveka setzte sich auf eine Bank und gab Petra ein Zeichen, ihrem Beispiel zu folgen. »Ich meine, dass du es deiner Schwester nicht in allem gleichtun musst. Du bist eine eigenständige Persönlichkeit, und ich denke, dass du und Charlie nur lernen müsst, wie ihr miteinander umgehen könnt.«

»Du hast recht.« Petra strich sich eine Haarsträhne aus dem Gesicht. »Aber es ist so schwierig.«

»Ich weiß. Wer hat gesagt, dass das Leben einfach ist?« Viveka sah auf, als Holger draußen vorbeiging.

Petra folgte ihrem Blick. »Holger hat mir erzählt, dass seine Frau auch hier gearbeitet hat.«

»Das hat sie. Wir drei waren ein gutes Team.«

»Waren Ester und Holger schon von Anfang an zusammen?«

Viveka sah plötzlich betrübt aus. »Nein, nicht von Anfang an.« Sie stand auf. »Jetzt gehen wir besser wieder an die Arbeit. Sonst sitzen wir gleich beide hier und heulen, und das können wir wirklich nicht gebrauchen.«

25

Seit dem Streit am Morgen hatte Petra Nick nicht mehr zu Gesicht bekommen, aber es war ohnehin besser, wenn er nicht mit ihnen Schlittschuh laufen ging.

Sie holte eine Thermoskanne aus einem der Schränke und füllte einen Kochtopf mit Milch. »Weißt du, wo der Kakao ist?«, fragte sie Charlie, die damit beschäftigt war, sich in ihre langen Unterhosen zu zwängen.

»Dort drüben.« Charlie zeigte auf die Bank. »Muss ich diese Dinger wirklich anziehen?«

»Es ist richtig kalt. Also ja.«

Petra griff sich die Tüte mit Gebäckteilchen, die sie aus dem Dorf mitgebracht hatten. Da Viveka keine Schlittschuhe für Charlie gehabt hatte, waren sie doch noch gezwungen gewesen, loszuziehen und ein neues Paar zu kaufen. Das hatte ein großes Loch in Petras Geldbeutel gerissen, aber sie tröstete sich mit dem Gedanken, dass Charlie wahrscheinlich ohnehin Schlittschuhe brauchen würde, wenn sie wieder zur Schule ging.

Als sie selbst ein Teenager gewesen war, hatte der Sportunterricht im Januar und Februar oft auf der Eisbahn stattgefunden, und Petra hatte dafür immer Alice' alte Schlittschuhe benutzt. Das war der Nachteil, wenn man die Jüngere war. Alice hatte die neuen Sachen bekommen, die Petra dann geerbt hatte. Bei den Schlittschuhen war das kein großes Drama gewesen – ganz im Gegensatz zu anderen Kleidungsstücken. Alice und sie hatten einen sehr unterschiedlichen Geschmack gehabt. Ob das der Grund dafür gewesen war, dass Petra so viel Geld für Kleidung auf den Kopf gehauen hatte, als sie anfing, ihr eigenes Geld zu verdienen? Nicht, dass diese Angewohnheit zum Bankrott ihres Unternehmens beigetragen hätte, aber da sie sich nie darum gekümmert hatte, Geld auf die Seite zu legen, gab es jetzt keine Ersparnisse, auf die sie hätte zurückgreifen können.

»Gehen wir?« Charlie sprang vom Sofa auf und zog sich ihre Thermohose und ihre Winterjacke über. »Wir haben schon fast sieben Uhr.«

»Du hast es aber eilig«, sagte Petra und packte die Verpflegung in einen Rucksack, bevor sie sich selbst warm anzog.

Draußen vor der Haustür staunte sie nicht schlecht. »Wow, die haben in den letzten Stunden ja ganze Arbeit geleistet«, sagte sie. Jemand hatte unzählige Marschalllichter aufgestellt, die sich wie eine Perlenkette über den Hof zogen.

»Lass uns schauen, wohin sie führen«, rief Charlie begeistert.

»Wollen wir nicht direkt nach Ängelholm fahren? Wir brauchen eine Weile, bis wir dort sind, und es ist schon ziemlich spät.«

»Morgen ist doch Sonntag. Bitte!«

»Na gut«, lenkte Petra ein. »Übrigens habe ich Nick nicht mehr erreicht, es sieht also so aus, als wären wir heute Abend allein«, fuhr sie fort und hoffte, dass Charlie nicht hörte, wie aufgesetzt ihre gute Laune klang.

»Okay«, erwiderte ihre Nichte und ging weiter, als hätte sie nichts gehört.

Sie umrundeten die Gewächshäuser, und Petra blieb abrupt stehen, sprachlos angesichts des Anblicks, der sich ihr bot.

»Ich …« Sie betrachtete die Eisbahn, die sich vor ihren Augen ausbreitete.

»Das ist total irre, oder? Ich durfte nichts sagen, aber Holger und Nick haben hier vorgestern Unmengen an Wasser ausgeschüttet.«

Petra trat einen Schritt näher heran. Die runde Eisbahn war unglaublich sorgfältig angelegt und mit Lichtern geschmückt, die an den Bäumen und Sträuchern hingen. »Es ist wirklich wunderschön geworden!«

»Ich habe geholfen, die Lichter aufzuhängen«, verkündete Charlie stolz.

»Und ich habe die Männer davon abgehalten, den kompletten Acker einzufrieren«, sagte Viveka, die jetzt hinter ihnen auftauchte.

Petra sah sich um. »Ich kann es gar nicht glauben, dass wir auf einmal unsere eigene Eisbahn haben«, sagte sie und runzelte dann die Stirn. »Wusstest du, was heute im Kalender steht?«

»Ich bin da so einigermaßen im Bilde. Und jetzt müsst ihr euch nicht mit den anderen Leuten auf der Bahn in Ängelholm zusammenquetschen«, erwiderte Viveka und sah sich nach Nick und Holger um, die sich nun ebenfalls aus der Dunkelheit lösten.

Petras Magen veranstaltete eine Berg-und-Tal-Fahrt. Als Nick vor ihr stand, lächelte sie und umarmte ihn kurz.

»Danke, dass du das für uns gemacht hast.«

Nick versteifte sich, erwiderte dann aber ihre Umarmung. »Wir sollten dringend über das Gespräch von vorhin reden«, murmelte er. »Nachher.«

Petra nickte und umarmte Holger und Viveka ebenfalls.

»Das war alles Vivekas Idee«, sagte Charlie fröhlich. »Nick war hier, als wir besprochen haben, was wir machen wollen und …«

»Wir haben sofort angefangen«, fügte Nick hinzu. »Sollen wir die Eisbahn testen?«

»Endlich!« Charlie stürmte mit ihren Schlittschuhen in der Hand zu einer Bank direkt neben der Eisfläche.

»Sag mir Bescheid, wenn du Hilfe brauchst«, sagte Petra.

»Danke, aber ich weiß, wie man sich Schlittschuhe anzieht.«

»Wollt ihr auch fahren?«, wandte sich Petra an Viveka und Holger.

Viveka schüttelte den Kopf. »Ich will lieber zusehen, wie ihr euren Spaß habt.«

»Und ich bin seit meiner Kindheit nicht mehr Schlittschuh gelaufen«, sagte Holger und legte ein paar mitgebrachte Schafsfelldecken über zwei Korbstühle. »Viveka und ich bleiben einfach hier sitzen und trinken Glühwein.«

»Habt ihr Glühwein dabei?«

»Und Pfefferkuchen.« Viveka schraubte den Deckel einer Thermoskanne auf.

Petra nahm einen Becher entgegen und nippte an dem heißen Getränk.

»Worauf wartest du noch?«, rief Nick ihr vom Eis aus zu, wo er und Charlie bereits im Kreis glitten.

»Gleich.« Petra blieb noch eine Weile bei Viveka und Holger stehen, bevor sie ihre Schlittschuhe schnürte, auf das Eis trat und ein paar Probeschritte machte. Sie war seit ihrer Schulzeit nicht mehr Schlittschuh gelaufen und fühlte sich ein wenig wie Bambi auf dem glatten Eis, fand sich aber schnell zurecht. Nach ein paar Minuten sauste sie bereits an Nick und Charlie vorbei. Sie hatte ganz vergessen, wie viel Spaß das machte! Vorsichtig stemmte sie ihren Schlittschuh gegen das Eis, um eine Pirouette zu drehen, verlor aber auf der Stelle das Gleichgewicht und knallte mit voller Wucht auf den Hintern.

»Alles in Ordnung?« Nick kam neben ihr zum Stehen, aber Petra winkte ab.

»Ich hatte nur vergessen, dass ich nicht mehr vierzehn bin«, murmelte sie, rappelte sich hoch und lief noch ein paar Schritte. Die Pirouetten mussten warten, bis sie sicherer auf den Beinen war. Aber bald schon nahm sie wieder Tempo auf und ignorierte die Schmerzen in ihren Knöcheln und Füßen.

Alice hatte ihr das Schlittschuhlaufen beigebracht. Sie war Mitglied in einer Eiskunstlaufgruppe gewesen und hatte sogar einige Jahre lang an Turnieren teilgenommen. Petra erinnerte sich daran, wie sehr sie sich mit dem Eislaufen abgemüht hatte, nur damit ihre Schwester stolz auf sie war, aber jetzt lächelte sie und streckte die Arme weit aus. Was war das für ein Gefühl, das in ihr brodelte? Es dauerte einen Moment, bis der Groschen fiel. Freiheit. Sie fühlte sich frei.

Bereitwillig ließ sie sich von Nicks Armen auffangen, und gemeinsam drehten sie sich langsam im Kreis. Ihre Blicke trafen sich, und er tippte ihr sanft auf die Nase.

»Du fährst wie eine Eisprinzessin«, murmelte er.

»Alice war die Eisprinzessin. Ich bin eher so was wie die Eiskammerzofe«, antwortete Petra und lachte.

Nick grinste, wurde aber augenblicklich wieder ernst. »Wegen heute Morgen …«

»Können wir es nicht einfach dabei belassen? Ich kann dich wirklich verstehen, und du schuldest mir nichts.«

»Aber du hast unrecht«, sagte Nick.

»Ich habe doch gehört, wie du mit deinem Kollegen gesprochen hast«, wandte Petra ein.

»Bist du bis zum Ende geblieben?«

»Wie meinst du das?«

Nick wirkte plötzlich sehr ernst. »Hast du unser ganzes Gespräch mitgehört?«

»Ich bin lange genug geblieben, um das Wichtigste mitzubekommen.«

»Tja, wenn du etwas länger geblieben wärst, hättest du mich sagen hören, dass sich meine Meinung geändert hat, als wir uns kennengelernt haben.«

Petra starrte Nick an. »Meinst du damit …«

»Ja, das, was du gehört hast, habe ich tatsächlich so gesagt. Aber du hast verpasst, wie ich erklärt habe, dass sich durch dich alles verändert hat.«

»Ich …«, Petra blinzelte. Hatte sie ihn wirklich nur falsch verstanden? In ihrem Kopf drehte sich alles.

»Natürlich wollte ich eine Beziehung mit dir«, sagte Nick. »Und Charlie ist mir ebenso wichtig.«

Petra schluckte schwer, aber als sie ihm in die Augen sah, erkannte sie ein Leuchten darin, das ihre eigenen Gefühle genau widerspiegelte. Sehnsucht ergriff von ihr Besitz. Sie beugte sich vor und …

»So, ich denke, wir packen es dann mal.« Vivekas Stimme riss sie in die Wirklichkeit zurück, und Petra blinzelte benommen.

»Können wir nicht noch bleiben?«, fragte Charlie. »Ich will noch weiterfahren.«

»Natürlich können wir das.« Petra drehte sich zu Viveka und Holger um und versuchte, ihren Herzschlag zu beruhigen. »Danke, dass ihr das alles für uns vorbereitet habt. Das ist die schönste Überraschung, die ich je bekommen habe.«

»Wir freuen uns einfach, dass hier wieder jemand Lust aufs Schlittschuhlaufen hat.« Viveka zog den Reißverschluss ihrer Jacke hoch. »Morgen haben Maja und eine Freundin versprochen, mir zu helfen. Wenn du willst, kannst du dir also freinehmen.«

»Nicht nötig, ich hatte doch letzten Sonntag schon frei.«

»Gönn dir einfach ein bisschen Freizeit vor Weihnachten. Nick hat verraten, dass du an einem geheimen Projekt arbeitest, dem will ich nicht im Wege stehen.« Mit diesen Worten machten Viveka und Holger sich auf den Heimweg. Als Viveka fast ausrutschte, kam Holger ihr zu Hilfe und legte ihr die Hand auf den Rücken, um sie zu stützen.

»Bist du sicher, dass zwischen den beiden nichts läuft?«, fragte Nick.

»Ne, das kann ich mir nicht vorstellen.« Petra sah ihnen nachdenklich nach und drehte sich dann wieder zu Nick um.

»Petra, ich …«

»Lust auf ein Rennen?«, rief Charlie von der anderen Seite. »Wer es am schnellsten einmal um die Bahn schafft!«

»Wir reden später weiter«, flüsterte Nick und strich mit dem Finger über Petras Wange, bevor er Charlie hinterherlief, die begeistert quietschend über das Eis davonsauste.

26

*Rund um das Luciafest sind Lussekatter natürlich
ein Muss. Um meinen Freund zu beeindrucken,
hatte ich die ganze Nacht gebacken. Trotz aller Mühe
sind sie fürchterlich trocken geworden. Als er behauptete,
er habe nie bessere Hefeschnecken gegessen, war mir
klar, dass er log – aber als er dann drei Stück aß, nur um
mich glücklich zu machen, hatte ich keinen Zweifel
mehr, dass er ebenso empfinden musste wie ich. Niemand
bei klarem Verstand hätte freiwillig so zugelangt.*

Petra stellte Glühwein und einen Teller mit Lussekatter auf
dem Küchentisch ab. Nick wollte vorbeikommen, um an der
Website für die Gärtnerei zu arbeiten, und sie mussten endlich die Missverständnisse zwischen ihnen klären. Sie kam
sich ein wenig dumm vor, weil sie derart voreilige Schlüsse
gezogen und Nick keine Gelegenheit gegeben hatte, sich zu
rechtfertigen. Gleichzeitig wusste sie selbst, dass sie sich in
einem Ausnahmezustand befunden hatte. Sie hatte gerade
erfahren, dass sie ihre Wohnung verlieren würden, und ein
Gespräch mit dem Sozialamt hatte ihr vor Augen geführt,
dass sie so schnell wie möglich eine Lösung finden musste,
wenn sie das Sorgerecht für Charlie behalten wollte. Nicks

Worte waren der Tropfen gewesen, der das Fass zum Überlaufen brachte.

Was wäre passiert, wenn sie nicht sofort abgehauen wäre? Könnten sie und Nick dann noch zusammen sein? Petra strich mit der Hand über das Tischtuch. So oder so: Irgendwann würde Nick nach Irland zurückkehren, und sie würde mit Charlie in Schweden bleiben. Vielleicht war Nyponviken doch die beste Lösung.

Eine Bewegung an der Tür erregte ihre Aufmerksamkeit, und als sie sah, dass es Nick war, zwang sie sich zu einem Lächeln.

»Du kommst genau richtig.«

»Hm, Lussekatter«, sagte Nick und schnupperte. »Hast du die gebacken?«

»Die hat Berit gestern gemacht«, antwortete Petra. »Heute habe ich sie noch gar nicht gesehen …«

»Geht es Berit nicht gut?« Nick schnappte sich eine Lussekatt vom Tablett.

»Na ja, ich weiß nicht …« Petra schenkte ihnen Glühwein ein und schob eine Schale mit Mandeln und Rosinen auf dem Tisch herum. »Sie war gestern ziemlich durch den Wind, als wir über Lilly gesprochen haben.«

»Warum das?«

»Offenbar hatte sich Lilly in jemanden verliebt, den Berit nicht mochte. Als wir darüber sprachen, ist sie wütend geworden und gegangen.«

»Autsch.« Nick nestelte an dem Adventskalender herum. »Findest du es nicht auch ein bisschen seltsam, dass das Tourismusbüro diesen Kalender herausbringt, obwohl Lillys Mutter dagegen ist?«

»Viveka hat ihr Einverständnis gegeben. Vielleicht hat das gereicht?«

»Hm, kann sein«, antwortete Nick. »Was hast du dafür bezahlt?«

»Nichts, er war ein Geschenk.«

»Von wem?«

»Keine Ahnung.« Jetzt, da sie darüber sprachen, wirkte die ganze Geschichte immer eigenartiger. »Erst dachte ich, irgendjemand wollte uns die Gelegenheit dazu geben, das Dorf besser kennenzulernen. Aber allmählich frage ich mich, ob mir nicht jemand damit etwas über die Familiengeschichte von Viveka und Berit mitteilen will.«

»Glaubst du nicht auch, dass es einer von ihnen war?«

»Na ja, schon möglich. Aber er könnte auch von Holger oder Maja sein.«

»Oder von jemandem aus dem Dorf?«

»Und wenn mich jemand warnen will?« Schon fühlte sich Petra wieder wie Inspector Barnaby. »O Mann, ich klinge total paranoid.«

»Ja, ein bisschen«, erwiderte Nick und lächelte. »Also, was war heute hinter dem Türchen?«

»Es ging um Lussekatter. So lässt sich der Advent wohl am besten genießen.« Das war zwar nur die Hälfte der Wahrheit, aber Petra wollte das Thema Liebe nicht anschneiden.

Nick gluckste. »Das stimmt.« Er deutete auf den Adventsleuchter auf dem Tisch. »Sollen wir die Kerzen anzünden?«

»Ja. Zwei Stück«, antwortete Petra und ging eine Schachtel Streichhölzer suchen.

Als sie zurückkam, sah Nick sie mit einem ernsten Blick an. »Ich habe noch einmal über unser Gespräch von gestern nachgedacht.«

»Müssen wir darüber reden?«

»Ehrlich gesagt, fasse ich es nicht, dass du so wenig Vertrauen in mich hattest«, antwortete Nick und ignorierte ihre Bemerkung.

»Was hättest du gemacht, wenn du mich das Gleiche hättest sagen hören?«

»Ich hätte dich wahrscheinlich gefragt, was zum Teufel das alles soll.«

Er hatte recht. Sie hätte nicht so impulsiv handeln und ihn ohne ein Wort des Abschieds verlassen sollen.

»Es tut mir leid«, sagte sie schließlich. »Das war ein Fehler.«

Nick nahm ihre Hand in seine. »Ich wünschte, du hättest einfach nur etwas gesagt.«

»Ja, ich auch.« Petra drückte seine Hand fester. »Aber jetzt ist es eben so, wie es ist. Charlie und ich leben hier, du lebst in Stockholm und gehst in ein paar Monaten zurück nach Irland.«

»Das stimmt, aber …«, begann Nick.

»Können wir nicht einfach versuchen, Freunde zu sein, solange du hier bist? So, wie wir es von Anfang an gesagt haben?«, unterbrach Petra ihn und zündete die Kerzen an.

Nick schaute sie prüfend an, nickte dann aber. »Du hast recht. Machen wir die Dinge nicht komplizierter, als sie sind.«

»Genau. Wollen wir uns an die Website setzen?«

»Klingt gut.« Während Nick den Laptop zur Hand nahm, legte Petra mit einem komischen Gefühl im Bauch die Streichhölzer weg. *So ist es am besten*, sagte sie sich. *Wir haben keine gemeinsame Zukunft.*

»Ich habe schon mal einen Entwurf angelegt.« Nick klickte auf dem Bildschirm herum.

»Wow, das ist beeindruckend! Wie hast du das gemacht?«

»Mit WordPress ist das eigentlich ganz einfach.«

»Wenn du das sagst. Ich habe keine Ahnung, was wir hier machen«, gab Petra zu und lächelte Nick an, der ihr Lächeln erwiderte.

Das wird schon, dachte sie. *Nach allem, was passiert ist, müssen wir jetzt einfach nur nach vorne sehen.*

Kurz darauf brüteten sie über Listen mit den Texten und Bildern, die sie für die Website brauchten.

»Wie läuft es eigentlich mittlerweile zwischen dir und Charlie? Beim Eislaufen habt ihr euch zumindest nicht angezickt«, sagte Nick und klickte auf ein Template, das sie beide eingehend musterten.

»Ich glaube, wir kommen uns endlich näher. Sie ist aus vielen Gründen wütend, auch weil ich damals fortgegangen bin, als sie noch klein war. Sie hat sich Sorgen gemacht, ob ich mich überhaupt um sie kümmern will.«

»Bereust du es, sie damals verlassen zu haben?«

»Im Nachhinein wäre ich gerne präsenter gewesen und häufiger nach Hause gefahren. Ich hätte sie auch mal zu mir nach London einladen können. Aber ich bereue nicht, zum Arbeiten nach London gezogen zu sein. Ich habe viel gelernt und hätte mich nie getraut, mein eigenes Unternehmen zu gründen, wenn ich dort nicht all diese Erfahrungen gesammelt hätte.« Nach dem Gespräch mit Viveka war Petra endlich klar geworden, dass es vollkommen in Ordnung war, an sich selbst und seine Zukunft zu denken. Aber diese Erkenntnis änderte nichts daran, dass sie es bedauerte, sich nicht intensiver um ihre Familie gekümmert zu haben. Jetzt hatte sie alle Zeit der Welt, aber außer Charlie war niemand mehr da, und das schmerzte mehr als alles andere. »Egal, was passiert ist, Charlie ist jetzt das Wichtigste in meinem Leben. Dass es ihr gut geht, zählt mehr als alles andere.«

»Das weiß ich. Aber das heißt nicht, dass du dich nicht auch um dich selbst kümmern musst.«

»Im Moment haben meine Bedürfnisse keine Priorität«, antwortete Petra. »Um ehrlich zu sein, weiß ich noch nicht einmal, was ich eigentlich von der Zukunft will – außer ein friedliches und sicheres Zuhause für mich und Charlie zu schaffen.«

Nick schenkte ihnen noch etwas Glühwein ein. »Fehlt dir dein Job nicht?«

Jeden Tag, dachte Petra, aber stattdessen antwortete sie: »Es ist schließlich meine eigene Schuld. Ich konnte den Salon nicht am Leben halten und bin in die Insolvenz gerutscht.«

»Aber du hast immer gerne als Friseurin gearbeitet.«

»Das war einmal.« Petras Hände zitterten. Das war nicht die Wahrheit. Ihr Talent nicht nutzen zu können, fühlte sich an wie ein langsamer Hungertod. Gleichzeitig fürchtete sie, sich wieder in einem Job zu verlieren. Und das durfte sie nicht riskieren. »Ich glaube, ich habe den Spaß daran verloren«, sagte sie leise. »Im Moment möchte ich nur dafür sorgen können, dass Charlie und ich ein Dach über dem Kopf und einen vollen Kühlschrank haben. Wieder in einem Salon zu arbeiten, kommt nicht infrage.«

»Aber …«

»Bitte, Nick, können wir nicht über etwas anderes reden?

Ich habe keine Lust, in der Vergangenheit zu wühlen.« Petra deutete auf den Bildschirm. »Die Vorlage hier gefällt mir.«

Nick sah sie eine ganze Weile lang an, bevor er nickte und das von ihr gewählte Template herunterlud. »Ich glaube, das wird echt gut. Wenn wir uns ranhalten, können wir die Website in einer Woche fertig haben.«

27

Ich verstehe nicht, wie man den Dezember
nicht mögen kann. Überall brennen Kerzen, alles ist so
gemütlich, und Weihnachten liegt in der Luft. Du
solltest diese Zeit auch genießen! Wenn du den Berg
hinauffährst, stößt du nach einer Weile auf die
Nyponvikener Schokoladenmanufaktur. Dort werden
die köstlichsten Süßigkeiten hergestellt, die man
sich nur vorstellen kann!

Auch am nächsten Tag hatte Petra frei. Sie setzte sich auf
das Sofa auf dem Balkon und legte eine Decke über ihre
Beine. Joschi ließ sich zu ihren Füßen nieder. Sie hatten am
Morgen nur eine kurze Runde gedreht, aber Petra hatte vor,
später noch einen längeren Spaziergang zu machen. Sie trank
einen Schluck Tee und betrachtete den Adventskalender.
Seitdem Viveka ihr verraten hatte, dass sie und Berit mit Lilly
verwandt waren, fühlte sie sich jedes Mal wie eine Schnüffle-
rin, wenn sie den Kalender öffnete. Sie dachte an ihre eigene
Familie. Dort hatte es keine Geheimnisse gegeben – vielleicht,
weil ihr Leben so gewöhnlich gewesen war, dass es nichts zu
verbergen gab. Sie hatten in einem Einfamilienhaus in Norrtälje gewohnt, waren im Sommer segeln gegangen oder mit

dem Wohnmobil unterwegs gewesen, im Winter in den Bergen Ski gefahren und hatten fast alles miteinander geteilt. Gut, vielleicht war sie ein wenig auf Abstand gegangen, als sie nach London gezogen war. Vermutlich hatte sie sich ein wenig freistrampeln müssen, um sich selbst zu finden.

Petra schaute zu, wie vereinzelte Schneeflocken in Richtung Boden rieselten. Auch wenn sie mit Charlie die ersten wackeligen Schritte hin zu einer besseren Beziehung gemacht hatte, war sie nicht so naiv, zu glauben, dass jetzt alles in Ordnung war. Aber sie würde daran arbeiten. Als Joschi plötzlich aufsprang und mit dem Schwanz wedelte, drehte sie sich um.

»Guten Morgen«, murmelte Charlie, die verschlafen den Kopf auf den Balkon streckte.

»Guten Morgen! Willst du dich ein bisschen zu mir setzen?«

Charlie nickte und ließ sich im Schneidersitz neben ihr nieder.

»Hier kann man doch bestimmt prima Schlitten fahren, oder?«

»Ich denke schon. Hast du Lust?«

»Ja, vielleicht«, antwortete Charlie scheinbar desinteressiert, aber ein kleines Lächeln zeichnete sich in ihrem Mundwinkel ab.

Aus einem plötzlichen Impuls heraus legte Petra den Arm um Charlie, und ihre Nichte lehnte sich tatsächlich an ihre Schulter.

»Als Alice und ich Kinder waren, hatten wir einen Hügel im Garten hinter dem Haus. Habe ich dir schon mal erzählt, wie ich mir damals den Arm gebrochen habe?«

»Ihr habt mir beide schon hundertmal davon erzählt.«

»Und auch, wie wir mit unserem Snowracer fast im Bach gelandet sind?«

»Das auch«, antwortete Charlie, und als sich ihre Blicke trafen, brachen sie beide in so lautes Gelächter aus, dass Joschi sie misstrauisch ansah.

»Dann wird es wohl höchste Zeit, dass wir beide uns ein bisschen amüsieren und ein paar neue Erinnerungen schaffen.« Petra schaute auf den Apfelhof hinunter. »Hast du schon gehört, dass jemand im letzten Herbst alle Äpfel gestohlen hat?«

»Warum, bitte schön, sollte man Äpfel klauen?«, fragte Charlie und rümpfte die Nase.

»Keine Ahnung, aber ich vermute, dass die Diebe versucht haben, sie zu Geld zu machen.« Petra richtete den Blick auf die Straße, die am anderen Ende des Obstgartens zu sehen war. »Viveka und Berit brauchen dringend einen stabilen Zaun.«

»Wahrscheinlich können sie sich den nicht leisten«, sagte Charlie. »Ich habe gehört, wie sie darüber gesprochen haben, dass sie die Gärtnerei vielleicht bald schließen müssen.«

»Wirklich?«

»Sie waren in der Küche und dachten wohl, sie wären allein«, antwortete Charlie. »Können wir ihnen irgendwie helfen?«

»Nick und ich arbeiten an einer Website, und ich hoffe, dass wir damit mehr Kunden anlocken können. Und dann wäre da noch der Instagram-Account, den ich ihnen eingerichtet habe.«

»Kann ich bei der Website helfen?«

»Wenn du willst.«

»Klar.« Charlie sah auf ihre Hände hinunter. »Ich will nicht, dass Berit und Viveka umziehen müssen. So wie wir.«

»Es tut mir wirklich leid, dass ich unser Leben in Stockholm nicht retten konnte.«

»Wir kriegen das schon hin.« Charlie wirkte plötzlich so vernünftig, dass Petra sie in die Nase kniff.

»Wer bist du, und was hast du mit Charlie gemacht?«

»Ey, nerv nicht!«

Sie kicherten wieder.

»Also, wollen wir mal in den Kalender schauen?«, fragte Petra nach einer Weile und stand auf.

»Hast du ihn noch nicht geöffnet?«

»Der Tag hat doch gerade erst angefangen.« Petra nahm den Kalender in die Hand und stocherte hinter dem Türchen herum, während Charlie ihr über die Schulter schaute.

»Und, was ist es?«

»Eine Schokoladenpraline«, antwortete Petra und reichte das Konfekt an Charlie weiter, bevor sie den Text las. »Hast du Lust, heute die Schokoladenmanufaktur anzuschauen?«

»Suchen wir uns danach einen Hügel zum Schlittenfahren?«

»Klar doch. Komm, lass uns gleich frühstücken, damit wir schnell losfahren können.«

*

Viveka hatte ihnen eine so genaue Wegbeschreibung gegeben, dass sie die Nyponvikener Schokoladenmanufaktur leicht finden müssten.

»Wow, was für eine Aussicht«, sagte Charlie, während sie

die kurvenreiche Straße den Berg hinauffuhren, und starrte aus dem Fenster. »Die Gärtnerei sieht aus wie ein Puppenhaus.«

Charlie hatte recht. Von hier oben wirkten das Dorf und der Hof wie Miniaturen. Die Landschaft breitete sich vor ihnen aus wie ein Wintergemälde, das Meer glitzerte in der Sonne, und das Dorf wurde von einer weißen, flauschigen Decke verhüllt.

Petra richtete ihre Aufmerksamkeit wieder auf die Straße, kurz vorm Einkaufszentrum bog sie links ab.

»Jetzt müssen wir nach einer kleineren Straße auf der rechten Seite Ausschau halten«, sagte sie und fuhr so nah wie möglich am Straßenrand, als ihnen ein Schneepflug entgegenkam. *Mein Gott, wie können die Leute hier so entspannt Auto fahren, wenn kaum zwei Wagen nebeneinander auf die Straße passen?* Petra versuchte, nicht darüber nachzudenken, was passieren würde, wenn sie im Graben landeten. Sie winkte der Frau in dem riesigen Räumfahrzeug zu, die abbremste und ebenfalls zur Seite auswich. Sie fuhren weiter, und Petra begann zu befürchten, dass sie sich verfahren hatten. Es konnte doch nicht so weit weg sein? Als hinter der nächsten Kurve eine Straße auftauchte, seufzte sie erleichtert auf. Vorsichtig, um nicht im Schnee wegzurutschen, bog sie nach rechts ab. Kurz darauf standen sie vor einem grünen Haus mit grauen Zierleisten, und Petra atmete erleichtert auf. Endlich angekommen!

Sie parkte neben zwei anderen Autos und stieg aus. Sofort fuhr ihr der kalte Wind in die Jacke, und Petra zog sich den Reißverschluss bis zum Kinn hoch. Verdammt, war das kalt heute. Zusammen mit Charlie eilte sie zum Eingang. Auf dem

Weg dorthin kamen sie an einem verschneiten Schild vorbei. Petra hoffte, dass die Schokoladenmanufaktur geöffnet war. Sonst hätten sie die abenteuerliche Fahrt umsonst auf sich genommen. Warum hatte sie sich nicht im Vorfeld über die Öffnungszeiten informiert? Alice hätte daran gedacht.

Sie folgte Charlie, die schon die Tür aufriss und das Gebäude betrat. Petra schaute sich erstaunt um. Schokolade gab es hier definitiv nicht. Sie mussten in Jakobs Praxis gelandet sein.

28

»Hallo!«, sagte Jakob und blickte vom Empfangstresen auf. »Ist irgendetwas mit Joschi?«

»Wir dachten, das hier wäre die Schokoladenmanufaktur«, antwortete Petra und spürte, wie ihre Wangen heiß wurden. »Tut mir leid, wir wollten nicht stören.«

»Kein Problem.« Jakob sagte etwas zu der Rezeptionistin und kam zu ihnen herüber. »Ihr müsst die Abzweigung verpasst haben. Die ist fast einen Kilometer von hier entfernt.«

»Da sind wir wohl gerade dem Schneepflug begegnet. Eine Erfahrung, die ich nicht unbedingt wiederholen möchte.«

Jakob lachte. »Tja, die Straßen hier sind wirklich ziemlich schmal. Wollt ihr mit reinkommen und euch ein bisschen umsehen?«

»Wir sollten …«, begann Petra.

»Super gerne«, sagte Charlie gleichzeitig, und Petra gab nach.

»Wenn wir dich nicht stören.«

»Keineswegs.« Jakob führte sie durch die Praxis, und Charlie brach in Begeisterungsstürme aus, als sie hinter dem Empfangstresen ein paar kleine Welpen in einem Korb sah.

»Die drei sind gestern reingekommen. Sie wurden von einer Tierschutzorganisation abgeholt.« Jakob zuckte resigniert mit den Schultern. »Der Mutter ging es so schlecht, dass wir sie einschläfern mussten. Wir hoffen, dass wir die Zwerge hier durchkriegen.«

Charlie ging neben den Welpen in die Hocke. »Darf ich sie streicheln?«, fragte sie.

»Sei auf jeden Fall vorsichtig. Sie sind ziemlich angeschlagen, aber sie brauchen viel Zuwendung.«

»Sind das Labradore?«, fragte Petra.

»Ja, sogar mit Stammbaum«, antwortete die Rezeptionistin.

»Und wie alt sind sie?«, fragte Petra und hockte sich neben Charlie. Vorsichtig streckte sie die Hand aus, aber die eng aneinandergeschmiegten Welpen ignorierten sie.

»Etwa sechs Wochen. Zu klein, um von ihrer Mutter getrennt zu werden.« Jakob machte ein grimmiges Gesicht. »Es passiert viel zu oft, dass die Leute sich nicht richtig um ihre Tiere kümmern.«

»Kaum zu fassen, wie mies manche Menschen sind«, erwiderte Petra. »Glaubst du, dass sie es schaffen?«

»Wir hoffen es, aber sie müssen durchgehend beaufsichtigt werden. Oriana«, er nickte in Richtung seiner Angestellten, »und ich kümmern uns um sie.«

»Gibt es niemanden, der sie aufnehmen könnte?«

»Im Moment nicht. Und ein Tierheim ist kein guter Ort für so kleine Welpen.« Jakob wirkte plötzlich müde. »Zum Glück ist der Tag ansonsten ruhig verlaufen.«

Ein kalter Windstoß ließ Petra frösteln, und sie drehte sich zur Tür. »Oha, volles Haus? Ist Joschi etwas zugestoßen?«, fragte Maja und betrat die Praxis.

»Ihm geht es gut, wir haben uns nur verfahren«, gab Petra zum zweiten Mal zu.

»Das passiert hier schnell.« Maja gesellte sich zu ihnen.
»Oh, sind das die Welpen, von denen du gesprochen hast?«
Sie ließ sich neben Charlie auf die Knie sinken. »Ich habe
schon lange gesagt, dass jemand mal nach den Tieren auf
dem Andersson-Hof sehen sollte.«

»Ich weiß, es ist schrecklich, dass es so weit kommen
musste.« Jakob sah Maja an, und sein Blick wurde sanfter.
»Wie geht es dir heute?«

»Wie gestern«, antwortete Maja. Dann schien sie sich daran zu erinnern, dass sie und Jakob nicht allein waren, und
warf Petra einen Blick zu. »Wir haben uns gestern auf einen
Kaffee getroffen«, sagte sie.

»Oh, schön.« Petra wusste nicht, was sie sagen sollte. Offensichtlich störten Charlie, Oriana und sie gerade etwas.

»Petra und ich fahren zur Schokoladenmanufaktur. Willst
du mit?«, fragte Charlie, die nicht empfänglich für die eigen-
tümlichen Schwingungen war.

»Die Manufaktur ist montags geschlossen. So wie fast alles im Dorf.«

»Wirklich?«, fragte Petra enttäuscht.

»Um diese Jahreszeit haben sie nur von Freitag bis Sonntag geöffnet.«

»Wie seltsam. Wir haben den Tipp aus dem Kalender.
Muss wohl ein Druckfehler sein, im Teeladen war es genauso.«

Maja überlegte kurz. »Ich kenne Sara, die Inhaberin der
Manufaktur. Wir könnten einfach mal hinfahren und fragen,
ob wir uns trotzdem umschauen können.«

»Ich will auf keinen Fall irgendjemanden stören.«

»Das ist bestimmt kein Problem, Sara erzählt sowieso

ständig, wie einsam es bei ihr oben ist. Wenn wir Glück haben, lässt sie ein bisschen was Leckeres springen.«

*

Gleich hinter der Tür schlug ihnen der Duft von Schokolade entgegen. Petra lief das Wasser im Mund zusammen.

»Hallo«, rief Maja, woraufhin eine Frau aus einem der hinteren Räume hervorlugte.

»Ich muss vergessen haben, die Tür abzuschließen«, sagte sie und umarmte Maja. »Schön, dich zu sehen.«

»Wir dachten, wir kommen einfach mal vorbei, ich hoffe, das war in Ordnung?«, fragte Maja und stellte Charlie und Petra vor. »Es muss einen Fehler beim Adventskalender aus dem Tourismusbüro gegeben haben. Die Schokoladenmanufaktur war der heutige Ausflugstipp.«

Sara schlug sich an die Stirn. »Der Kalender! Wie komisch, dass wir heute dran sind.« Sie schaute Petra und Charlie an. »Ihr seid bestimmt die beiden, die auf dem Gärtnereihof eingezogen sind, oder?«

»Ich glaube, hier kann man nichts geheim halten«, antwortete Petra und lächelte.

»Jedenfalls nicht allzu lange. Wie sieht es aus, habt ihr Lust auf Schokolade?«

»Immer«, rief Charlie und riss die Augen auf, als Sara den Vorhang hinter dem Verkaufstresen aufzog und eine riesige Schokoladenauswahl präsentierte.

»Mal sehen«, sagte Sara, wählte ein paar Pralinen aus und legte sie auf einen Teller. »Mögt ihr irgendetwas ganz besonders?«

»Alles! Ich mag alles, was mit Schokolade zu tun hat«, antwortete Charlie und beobachtete zufrieden, wie Sara fünf weitere Pralinen auswählte.

»Wie schön, dass du so spontan Zeit hast. Ich war schon viel zu lange nicht mehr hier«, sagte Maja und setzte sich auf einen der Stühle.

»Kein Problem. Wir haben hier einiges verändert.« Sara setzte sich zu Maja und gab Charlie und Petra ein Zeichen, es ihr gleichzutun. »Ihr habt also eine Ausgabe des diesjährigen Adventskalenders?«

»Petra und ich erledigen alles, was darin steht. Oder zumindest Petra«, antwortete Charlie und wählte sorgfältig ein Stück Schokolade aus. »Machst du die alle selbst?«

»Mein Lebensgefährte und ich. Aber er hat auch noch einen anderen Job. Wir kämen sonst nicht über die Runden.«

»Saras Großvater hat die Schokoladenmanufaktur gegründet«, sagte Maja und griff ebenfalls nach einer Praline. »Hm, die sind göttlich.«

»Ja, Opa hat den Laden viele Jahre lang geführt. Als er starb, haben wir das Geschäft erst einmal geschlossen.«

»Warum habt ihr es dann doch wieder eröffnet?«, fragte Petra.

»Es hat sich falsch angefühlt, die Manufaktur war sein Lebenswerk. Ich habe mich dazu durchgerungen, meinen Job in einer Bank in Helsingborg zu kündigen, und habe die Schokoladenproduktion wieder aufgenommen.«

»Das muss ein großer Schritt für dich gewesen sein.«

»Ein gigantischer Schritt«, antwortete Sara und lachte. »Aber ich habe es nicht bereut.«

»Saras Großvater hatte auch einen Laden im Dorf«, fügte Maja hinzu.

»Genau. Wir hoffen, dass wir uns diesen Sommer vorübergehend irgendwo einmieten können. Aber im Moment ist es gut, dass wir alles hier vor Ort machen. Meinen Eltern gehört das Gelände, und wir haben ebenso wenig Pachtkosten wie Einnahmen – praktisch gar keine. Im Moment kommen wir am Monatsende plus/minus null heraus.« Ihren Worten zum Trotz sah Sara nicht allzu traurig aus.

Petra nahm sich ebenfalls eine der Leckereien vom Tablett. »Hat die Schokoladenmanufaktur etwas mit Lilly zu tun?«

»Nicht viel.« Sara stand auf und nahm ein Foto von der Wand. »Das ist mein Großvater«, erklärte sie.

Petra betrachtete das Bild, auf dem ein junger Mann vor einem Laden im Dorf zu sehen war. An der Fassade hinter ihm hing ein Schild mit der Aufschrift ›Schokoladenmanufaktur Nyponviken‹.

»Mein Großvater und Lillys Vater waren befreundet.«

»Der Mann von Berit?«, fragte Petra.

»Also kennt ihr die Familienbande schon«, stellte Sara fest. »Ich glaube, die sollte ich eigentlich enthüllen, aber da seid ihr dem Zeitplan des Kalenders wohl voraus.«

»Viveka hat mir alles erzählt«, antwortete Petra und war ein wenig enttäuscht, dass sie aller Voraussicht nach nichts Neues über Lilly erfahren würde. »Für uns ist der Kalender natürlich besonders spannend, weil wir auf dem Hof leben. Aber ich muss sagen, dass ich mich auch sehr für Lillys Kunst interessiere. Die Bilder bei Viveka und in unserer Wohnung sind wunderschön.«

»Meine Mutter hat mir mal erzählt, dass Lilly ein Angebot bekommen hatte, ihre Kunst irgendwo fern von Nyponviken auszustellen«, sagte Maja. »Anscheinend war Berit gar nicht glücklich darüber, aber Lilly hat sich durchgesetzt.«

»Es gab wohl einen großen Streit darüber«, sagte Sara.

»Warum hatte Berit etwas gegen die Ausstellung?«, erkundigte sich Petra.

»Das weiß niemand. Vielleicht hatte sie einfach Angst, Lilly zu verlieren. Sie hatten bereits ein angespanntes Verhältnis zueinander, und Berit fürchtete wohl, dass Lilly niemals zurückgekommen wäre, wenn sie Nyponviken verlassen hätte«, antwortete Sara.

29

Als wir uns gemeinsam den Lucia-Umzug ansahen,
hielt er die ganze Zeit über meine Hand.
Ich versuchte, mich auf die Lieder zu konzentrieren,
konnte aber an nichts anderes denken als
an ihn. Und auf dem Heimweg war es dann so weit:
Wir haben uns das erste Mal geküsst.

Die Holzscheite schepperten gegen das Blech der Schubkarre, die Petra vor sich her über den Hof schob. Der Kamin in
der Wohnung war gefegt und inspiziert worden, und heute
war das perfekte Wetter, um Feuer zu machen. Petra umrundete einen Haufen Gewächse und machte sich, ganz in Gedanken, auf den Weg zum Haus. Nach dem gestrigen Besuch
in der Schokoladenmanufaktur hatte sie viel über ihr Verhältnis zu ihren Eltern nachgegrübelt. Trotz ihrer schönen
Kindheit, trotz ihrer liebevollen Eltern hatte sie manchmal
das Gefühl, in die ein oder andere Richtung gedrängt und
daran gehindert worden zu sein, ihre Träume zu verwirk-
lichen. Vor allem von ihrer Mutter, die nicht akzeptieren
wollte, dass ihre Töchter Norrtälje und Stockholm verließen. Aber in Petra hatte immer dieser Wunsch nach mehr
geschlummert. Eine Sehnsucht, die Welt zu entdecken und

aus dem etwas überfürsorglichen Umfeld auszubrechen, in dem sie aufgewachsen war.

»Brauchst du Hilfe?«

Beim Klang von Nicks Stimme drehte sie sich so schnell um, dass die Schubkarre wackelte und zur Seite kippte.

»Bis vor einer Sekunde lief es noch ganz gut«, murmelte sie und bückte sich, um das zu Boden gefallene Holz aufzusammeln.

»Hab ich gesehen, aber manchmal geht es mit Hilfe noch besser.« Nick hob die letzten Holzscheite auf, und bevor Petra widersprechen konnte, schnappte er sich die Schubkarre und schob sie zum Haus. »Hattest du einen schönen Tag?«

Petra warf ihm einen Blick zu, aber er wirkte völlig ungerührt, während er über den Hof stiefelte. »Heute war viel los.«

»Ist doch toll. Wahrscheinlich sind die Leute schon mit Weihnachtseinkäufen beschäftigt?«

»Heute waren jedenfalls ziemlich viele Kunden da.«

»Das freut mich.« Nick hievte die Schubkarre auf die Veranda. »Es tut mir leid, dass ich gestern nicht kommen konnte, ich musste ein paar Sachen in Helsingborg klären.«

»Ich dachte, du hättest dein Projekt dort abgeschlossen?«

»Ja, aber es gab eine kleine Krise«, antwortete Nick und stieß die Tür mit der Schulter auf. »Ich habe beim Kamin im Wohnzimmer einen Holzkorb gesehen. Wenn du ihn holst, fange ich schon mal an, abzuladen.«

Als Petra zurückkam, half sie ihm, einige der Holzscheite in den Korb zu legen.

»Sollen wir heute Abend an der Website weiterarbeiten?«, fragte er, als sie die Wohnung betraten.

253

»Ich gehe mit Charlie zum Lucia-Umzug«, erklärte Petra und begann, das Holz neben dem Kamin zu stapeln. Ihre Arme brannten von der Anstrengung, und sie lockerte sie ein wenig, um den Schmerz abzuschütteln. Als Nick den Korb abstellte, standen sie sich etwas unbeholfen gegenüber.

»Ich muss eine Runde mit Joschi drehen, er war schon lange nicht mehr draußen«, sagte Petra schließlich.

»Ich komme mit. Ich mag den Kleinen.« Nick grinste. »Du siehst überrascht aus?«

»Ich hätte nicht gedacht, dass du Hundefan bist«, platzte Petra heraus. »Ich meine …«

Nicks Mundwinkel zuckten. »Ob du es glaubst oder nicht, aber ich hatte als Kind einen Hund. Er war mein Ein und Alles.«

»Wie kommt es, dass ich so wenig über dich weiß?«

»Du weißt viel mehr als die meisten anderen Leute.«

»Ja, aber ich weiß nichts darüber, wie du aufgewachsen bist. Oder zumindest sehr wenig.«

»Ich schätze, das war nie wichtig für uns.«

»Du hast recht … ich meine, du bist ja nicht dazu verpflichtet, mir alles zu erzählen«, murmelte Petra und versuchte, sich nicht anmerken zu lassen, wie enttäuscht sie darüber war, dass er sie aktiv aus seinem Leben ausschloss.

»Sag doch nicht so etwas.« Nick trat einen Schritt näher an Petra heran. »Ich erzähle dir gerne alles, aber bisher war einfach nie die Gelegenheit dazu.«

Das war eine dämliche Floskel, und das wussten sie beide. Er hatte ausreichend Zeit gehabt, ihr von sich zu erzählen, aber er hatte die Chance nicht genutzt, und Petra hatte seine Zurückhaltung so interpretiert, dass er nicht über seine Vergangenheit sprechen wollte. Zumindest nicht mit ihr.

»Ich kann dir jetzt alles erzählen. Willst du zum Beispiel hören, wie mein Bruder und ich die Schafe von unserem Nachbarn freigelassen haben?«

»Ist das dein Ernst?«

»Absolut.« Nick grinste. »Meine Mutter ist ausgerastet und hat uns einen ganzen Monat lang jeden Tag nach der Schule bei ihm schuften lassen.«

Petra gluckste. »Ihr wart also zwei richtige Rowdys?«

»Na ja, recht harmlose Rowdys.«

»Und was macht dein Bruder jetzt?«

»Er hat den Hof unserer Eltern übernommen.«

»Und du wolltest das nicht?«

»Na ja, das wäre nicht wirklich etwas für mich gewesen. Ich wollte die Welt sehen.«

So wie ich, dachte Petra und sah ihn nachdenklich an. »Sehnst du dich nicht manchmal zurück?«

»Sicher. Manchmal vermisse ich meine Familie, aber es ist nicht so, als würde mir mein Leben nicht gefallen.« Nick fuhr sich mit der Hand durch die Haare und schaute zur Tür. »Sollen wir jetzt eine Runde drehen?«

»Gerade als ich dachte, es würde interessant werden«, stichelte Petra.

»Auf dem Spaziergang kann ich dir noch mehr erzählen. Jetzt, wo ich angefangen habe, bin ich nicht mehr aufzuhalten«, antwortete er gut gelaunt, und während sie Haus und Hof hinter sich ließen, brachte er sie mit weiteren Anekdoten aus seiner Kindheit und Jugend in Kildare zum Lachen.

30

*Am Tag nach unserem ersten Kuss schwebte ich wie
auf Wolken. Mutter gefiel nicht, dass ich mich
mit ihm abgab, das wusste ich, aber ich konnte
nicht anders. Wir sahen etwas ineinander,
das wir noch bei niemand anderem gefunden hatten.
Als er mich um ein weiteres Treffen bat, sagte ich
zu, und wir gingen den ganzen Tag spazieren, im Dorf,
am Meer und im Buchenwald. Und immer wieder
blieben wir stehen, um uns zu küssen. Ich weiß noch
genau, wie sich seine Lippen auf meinen anfühlten.*

Im Gewächshaus tummelten sich die Kunden. Petra war
damit beschäftigt, Kränze zu wickeln und Hyazinthen, Amaryllen und Weihnachtsgestecke, die Viveka und Holger zusammengestellt hatten, abzukassieren. Auch die Weihnachtsdeko fand rasanten Absatz, und alle waren voll des Lobes
für den Weihnachtsladen. Maja und Holger versuchten un-
terdessen, den Kunden bei ihren Fragen zu helfen und die
eine oder andere zusätzliche Pflanze zu verkaufen.

Eine richtig schöne Stimmung, dachte Petra, als sie eine
weitere Amaryllis einpackte. Aus den Lautsprechern ertönte
Weihnachtsmusik, und der Geruch von Glühwein mischte

sich unter die verschiedenen Blumendüfte. Maja hatte Viveka clevererweise dazu überredet, draußen einen Tisch mit Glühwein und Pfefferkuchen aufzustellen. Sie und alle anderen, die in der Gärtnerei arbeiteten, würden wahrscheinlich schon lange vor den Weihnachtsfeiertagen der Weihnachtsmusik und des Glühweins überdrüssig werden, aber zusammen mit den Pflanzen und der üppigen Dekoration hatten sie eine wunderbare adventliche Atmosphäre geschaffen. Wenn die Kunden durch die Türen traten, blieben sie erst einmal verblüfft stehen und schauten sich mit großen Augen um.

»Wenn das jetzt jeden Tag so weitergeht, werden wir keine Probleme mit dem Umsatz haben«, sagte Maja, als sich die Schlange langsam auflöste.

»Es war ein fantastischer Nachmittag. Und ich mag, dass alles sich so familiär anfühlt«, erwiderte Petra und räumte die restlichen Papiere und Schnüre auf. Die Leute hier auf dem Land verhielten sich ganz anders als die in der Großstadt. Hier blieb man einen Moment länger stehen, um den neuesten Dorfklatsch auszutauschen oder einfach über irgendetwas Alltägliches zu plaudern.

»Hm, das kann aber auch anstrengend sein.«

»Das kann ich verstehen.« Petra streckte sich. »Aber es ist doch schön, wenn man sich kennt und ein bisschen über alle Bescheid weiß.«

»Auf jeden Fall. Je länger ich in Nyponviken lebe, desto wohler fühle ich mich hier«, antwortete Maja.

»Wohler als in Göteborg?«

»Na ja, also …«

Petra schaute Maja fragend an. »Ist dort etwas passiert?«

»Nein. Nicht dort.« Maja seufzte. »Vielleicht ist es ganz gut, wenn ich dir sage, was Sache ist. Ich bin meiner Familie zuliebe nach Hause gezogen. Als Kalle aus Norwegen nach Hause kam, stellte sich heraus, dass er süchtig nach Glücksspielen ist, und ich wollte in der Nähe sein.«

»Das tut mir wirklich leid.« Petra wusste nicht mehr über Spielsucht, als sie dann und wann mal im Fernsehen aufgeschnappt hatte. »Ist es ernst?«

»Darauf kannst du Gift nehmen. Er hat seine Wohnung verzockt und seinen Job verloren. Deshalb hat er Norwegen verlassen.« Maja seufzte erneut und ließ sich auf die Bank neben der Kasse sinken. »Jetzt wohnt er bei unseren Eltern. Sie haben sogar eine Hypothek auf das Haus aufgenommen, um seine Schulden zu begleichen, und ich komme mir so verdammt dämlich vor, weil ich nicht früher gemerkt habe, wie schlimm es um ihn steht.«

»Aber wie soll man so etwas denn merken?« Petra setzte sich neben Maja. »Ich glaube, die meisten Suchtkranken sind ziemlich gut darin, ihre Abhängigkeit zu überspielen.«

»Da hast du recht. Das Schlimmste ist, wie unfassbar mies diese Glücksspielunternehmen sind. Obwohl Kalle sich mittlerweile selbst bei verschiedenen Anbietern gesperrt hat, schicken sie ihm immer wieder Werbung und kontaktieren ihn, um ihn zum Wiedereinstieg zu bewegen.«

»Ist das nicht illegal?«

»Ja, aber das ist denen doch egal. Die verdienen ihr Geld mit den Spielsüchtigen. Ich fühle mich so verdammt machtlos, und meine Eltern sind auch fix und fertig.« Maja presste die Lippen zu einer dünnen Linie zusammen. »Kalle sagt, er will aufhören, aber er schafft es einfach nicht. Mittlerweile fährt er mehrmals im Monat nach Malmö und Kopenhagen, um zu spielen. Früher hat er mit sehr hohen Einsätzen gepokert, und wenn er das wieder tut, weiß ich nicht ...«

Petra legte den Arm um Majas Schultern. Eine Geste, die Maja ein Schluchzen entlockte, bevor sie zurückwich. »Entschuldige, ich weiß nicht, was in mich gefahren ist. Normalerweise schaffe ich es, einen klaren Kopf zu bewahren, wenn ich hier bin, aber Kalle ist gerade wieder nach Kopenhagen gefahren, und ich weiß nicht, was ich tun soll.«

»Hat er professionelle Hilfe in Anspruch genommen?«, fragte Petra und reichte ihr ein Papiertuch.

»Es gibt hier eine Rehaklinik, die sich auf Spielsucht spezialisiert hat, aber Kalle weigert sich, dort hinzugehen. Er behauptet, er habe alles unter Kontrolle«, sagte Maja und wischte sich über die Augen. »Ehrlich gesagt, habe ich das Gefühl, dass wir auf der Stelle treten. Ich versuche, mich während der Arbeit am Riemen zu reißen, aber ich lebe mit der ständigen Angst, einen Anruf zu bekommen, weil Kalle es zu weit getrieben und sich von den falschen Leuten Geld geliehen hat, oder so etwas. Ich mache mir solche Sorgen, was mit unseren Eltern passiert, wenn er ...« Maja beendete den Satz nicht, aber Petra wusste, was sie meinte.

»Hast du jemanden, mit dem du reden kannst? Jemanden, der für dich da ist? Abgesehen von deinen Eltern?«

»Jakob. Er unterstützt mich sehr.«

»Er ist ein guter Kerl.« Petra nahm Maja in den Arm. »Ich bin auch noch da. Komm einfach zu mir, wenn du eine Schulter zum Anlehnen brauchst oder ich dir irgendwie helfen kann.«

*

Petra wusste nicht, warum sie ins Dorf und von dort aus weiter zum Hafen gegangen war. Vielleicht, weil sie eine Weile wegmusste. Um den Kopf freizubekommen. Oder weil sie über all das nachdenken musste, was in letzter Zeit passiert war. Maja war heute früh nach Hause gegangen, und Berit hatte wie immer deswegen gemurrt. Wenn Berit nur wüsste, worum es geht, wäre sie sicher verständnisvoller, dachte Petra und ging weiter in Richtung der Bootshäuser. Sie hatte Maja versprochen, niemandem von Kalles Spielsucht zu erzählen. Dieses Versprechen würde sie halten, auch wenn sie hoffte, dass Maja irgendwann den Mut fand, sich den anderen anzuvertrauen.

Petra blieb stehen und ließ den Blick über den Hafen und das spiegelglatte Wasser gleiten. Ihr Handy vibrierte, eine SMS von Nick. Er schrieb, dass er in Helsingborg übernachte, aber hoffe, rechtzeitig zum Lichterfest zurückzukommen. Obwohl sie einander zu nichts verpflichtet waren, freute Petra sich über seine Nachricht. Und dass sie sich ausgesprochen hatten, fühlte sich auch gut an.

»Na, hat es euch wieder hierher gezogen?«

»Hallo«, sagte Petra und lächelte Holger an. »Es ist so ein schöner Abend, da musste ich unbedingt herkommen.«

Obwohl Holger eigentlich in die entgegengesetzte Richtung unterwegs gewesen war, schloss er sich ihr an, als wäre es von vornherein abgemacht gewesen, dass sie gemeinsam spazieren gehen würden.

»Der Gärtnerei scheint es langsam besser zu gehen«, sagte Petra nach einer Weile.

»Ja. Zurzeit ist viel los.« Holger deutete auf die Mole. »Wollen wir auf den Pier gehen?«

»Gerne, es ist so schön dort!«

»Euch scheint es hier mittlerweile ja ganz gut zu gefallen«, sagte Holger, als sie an den Bootshäusern vorbeiliefen.

»Das stimmt«, antwortete Petra. »Ich hoffe nur, dass Charlie bald neue Freunde findet. Im Moment verbringt sie die meiste Zeit mit Maja.«

»Wenn sie erst einmal wieder zur Schule geht, kommt das von allein. Macht sie eigentlich auch Sport?«

»Jetzt gerade nicht. Aber sie hat gesagt, sie würde gerne Tennis spielen«, antwortete Petra und ließ Joschi an einem Pfeiler schnuppern. »Das ist ziemlich teuer, aber ich glaube, so ab nächstem Herbst kann ich es mir vielleicht leisten.«

»Es ist nicht der billigste Sport«, stimmte Holger zu. »Für Fußball interessiert sie sich nicht zufällig?«

»Bevor wir umgezogen sind, hat sie Fußball gespielt, aber sie hat gesagt, sie will damit nicht weitermachen.«

»Warum nicht?«, fragte Holger, als sie wieder in Richtung Hafen umdrehten.

»Ich weiß es nicht genau. Sie war wirklich gut.«

»Na ja, vielleicht ändert sich das ja noch. Manchmal muss man Dinge loslassen, um zu merken, wie sehr man sie vermisst.«

»Das klingt fast so, als würdest du von dir selbst sprechen?« Petra konnte sich die Frage nicht verkneifen. Vielleicht, weil sie hören musste, dass andere schon erreicht hatten, worum sie und Charlie kämpften.

»Einmal musste ich tatsächlich loslassen.« Holger schien zu überlegen, ob er fortfahren sollte oder nicht. »Ich musste eine Frau gehen lassen, obwohl ich sie liebte.«

»Ester.« Petra berührte ihn sanft am Arm.

»Der Verlust wird mich immer begleiten. Und die Erinnerungen.« Holger hielt einen Augenblick inne, bevor er fortfuhr: »Charlie geht es sicher genauso. Und dir. Aber ihr versteht euch gerade besser, oder?«

»Ja, ich glaube schon. Ich habe darüber nachgedacht, was du gesagt hast. Dass sie Angst hat, mich zu verlieren. Und ich glaube, du hast recht«, sagte Petra und legte Joschi an die Leine. »Viveka hat auch etwas Ähnliches gemeint.«

»Was denkst du darüber?«

»Es macht mich traurig, dass Charlie glaubt, sie würde mir zur Last fallen und ich wäre ohne sie besser dran.« Petra umklammerte die Leine mit festem Griff. »Wir gehören zusammen, und ich kann mir nicht vorstellen, sie nicht in meinem Leben zu haben.«

»Du hast für Charlie sehr viel aufgegeben.«

»Ich würde es immer wieder tun.«

»Das glaube ich dir gerne«, antwortete Holger. »Hat deine Entscheidung, nicht mehr als Friseurin zu arbeiten, auch mit Charlie zu tun?«

»Überhaupt nicht. Ich bin einfach fertig damit.«

»Du klingst wie Viveka.«

»Ach ja?«, fragte Petra und überließ Joschi die Auswahl der Route, als sie das Wohngebiet auf der anderen Seite des Hafens erreichten.

»Sie hat immer behauptet, dass sie mit ihrem Job fertig sei, als sie hierher zurückgekehrt ist, aber ich glaube, das hat sie nur gesagt, um sich zu schützen.«

»Wovor?«

Holger seufzte. »Vor der Sehnsucht, schätze ich.« Sie gingen an einigen Häusern vorbei, deren Fenster von Weihnachtssternen erleuchtet waren. »Solange ich denken kann, hat sie davon geträumt, eine Ausbildung zur Kostümbildnerin zu machen und an einem großen Theater zu arbeiten.«

Petra ließ das, was Holger sagte, auf sich wirken. Hatte er recht? Und wenn ja, traf das auch auf sie zu? Hatte sie ihren Traum zu schnell aufgegeben?

»Gibt es einen Grund, warum du nicht hier in der Gegend als Friseurin arbeiten willst?«

»Es gibt keinen Friseursalon im Dorf.« Petra versuchte, beiläufig zu klingen, aber sie hörte, dass es ihr nicht gelang.

»Na ja, wir haben mehrere Friseursalons in der Umgebung, und mit deiner Erfahrung hättest du kein Problem, einen Job zu bekommen. Soweit ich weiß, bist du ziemlich gut in deinem Beruf.«

»Wer hat das gesagt?«

Holger sah plötzlich verlegen aus. »Ich habe wohl zu viel gesagt.« Er blieb stehen. »Ich biege hier dann mal ab. Es war schön, Gesellschaft beim Spazierengehen zu haben.«

»Aber …«

»Wir sehen uns morgen.«

Petra schaute Holger hinterher und dann nach unten zu Joschi, der drängelte und sie die Straße hinaufzerrte.

»Wir sind schon zu weit weg von zu Hause. Wir gehen an einem anderen Tag weiter.« Petra zog an der Leine, aber der Hund wehrte sich und kläffte. »Ja, gut, noch ein kleines Stück, aber dann gehen wir nach Hause und …«

Weiter kam sie nicht, denn Joschi schaffte es, ihr die Leine aus der Hand zu reißen und über den Bürgersteig davonzusausen. Verdammt noch mal. Petra nahm die Verfolgung auf. Als er durch ein Loch in einer Hecke schlüpfte, stöhnte sie frustriert auf. Wie sollte sie ihn jetzt noch erwischen? Sie öffnete das Tor und betrat den fremden Garten.

»Joschi?«, rief sie und versuchte, ihn zu orten. Was wollte er hier? Das Haus vor ihr lag im Dunkeln, und der unberührte Schnee zeigte ihr, dass schon eine Weile niemand mehr hier gewesen war. Petra zückte ihr Handy und schaltete die Taschenlampe ein. Da waren Joschis Fußspuren! Petra folgte ihnen und blieb dann abrupt stehen. Joschi stand vor der Haustür, kratzte mit der Pfote am Holz und winselte, als wollte er unbedingt hinein. Und plötzlich wurde ihr klar, dass sie sein richtiges Zuhause gefunden haben musste.

31

*Das Lichterfest ist etwas ganz Besonderes. Das ganze
Dorf kommt zusammen. Dieses Fest bedeutet
mir so viel, und genau zu diesem Anlass wollte ich
mich das erste Mal mit ihm als Paar zeigen. Aber
alles lief anders, als ich es geplant hatte. Er tauchte nicht
auf, und ich musste mir alle Mühe geben, mir die
Enttäuschung nicht anmerken zu lassen – immerhin
war das Lichterfest doch mein Werk!*

Es war nicht einfach, mit Viveka unter vier Augen zu sprechen, stellte Petra fest, nachdem sie mehrmals von Kunden
oder Holger unterbrochen worden war. Zum Glück hatte
Charlie es vorgezogen, in der Wohnung zu lernen. Es sei zu
kalt, um sich draußen herumzutreiben, hatte sie gesagt, als
Petra ihre Arbeitsschuhe schnürte und ihre gefütterte Jacke
anzog.

Als sie endlich allein waren, wagte Petra einen Vorstoß.
»Hast du ein paar Minuten Zeit?«

»Klar«, antwortete Viveka und wickelte etwas Draht um
einen Tannenzapfen.

»Ist das für das Hotel?«, fragte Petra und nestelte an einer
der Tischdekorationen herum.

»Sie wollen jede Woche neue Deko haben und freuen sich, wenn wir sie etwas variieren.« Viveka grinste breit. »Das Geld, das wir damit verdienen, können wir gut gebrauchen, aber vielleicht …«

»Vielleicht was?«

»Ich habe ein Angebot für den Hof bekommen.«

»Wie bitte?«

»Schon vor einer ganzen Weile. Bevor du hergekommen bist.« Viveka legte den Zapfen auf der Werkbank ab. »Bitte sag Holger nichts davon, er würde sich sonst nur aufregen.«

»Du überlegst also wirklich, den Hof zu verkaufen?« Petra versuchte, sich nicht anmerken zu lassen, wie sehr sie Vivekas Worte beunruhigten. Was würde mit ihr und Charlie passieren, wenn die Gärtnerei den Besitzer wechselte? Würden sie die Wohnung verkaufen müssen?

»Na ja, vielleicht. Das habe ich zumindest. Aber jetzt weiß ich es nicht mehr.« Viveka sah plötzlich schuldbewusst aus. »Ich hätte dir das nicht sagen sollen.«

»Aber willst du dem Hof nicht eine Chance geben? Jetzt, wo wir so viel verändert haben und es besser läuft.«

Vivekas Enthüllung fühlte sich wie eine kalte Dusche an. Petra hatte so etwas zwar befürchtet, aber sie hätte nie gedacht, dass es schon ein konkretes Angebot gab.

»Holger und ich sind zu alt, um hier weiter gegen Windmühlen zu kämpfen«, sagte Viveka und konzentrierte sich auf die Dekoration. »Ich weiß nicht, wie lange wir noch durchhalten können.«

Petra sah Holger vor sich. Egal, was Viveka über sein Alter sagte: Petra konnte sich nicht vorstellen, dass er in den Ruhestand gehen wollte. Ganz im Gegenteil.

»Und wenn du dir Hilfe holst? Dann könnt ihr etwas kürzertreten, ohne zu verkaufen.«

»Im Moment können wir uns das nicht leisten. Ich kann dich schon kaum bezahlen, und dein Gehalt ist so lächerlich, dass ich mich schäme.«

»Wir wohnen hier umsonst und bekommen Frühstück und Mittagessen. Das Gehalt, das du dazuzahlst, reicht völlig aus«, log Petra. Sie kamen zurecht, das war das Wichtigste, auch wenn sie jede Anschaffung genau abwägen mussten.

»Aber ich möchte, dass du ein angemessenes Gehalt bekommst, wenn man bedenkt, wie viel du für uns tust.«

»Im Moment ist es genug.« Petra drehte die Schnur in den Händen. »Musst du dich jetzt schon entscheiden?«

»Noch nicht, aber bald. Das Angebot gilt nur bis zum Monatsende.«

»Wer ist der Käufer?«

»Das spielt keine Rolle.«

Vivekas Worte ließen Petra stutzen. War es jemand, den sie kannte?

»Darüber wolltest du aber nicht mit mir reden, oder?« Viveka wandte sich wieder den Tischdekorationen zu. Petra räusperte sich. »Kann ich dir irgendwie helfen? Ich habe zwar nicht viel Geld, aber vielleicht kann ich etwas anderes beitragen?«

Viveka schaute Petra mit zärtlichem Blick an. »Du hast schon genug getan. Allein, dass du uns jetzt über Weihnachten hilfst ...«

»Aber ich ... Ich wollte eigentlich nichts sagen, bevor wir nicht ganz fertig sind, aber Nick, Charlie und ich arbeiten an einer Website und einem Webshop für euch. Wenn er fertig ist, könnt ihr Bestellungen aus dem ganzen Land entgegennehmen.«

»Ach, meine Liebe«, murmelte Viveka mit belegter Stimme und zog Petra in ihre Arme.

»Ich will nicht, dass du den Hof verlierst. Ich weiß, wie weh es tut, aufgeben zu müssen, was man liebt.« Petra versuchte, die Tränen zurückzuhalten, aber jetzt übermannte sie die Traurigkeit darüber, was mit ihrem Salon passiert war. »Es tut mir leid, dass ich so einen Aufstand mache. Es ist natürlich deine Entscheidung. Im Moment passiert einfach so viel. Und abgesehen davon glaube ich, dass ich Joschis richtiges Zuhause gefunden habe. Charlie wird am Boden zerstört sein, wenn sie es erfährt.«

»Wow, damit habe ich nicht gerechnet. Wie hast du es gefunden?«

»Er hat mich gestern dorthin geführt, als ich auf der anderen Seite des Hafens spazieren gegangen bin. Ein rotes Haus in der Stenmansgatan.«

»Warum glaubst du, dass er dort wohnt?«

»Er ist direkt zur Haustür gerannt, hat gewinselt, daran gekratzt und versucht, hineinzukommen. Es war niemand da, das Haus hat total verlassen gewirkt. Aber als ich gehen wollte, musste ich ihn wegtragen.« Petra blickte in Richtung Eingang. »Ich will es Charlie noch nicht sagen. Sie hat Joschi so gern, und ich weiß nicht, wie sie es aufnehmen wird.«

»Ich verstehe, dass du dir Sorgen machst. Hast du die Adresse? Dann finde ich für dich heraus, wer dort wohnt?«

»Das habe ich schon getan. Majvor Gustavsson.«

»Majvor.« Viveka sah plötzlich verwirrt aus. »Bist du dir sicher, dass es das Haus von Majvor war?«

»Ja, ich habe sogar ein Foto davon gemacht.« Petra suchte das Bild auf ihrem Handy und hielt es Viveka vor die Nase.

»Ja, das ist Majvors Haus. Es ist nur so, dass …« Viveka verstummte. »Ich muss ein paar Dinge klären. Kannst du hier für eine Weile die Stellung halten?«

»Okay, aber …«, begann Petra, aber Viveka war schon aus dem Gewächshaus verschwunden.

*

Es war fast halb sieben, als Petra, Charlie und Viveka in Richtung Dorf gingen. Petra wollte zwar fragen, ob Viveka es geschafft hatte, Joschis Besitzerin zu finden, aber das musste warten. Sie wollte Charlie nicht unnötig beunruhigen, und bevor sie wusste, was Sache war, wahrte sie lieber erst einmal Stillschweigen.

Während Petra dem Gespräch zwischen Viveka und Charlie zuhörte, dachte sie daran, wie sehr sich ihr Leben verändert hatte, seit sie in Nyponviken wohnten. Und zwar auf eine gute Art und Weise. Nach mehreren Monaten näherten Charlie und sie sich langsam wieder einander an. Und ihnen beiden gefiel es auf dem Hof mit all den anderen. Petra hoffte wirklich, dass Viveka sich gegen den Verkauf entschied.

»Siehst du das?«, rief Charlie aus, als sie sich dem Dorf näherten.

Petra blickte in die Richtung, in die ihre Nichte zeigte, und staunte nicht schlecht. Überall leuchteten Kerzen und Deko. Wie in einem amerikanischen Weihnachtsfilm, dachte sie und folgte den anderen.

»Dafür müsstet ihr doch weltberühmt sein«, sagte Petra,

während sie die Straße entlangschlenderten und die Lichter bewunderten.

»Wir waren vor ein paar Jahren tatsächlich damit im Fernsehen«, antwortete Viveka. »Und damals war das Lichterfest noch nicht so groß wie heute.«

»Es ist einfach herrlich!« Charlie blieb vor Snäckans Konditorei stehen, wo ein glitzernder Weihnachtsbaum auf die Besucher herabstrahlte.

»Wie sieht es eigentlich mit dem Pfefferkuchenhauswettbewerb aus? Seid ihr fertig?«, fragte Petra an Charlie gewandt und spähte in das Café.

»Noch nicht ganz. Das letzte i-Tüpfelchen fehlt noch. Darum kümmern wir uns morgen, meinte Maja.« Charlie winkte jemandem zu. »Da ist sie ja.«

Petra beobachtete, wie Maja sich aus einer Menschengruppe löste. »Habt ihr Granlunds Rentiere gesehen? Die sind toll«, sagte sie, als sie sich zu ihnen gesellte.

»Noch nicht, aber dieses Jahr scheinen sich fast alle besonders viel Mühe mit der Beleuchtung gegeben zu haben«, antwortete Viveka.

»Total. Ich glaube, es ist sogar wieder ein Team vom Lokalfernsehen hier.«

»Ausgezeichnet. Genau so etwas braucht das Dorf!« Viveka warf einen Blick auf die Uhr. »Wir sollten uns mal in Richtung Marktplatz bewegen. Sonst verpassen wir noch, wie der Weihnachtsbaum angezündet wird.«

Maja hakte sich bei Petra unter. »Und wir müssen Glühwein und Pfefferkuchen kaufen.«

»Das klingt gut. Ich sage Mary kurz Hallo«, meinte Viveka. »Charlie, willst du nicht mitkommen? Ich glaube, ihre

Enkelin Anna steht bei ihr. Nach den Weihnachtsferien werdet ihr wahrscheinlich in dieselbe Klasse gehen.«

Petra sah Charlies Zögern. »Soll ich auch mitkommen?«

»Warum?« Die Antwort kam wie aus der Pistole geschossen, und das Mädchen richtete sich ein wenig auf. »Geh ruhig, wir sehen uns später.«

»Sie kommt schon zurecht«, sagte Maja. »Wir suchen uns in der Zwischenzeit einen guten Sitzplatz.«

Petra und Maja bahnten sich einen Weg durch die Menge und blieben an einem der Glühweinstände stehen. »Und wie geht es dir?«, fragte Petra sanft.

Majas fröhliches Lächeln verschwand. »Ehrlich gesagt, nicht so dolle.«

»Ist Kalle noch nicht nach Hause gekommen?«

»Wir erreichen ihn nur schwer.« Maja seufzte leise. »Er drückt unsere Anrufe ständig weg, und meine Eltern sind völlig verzweifelt. Sie überlegen, loszufahren und ihn zu suchen.«

»In Kopenhagen?«

»Ja, aber wie sollen sie ihn finden? Das ist unmöglich. Außerdem ist Kalle erwachsen, und wir können nichts gegen seinen Willen unternehmen.«

»Aber ich verstehe, dass sie es versuchen wollen«, sagte Petra.

»Kalle ist gestern ausnahmsweise mal ans Telefon gegangen, und wir haben uns total gestritten. Er hat geschrien, dass ich ihn in Ruhe lassen soll.«

»Ich finde, es hört sich so an, als ob du und deine Eltern tut, was ihr könnt«, sagte Petra und trat einen Schritt zur Seite, damit ein älteres Ehepaar vorbeigehen konnte. »Er kann sich glücklich schätzen, euch an seiner Seite zu haben.«

Majas Augen füllten sich mit Tränen. »Ich weiß, dass Kalle mit seinen Problemen selbst fertigwerden muss. Wir können nichts tun, solange er nichts ändern will. Aber man fühlt sich einfach so hilflos.«

Petra nahm Majas Hand in die ihre. »Ich verstehe, wie frustrierend es ist, ihm nicht helfen zu können.«

»Es ist schrecklich. Ich hätte ihn wahrscheinlich nicht so sehr drängen sollen, aber ich wollte ihm klarmachen, was er sich selbst antut.«

Eine Stimme hinter ihnen sagte ihren Namen, und Maja drehte sich um. »Jakob!«

»Hey, was ist los? Hast du was von Kalle gehört?«

»Nichts.«

Jakob nahm Maja in den Arm. »Wenn du willst, fahren wir gemeinsam nach Kopenhagen.«

»Ich glaube nicht, dass das eine gute Idee ist, aber ich bin froh, dass du mir helfen willst. Ist gar nicht lange her, dass ich nur die nervige kleine Schwester deines Kumpels war«, versuchte Maja, die Stimmung aufzulockern.

»Das bist du schon lange nicht mehr«, sagte Jakob und grinste, bevor er wieder ernst wurde. »Sag mir einfach Bescheid, wenn ich etwas tun kann.«

»Du hast schon genug getan. Ehrlich gesagt, möchte ich heute Abend einfach nur versuchen, alles für eine Weile zu vergessen. Ich habe es so satt, mir ständig Sorgen zu machen, und ich werde schier verrückt, wenn ich zu Hause mit meinen Gedanken allein bin. Ich bin ein Albtraum, oder?«

»Keineswegs, ich weiß, wie sehr du dich um Kalle sorgst«, antwortete Jakob mit sanfter Stimme. »Willst du einen Glühwein?«

»Ich hole welchen für uns alle«, sagte Petra. »Bleibt hier, ich bin gleich wieder da. Mit oder ohne Schuss?«

»Ohne«, antwortete Maja. »Wenn ich bedenke, wie stressig die letzten Wochen waren, würde mich so viel Alkohol wahrscheinlich direkt umhauen.«

»Für mich auch ohne. Ich bin auf Abruf«, sagte Jakob.

»Du bist immer auf Abruf«, sagte Maja und versetzte ihm einen Knuff, bevor sie anfingen, sich leise miteinander zu unterhalten.

Während Petra auf den Glühwein wartete, schaute sie sich um. Einige Gesichter erkannte sie wieder. Andere waren neu. Sie hielt nach Holger Ausschau, konnte ihn aber nirgends entdecken. Sie hatten tagsüber über das Lichterfest gesprochen, und er hatte versprochen, zu kommen. Sie hoffte, dass er es sich nicht anders überlegt hatte.

Aber war das dort drüben nicht Nick? In diesem Moment schaute er in ihre Richtung. Petra hob den Arm, und der Blick, den er ihr zuwarf, weckte in ihr den Wunsch, sich in seine Arme zu stürzen.

»Ich dachte mir schon, dass du hier bist«, sagte Nick, als er sich einen Weg durch die Menschenmenge gebahnt hatte. Er begrüßte sie mit einem Kuss auf die Wange und trat einen Schritt zurück. »Du siehst wunderschön aus.«

»Danke«, erwiderte Petra.

Bevor sie es sich anders überlegen konnte, beugte sie sich vor und drückte ihre Lippen auf seine. Seine Überraschung brachte sie zum Lachen, und sie ließ sich bereitwillig in seine Arme ziehen.

»Das hat mir gefehlt«, murmelte er und küsste sie.

Petra schlang die Arme um seinen Hals und erwiderte

den Kuss. Warum hatte sie so lange versucht, sich zu wehren? Zum Teufel mit der Zukunft, das hier war …

»Hallo, ihr Turteltauben, hier ist euer Glühwein«, unterbrach sie die Frau, bei der Petra ihre Bestellung aufgegeben hatte.

Petra grinste und nahm den Glühwein entgegen. »Willst du auch einen?«, fragte sie Nick.

»Klar«, sagte er und legte den Arm um ihre Schultern. Nachdem auch er eine Tasse Glühwein bekommen hatte, suchten sie nach Maja und Jakob, die auf der Tribüne Platz genommen hatten. Viveka und Charlie hatten einen Platz neben Mary und ihrer Enkelin gefunden, und Petra winkte ihnen zu.

»Bleiben wir am besten hier«, sagte Maja und rückte die Schafsfelle zurecht. »Wir können uns nach der Vorführung mit ihnen treffen.«

»Das klingt gut«, erwiderte Petra und lehnte den Kopf an Nicks Schulter. Wie sehr sie ihn vermisst hatte. Den Gedanken, dass ihre Beziehung ins Leere lief, ignorierte sie. Zumindest für diesen Abend. Sie nahm Nicks Hand, und während sich der Platz mit Menschen füllte, hielt sie weiter Ausschau nach Holger. Als sie in einiger Entfernung eine karierte Schiebermütze entdeckte, kniff sie die Augen zusammen. Ja, das war er. Sie rief seinen Namen, aber Holger hörte sie nicht und sah sich nur etwas verloren um. Er wirkte so einsam, wie er da stand. Ein älterer Mann, der inmitten von so vielen Menschen niemanden hatte, mit dem er reden konnte. Petra stand auf, um ihn zu holen, wurde aber von den Geschehnissen vorn auf der Bühne abgelenkt. Als sie sich wieder zu Holger umdrehte, war er verschwunden.

32

Auf der Christbaumkugel ist die Gärtnerei abgebildet.
Mein Zuhause. Auch wenn Mutter und ich uns
oft wegen Kleinigkeiten in die Haare geraten, liebe ich
alles hier: den Garten, den Apfelhof und den Duft
nach frisch gebackenem Brot im Café. Ich hoffe, dass
Mutter weiß, wie viel mir der Hof bedeutet.
Zeigen kann ich es ihr nicht so gut.

Petra öffnete die Tür des Cafés und gähnte herzhaft.

»Guten Morgen«, sagte Viveka und blickte von der Zeitung auf. »Wo ist Charlie?«

»Sie schläft noch, es ist gestern wirklich spät geworden.«

»Sie schien Spaß zu haben.«

Petra nickte. »Ich glaube, sie hat sich sehr gefreut, eine Gleichaltrige zu treffen. Danke, dass du sie mit Marys Enkelin bekannt gemacht hast.«

»Gern geschehen. Anna und Charlie sind gut miteinander ausgekommen.«

Petra setzte sich an den Tisch und schenkte sich Kaffee ein. »Hast du Majvor gefunden?«, fragte sie leise.

»Ich habe es versucht, aber es ist gar nicht so leicht.« Viveka trommelte mit den Fingern auf dem Tisch herum. »Ich habe mehrere Leute hier im Dorf gefragt, aber niemand hat sie in letzter Zeit gesehen.«

»Hat sie denn keine Familie, die wir fragen können?«

»Ich glaube, sie hat einen Neffen. Ich schau mal, was ich tun kann.«

»Das klingt gut. Auch wenn ich Joschi gerne behalten würde, kommt es mir falsch vor, dass er hier bei uns ist, wenn seine Besitzerin ihn vermisst und sich Sorgen macht.«

»Finde ich auch.« Viveka ließ ihren Blick an Petra vorbei schweifen. »Guten Morgen, Holger! Hast du ausgeschlafen?«

Der ältere Mann brummte nur als Antwort, setzte sich an den Tisch, griff nach dem Kaffee und schenkte sich eine große Tasse ein.

»Ich habe dich gestern im Dorf gesehen«, sagte Petra. »Aber dann habe ich dich aus den Augen verloren.«

»*Du* hast dir die Weihnachtslichter angesehen?«, fragte Viveka.

»Ich bin spazieren gegangen und irgendwie mitten im Getümmel gelandet.« Holger schlug die Zeitung auf und begann zu lesen, scheinbar nicht an einem Gespräch interessiert.

»Schade, dass wir uns nicht gesehen haben. Der Abend war wirklich schön«, sagte Petra und schmierte Butter auf ein Brötchen.

»Das mit den Lichtern ist eh nichts für mich.«

»Oh, ich denke schon«, sagte Berit und setzte sich zu den anderen. »Du hast den ganzen Trubel mal angestoßen. Weißt du das nicht mehr?«

Holgers Ohren wurden rot. »Das ist schon lange her«, murmelte er und raschelte mit der Zeitung.

»Ich weiß noch, wie Lilly, Viveka und du das mit dem Lichterfest ausgeheckt habt. Wie ihr das ganze Dorf einbezogen und die Medien hierhergelockt habt«, sagte Berit und lachte. »Das war ein Gewusel.«

»Ja, was hatten wir für einen Spaß! Das war, bevor ich die Oper verlassen habe.« Viveka blinzelte, als erinnerte sie sich an irgendetwas. »Es war eine schöne Zeit«, sagte sie schließlich und sah Holger an.

»Es war ganz in Ordnung.« Holger zuckte mit den Schultern. Er nahm sich ein Croissant, schnitt es durch und bestrich die Hälften mit Butter. »Gibt es auch Käse?«

»Hol dir einfach welchen aus dem Kühlschrank«, entgegnete Berit.

»Ich mache schon«, sagte Viveka und verschwand in der Küche.

Berit nahm sich ebenfalls ein Croissant. »Hattest du gestern einen schönen Abend?«, fragte sie Petra.

Sie nickte. »Das Lichterfest ist wie eine Kunstausstellung.« Sie dachte an den Abend zurück. Sie hatte es sehr genossen, ihn mit den anderen zu verbringen. Besonders mit Nick. Sie schüttelte sich, um in die Realität zurückzukehren. »Warum wolltest du nicht mitkommen?«

»Ich war mit anderen Dingen beschäftigt«, antwortete Berit.

»Und wir haben heute viel zu tun«, murmelte Holger. »Wir erwarten eine große Lieferung, und die Blumen müssen schnell rein in die Wärme, damit sie nicht erfrieren.«

»Charlie und ich können helfen«, bot Petra an.

»Und ich schicke Maja rüber«, sagte Berit.

In diesem Moment kam Viveka mit dem Käse zurück. Die

Gespräche während des restlichen Frühstücks drehten sich um den gestrigen Tag. Viveka erzählte den neusten Dorfklatsch, und Holger tat so, als wäre er in die Zeitung vertieft, obwohl er heimlich über Vivekas Geschichten lächelte und ab und zu eine Frage stellte.

Nach einer halben Stunde kam Maja ins Café gehuscht und ging mit einem schnellen Hallo in Richtung Küche. Sie sah mitgenommen aus, dachte Petra. Sie wollte Maja nicht vor den anderen fragen, ob sie etwas von ihrem Bruder gehört hatte, hoffte aber inständig, dass mit Kalle alles in Ordnung war.

*

Die Blumen wurden gerade geliefert, als Petra und Charlie auf den Hof traten. Nach einem Blick in Holgers gestresstes Gesicht beeilten sie sich, alles ins Gewächshaus zu schleppen. Wenn die Blumen eingingen, würde die Gärtnerei eine beträchtliche Summe Geld verlieren. Das durften sie nicht riskieren.

Petra griff nach einer Kiste mit Weihnachtssternen und lief ins Gewächshaus. Auf dem Weg wieder nach draußen stieß sie fast mit Nick zusammen, der die Hände voll mit Blumen hatte.

»Hallo«, sagte sie erstaunt. Er lächelte sie an.

»Guten Morgen. Komm, wir kümmern uns um den Rest.«

Gemeinsam schafften sie in wenigen Minuten alles hinein. Als sie fertig waren, atmete Holger auf und verkündete, dass er nur noch den Lieferschein unterschreiben müsse.

Ein Paar Arme schlangen sich um Petras Taille und zwangen sie, sich umzudrehen.

»Darauf freue ich mich schon seit gestern«, murmelte Nick und presste seine Lippen auf ihre.

»Was ist, wenn uns jemand sieht …«, begann Petra, verstummte aber, als Nick sie umso heftiger küsste. Sie zog ihn hinter einige Birkenfeigen und schlang die Arme um seinen Hals. »Was machen wir hier?«, flüsterte sie.

»Ein bisschen Spaß haben?«, schlug Nick vor und streichelte ihren Rücken.

»Was macht ihr da?«, fragte Charlie und spähte durch die Blätter der Pflanzen.

»Ich küsse Petra. Ist das in Ordnung?«

Charlie machte ein gequältes Geräusch und verdrehte die Augen. »Ey, nehmt euch ein Zimmer.«

Petra kicherte und verscheuchte ihre Nichte, aber sobald Charlie sie allein gelassen hatte, wurde sie wieder ernst.

»Du weißt, dass das superdämlich ist.«

»Warum?«

»Weil du nicht mehr lange hier bist.«

»Warum gehen wir nicht einen Tag nach dem anderen an?«, murmelte Nick und küsste sie erneut.

Einen Tag nach dem anderen. Das klang nicht einmal so verkehrt, dachte Petra und erwiderte seinen Kuss, bevor sie sich aus seiner Umarmung löste. »Auch wenn das hier wirklich schön ist, muss ich jetzt wieder an die Arbeit gehen.«

Sie hatte versprochen, sich heute um die Gärtnerei zu kümmern, weil Holger und Viveka mit Aufträgen und Rechnungen beschäftigt waren. War das ein Zeichen dafür, dass Viveka doch nicht verkaufen wollte? Das hoffte sie jedenfalls.

»Ich helfe dir«, sagte Nick.

Bevor Petra etwas erwidern konnte, besprach er bereits

mit Charlie die Aufgabenliste für den Tag. Petra schaute den beiden lächelnd zu, bevor sie sich abwandte und ein paar welke Blätter von den Pflanzen abzupfte, die Erde befühlte und eine Gießkanne holte. Holger hatte ihr erklärt, wie wichtig es war, den Pflanzen je nach Sorte die richtige Menge Wasser zu geben. Die Azaleen brauchten viel Wasser, während die Hyazinthen nur wenig Durst hatten. Sie musste auch darauf achten, dass die Blütenblätter nicht mit Wasser in Berührung kamen, da sie sich sonst verfärben konnten. *Eine Wissenschaft für sich,* dachte Petra und ging weiter zum nächsten Tisch.

»Willst du heute im Weihnachtsladen helfen?«, fragte sie Charlie.

»Nein, ich bin mit einer Freundin verabredet.«

»Das ist ja toll. Mit wem denn?«

»Also, wenn ich darf.« Charlie sah plötzlich unsicher aus. »Anna hat mich gefragt, ob ich sie besuchen komme.«

»Natürlich darfst du.«

»Ich komme nach Weihnachten in ihre Klasse.«

»Das ist doch fantastisch …«, begann Petra, hielt aber inne, als sie Charlies skeptischen Blick sah.

»Du klingst, als hätte ich im Lotto gewonnen.«

»Tut mir leid, ich bin nur froh, dass du jemanden gefunden hast, mit dem du … äh … abhängen willst. Soll ich dich hinbringen?«

»Viveka hat schon versprochen, mich zu fahren. Ich warte nur noch auf sie.«

»So, so«, sagte Holger, der mit langen Schritten zum anderen Gewächshaus ging. »Ich dachte eigentlich, sie hat Besseres zu tun, als Kinder durch die Gegend zu kutschieren.«

Charlie verdrehte die Augen, und plötzlich erschien Petra alles so selbstverständlich. Hier zu sein. Mit den anderen. Und einfach den Tag zu genießen.

✳

Ein paar Stunden später fand Petra Nick bei der Reparatur einiger Regale im hinteren Teil der Gewächshäuser vor.

»Holger und Viveka haben dich also auch eingespannt«, sagte sie und setzte sich auf eine Bank.

»Ich habe angeboten, bei ein paar Reparaturen zu helfen«, antwortete er. »Es ist lange her, dass ich so etwas gemacht habe.«

»Fehlt es dir?«

»Ein wenig.« Nick steckte den Hammer in seinen Werkzeuggürtel. »In einem Büro zu arbeiten ist eben doch etwas anderes. Aber etwas ganz anderes … Ich habe von Viveka gehört, dass du Joschis Besitzer gefunden hast.«

»Oh. Ja, wobei, eigentlich hat Joschi mir selbst gezeigt, wo er wohnt.« Petra machte eine Pause, bevor sie fortfuhr: »Ich habe es Charlie noch nicht gesagt.«

»Warum nicht?«

»Sie fängt gerade an, sich einzuleben, und wenn ich ihr sage, dass wir Joschi zurückgeben müssen …«

»Verstehe.«

»Hältst du es für falsch, es ihr nicht zu sagen?«

Nick schwieg eine ganze Weile. »Wäre es nicht besser, wenn du sie auf das Unvermeidliche vorbereitest?«

»Vielleicht. Ich möchte nur nicht, dass sie traurig ist.«

»So ist das Leben. Am wichtigsten ist, dass du ihr zeigst, dass du für sie da bist, wenn sie dich braucht.«

»Ich weiß, aber ich glaube, ich warte, bis der Pfefferkuchenwettbewerb vorbei ist. Sie freut sich schon so sehr darauf.«

»Das klingt vernünftig.« Nick sah Petra etwas zögernd an. »Ich habe übrigens etwas Seltsames über deinen Adventskalender herausgefunden.«

»Was soll damit sein?«

Nick kratzte sich am Kopf. »Ich war gestern bei der Touristeninformation, und es hat sich herausgestellt, dass sie gar keinen Kalender herausgebracht haben. Sie wussten nicht einmal, dass es einen Adventskalender über Lilly und das Dorf gibt.«

33

*Der Pfefferkuchenhauswettbewerb ist hier seit vielen
Jahren Tradition. Ich habe mich im Laufe der Jahre
an vielen Pfefferkuchenhäusern versucht, aber
nie den ersten Platz erreicht. Aber das macht nichts,
dabei sein ist alles. Hast du ein Haus mit dem
Pfefferkuchenrezept gebacken, dass ich dir vor einer
Woche gegeben habe? Oder schaust du dir lieber
nur die Werke der anderen an? Egal wie: Der
Wettbewerb steckt immer voller Überraschungen!*

Petra zog sich einen marineblauen Strickpullover an und
knöpfte ihre Jeans zu. Seit Nick ihr verraten hatte, dass es keine anderen Ausgaben des Adventskalenders gab, schwirrte
ihr der Kopf. Sie wusste nicht, wie sie mit dem Wissen umgehen sollte, dass sie die alleinige Besitzerin von Lillys letztem
Adventskalender war. Warum hatten alle im Dorf gelogen?
Wenn sie Lillys Geschichte erzählen wollten, warum taten sie
es dann nicht einfach, anstatt so einen Aufstand zu veranstalten? *Ich muss nach dem Pfefferkuchenwettbewerb mit Viveka
reden,* dachte sie und musterte Charlie. Ihre Nichte lief seit
dem frühen Morgen aufgeregt in der Wohnung umher, und
Petra wollte ihr diesen Tag nicht verderben.

»Freust du dich auf heute?«, fragte sie so gut gelaunt, wie sie konnte.

»Ich glaube, ich muss gleich kotzen.« Charlie knuddelte Joschi. »Meinst du, wir können Joschi zu dem Wettbewerb mitnehmen?«

»Wir können Viveka fragen, ob Hunde dort erlaubt sind.« Petra streichelte Joschis Kopf. »Kommt Maja hierher oder sollen wir uns dort treffen?«

»Sie hat mir geschrieben, dass wir uns dort treffen. Können wir nicht jetzt schon gehen?«

»Jetzt schon?« Petra schaute auf die Uhr. »Wir haben doch noch zwei Stunden Zeit.«

»Aber wir können uns schon mal die anderen Pfefferkuchenhäuser ansehen und einen Spaziergang machen oder so.«

Petra lächelte Charlie an. »Hey, es wird mit Sicherheit richtig super. Ich verspreche es.«

»Wie kannst du das versprechen? Du weißt doch noch gar nicht, wie die Beiträge der anderen aussehen?«

»Das stimmt. Aber ich weiß, dass du dein Bestes gegeben hast, und darauf kannst du stolz sein.« Sie umarmte Charlie. »Lilly hat nie gewonnen, aber es schien ihr nichts auszumachen.«

»Tolle Aufmunterung«, murmelte Charlie, erwiderte aber die Umarmung. »Jetzt komm!«

Eine halbe Stunde später spazierten Petra und Charlie durch die Reihen der Wettbewerbsbeiträge und bewunderten die Pfefferkuchenhäuser. Es gab hohe Türme, eine Schreibmaschine, einen Heißluftballon, mehrere Schlösser und einen Garten. Als sie zu Charlies und Majas Beitrag kamen, schnappte Petra nach Luft. *Zug der Träume*, las sie auf dem Hinweisschild. *Fahr mit dem Zug, wohin und zu wem du willst, egal ob in unserer Welt oder anderswo.*

Der Zug war wirklich außergewöhnlich und voller kleiner Details! Die Lokomotive war mit buntem Zuckerguss verziert, und die Waggons waren mit Süßigkeiten und winzig kleinen Paketen gefüllt. Am Schornstein hing eine Zuckerstange, und Charlie und Maja hatten sogar daran gedacht, Schienen aus Pfefferkuchen zu bauen.

»Euer Zug ist so hübsch geworden!«, sagte Petra.

»Das war meine Idee. Ich dachte, wir können so einen Zug gut gebrauchen«, antwortete Charlie und fingerte an einem der kleinen Häuschen herum, die sie neben den Gleisen aufgestellt hatten. »Maja hat alles gezeichnet, und ich habe beim Backen und Dekorieren geholfen.«

»Das hätte Alice gefallen.«

»Meinst du?«

Petra nickte. »Da bin ich mir sicher.«

»Ich vermisse sie so sehr, aber …«

»Aber was?«, fragte Petra sanft.

»Manchmal bin ich wirklich glücklich, aber dann fühle ich mich schuldig, weil ich nicht die ganze Zeit traurig bin.«

Petra beobachtete, wie Charlie mit den Tränen kämpfte, und zog das Mädchen an sich. »So ist das eben. Manchmal geht es einem besser und manchmal schlechter. Mit der Zeit werden es immer weniger traurige Tage, aber das bedeutet nicht, dass wir aufhören, Alice zu vermissen oder zu lieben. Sie lebt immer noch in uns.«

»Aber was ist, wenn ich Mama vergesse?«

»Ach, Schatz.« Petra streichelte Charlie über das Haar.

»Wir müssen uns einfach anstrengen und die Erinnerung an sie wachhalten.«

»Und wie?«

»Indem wir über sie sprechen und uns Fotos und Filme ansehen. Wenn du willst, können wir noch ein paar Bilder vergrößern und an die Wand hängen.«

»Gerne.« Charlie wischte sich die Tränen weg. »Da ist Maja.«

»Sollen wir sie rufen?«, fragte Petra.

»Ich gehe nur kurz zur Toilette«, murmelte ihre Nichte.

»Willst du, dass ich mitkomme?« Petra hob die Hände, als sie Charlies Miene sah. »Schon gut, schon gut, du schaffst das allein, ich weiß.«

Als Charlie in Richtung der Toiletten verschwand, winkte Petra Maja zu sich.

»Euer Pfefferkuchenzug ist wirklich unglaublich«, sagte sie. Obwohl sie von ihrem Gespräch mit Charlie noch mitgenommen war, versuchte sie zu lächeln.

»Wir wollten etwas Besonderes machen.« Maja sah sich den Zug an. »Ehrlich gesagt, ist er das schönste Pfefferkuchenhaus, das ich je gebaut habe.«

»Er ist wirklich beeindruckend.« Petra schaute ihre Freundin an. »Aber wie geht es dir denn? Es tut mir leid, dass ich dich gestern bei der Arbeit nicht nach Kalle gefragt habe, aber ich wollte nicht, dass uns jemand hört.«

»Ist schon gut. Er ist gestern nach Hause gekommen, will aber mit keinem von uns reden.« Maja wirkte plötzlich unglaublich müde. »Ich versuche, mich ein wenig zurückzuziehen. Kalle ist ein erwachsener Mann, und wenn er keine Hilfe will, muss ich das akzeptieren.«

»Ich verstehe dich.«

Maja warf ihr einen kurzen Blick zu. »Ach ja?«

»Man muss auch an sich selbst denken. Vielleicht kann er sich erst so richtig mit seinen Problemen auseinandersetzen, wenn niemand mehr da ist, der ihn auffängt.«

»Das hoffe ich. Unseren Eltern geht es wirklich schlecht. Ich hatte dir ja schon erzählt, dass sie eine Hypothek auf ihr Haus aufgenommen haben, um Kalles Schulden zu begleichen. Gestern hat er versucht, sich noch mehr Geld zu leihen, und ich glaube, das hat mir klargemacht, dass wir nicht weiter versuchen können, ihn zu retten. Er muss die Verantwortung für sein eigenes Leben übernehmen und erkennen, dass er süchtig ist und eine Therapie braucht. Es wird fürchterlich werden, so hart zu ihm zu sein.«

»Ich hoffe wirklich, dass es für euch alle gut ausgeht«, sagte Petra und streichelte Maja sanft den Arm.

»Ich auch.« Maja fingerte an dem Hinweisschild des Traumzugs herum. »Danke, dass du für mich da bist.«

»Ich habe doch gar nicht viel getan.«

»Du hast zugehört. Du und Jakob.«

»Kommt er heute hierher?«

»Ich glaube schon«, sagte Maja, und ihre Wangen färbten sich rosa.

»Ist …« Petra zögerte, bevor sie fragte: »Ist da mehr zwischen euch?«

»Vielleicht. Oder vielmehr, ich weiß es nicht.« Maja lachte. »Wir werden sehen, was sich entwickelt.«

»Hast du schon die anderen Pfefferkuchenhäuser gesehen, Maja?«, fragte Charlie, die in diesem Moment hinter ihnen auftauchte.

»Sie sind schön, aber ich finde, unseres ist das beste«, antwortete Maja und drehte sich zu Charlie um. »Ich bin so verdammt stolz auf uns.«

34

Die Mondschnellen-Ruine ist für mich etwas ganz
Besonderes. Hier hat sich mein Leben verändert, und
für das Geschenk, das ich bekommen habe,
werde ich immer dankbar sein. Dieser Ort steckt
voller Liebe – und Sehnsucht.

Petra öffnete die Tür zum Café und wurde von dem vertrauten Duft von Kaffee und frisch gebackenem Brot empfangen. Der gestrige Tag war ein voller Erfolg gewesen, und auch wenn Charlie und Maja den Pfefferkuchenwettbewerb nicht gewonnen hatten, war Charlie über ihren fünften Platz begeistert gewesen. Nach dem Wettbewerb hatten alle außer Nick, der noch ein paar Dinge erledigen musste, ihren Erfolg in der Pizzeria am Hafen gefeiert. Viveka war da gewesen und Berit und Holger. Auch Jakob und Maja und einige ihrer Freunde.

Jakob und Maja hatten eng beieinandergesessen und miteinander geredet. Es war so schön, dass er Maja unterstützte. Petra hatte unwillkürlich darüber nachgedacht, wie sie selbst sich gegenüber denjenigen verhalten hatte, die für sie da gewesen waren, als es ihr am schlechtesten ging. Wie Nick. Obwohl er ihr und Charlie geholfen hatte, als Alice im Sterben lag, hatte sie ihm verschwiegen, wie schlecht es um den Salon stand. Erst als der Bankrott nicht mehr aufzuhalten war, hatte sie sich ihm anvertraut.

»Was machst du denn hier? Du hast doch frei.« Berits raue Stimme ließ Petra zusammenzucken.

»Ich suche nach Viveka.«

»Sie ist den ganzen Tag weg.«

»Gut, dann komme ich …« Petra hielt inne. Sollte sie es wagen, stattdessen Berit zu fragen? Sie zögerte einen Moment lang. »Ich möchte dich etwas zum Adventskalender fragen.«

Berit erstarrte. »Was willst du denn wissen?«

»Ich weiß, dass er nur für mich ist.« Petra trommelte nervös auf dem Tresen herum. »Nick hat herausgefunden, dass es keine anderen Kalender gibt.«

Berit starrte Petra eine ganze Weile lang an, bevor sie die Schultern leicht sinken ließ. »Du hast recht.«

»Hat Viveka den Kalender erstellt?«

»Ich glaube, ich lasse das Café heute zu«, sagte Berit und zog sich die Schürze aus.

»Warum?«

»Weil wir Wichtigeres zu tun haben.« Berit schnappte sich ihren Stock und machte sich auf den Weg zum Ausgang. »Heute steht ein Ausflug zur Mondschnellen-Ruine auf dem Plan, oder?«

Petra nickte.

»Gut. Dann fahren wir jetzt dorthin.«

Petra wollte protestieren, hielt sich aber zurück.

Ein paar Minuten später bogen sie von der Allee ab. Petra, die den Wagen steuerte, folgte Berits Anweisungen. »Warum wollt ihr, dass ich Lillys Geschichte erfahre?«, fragte sie, den Blick auf die Straße gerichtet.

»Weil du ein Teil davon bist.«

Petra runzelte die Stirn. »Wie meinst du das?«

»Das erzähle ich dir, wenn wir da sind«, sagte Berit und wies Petra an, im Kreisverkehr rechts abzubiegen.

Während sie an der Küste entlangfuhren, schaute Berit schweigend aus dem Fenster.

Es war fast völlig windstill. Als würde das Meer den Atem anhalten, dachte Petra und bog in eine kleine Straße ein, die sich den Berg hinaufschlängelte.

Nach einer Weile kam die Ruine in Sicht, und Berit bat sie, anzuhalten. Petra betrachtete die Steinmauern, die sich hoch oben auf dem Bergrücken erhoben, und bewunderte den herrlichen Ausblick auf die Bucht.

Berit öffnete die Autotür und stieg mühsam aus dem Auto aus, auf ihren Stock gestützt, um das Gleichgewicht zu halten.

»Ich war seit über dreißig Jahren nicht mehr hier«, sagte sie mit leiser Stimme, während sie langsam auf die Ruine zugingen. »Weißt du, hier ist etwas geschehen, das Lillys Leben sehr verändert hat.«

Petra sah sich um. »Ich verstehe einfach nicht, was …«

»Sechs Monate, nachdem sie … ihn … getroffen hatte, kam er zurück«, unterbrach Berit. »Er war einfach ohne ein Wort verschwunden, und Lilly war am Boden zerstört. Als er wieder auftauchte, war es Sommer, und die beiden haben jede Minute miteinander verbracht. Das hier war einer ihrer Lieblingsorte. Ständig sind sie hier hinaufgefahren.«

»Und das hat dir nicht gefallen?«, fragte Petra.

»Nein, es hat mir nicht gefallen.« Berit legte ihre Hand auf die Steinmauer. »Er hat so viel kaputt gemacht.«

»Ähm … hier?« Petra blickte über die Felder, die sich über den Bergrücken bis zum Meer erstreckten.

»Er hat sie in diesem Sommer geschwängert. Neun Monate später wurdest du geboren.«

Petra wurde schwindelig. »Was hast du gesagt?«

»Du bist Lillys Tochter.« Berit schaute sie mit sanftem Blick an. »Du bist ein Teil unserer Familie.«

»Du irrst dich! Ich wurde in Stockholm geboren.« Petra starrte Berit an. War das ein schlechter Scherz?

»Du bist in Helsingborg geboren. Ich weiß es, weil ich dabei war.« Berit blickte über das Wasser. »Alice wusste Bescheid, aber sie hat uns gebeten, dir nicht alles auf einmal zu erzählen.«

Alice, dachte Petra. *Ist Alice nicht meine Schwester?* Die Beine gaben unter ihr nach, und sie ließ sich auf einen großen Stein sinken. »Du willst also sagen, dass meine Eltern nicht meine leiblichen Eltern sind?«

»Dein Vater schon. Aber deine Mutter … das war Lilly.«

»Warum erzählst du so einen Mist? Warum lügst du mich an?«

»Ich lüge nicht.« Berit fummelte an ihrer Tasche herum und zog eine Mappe heraus. »Hier drin sind deine Geburtsurkunde und andere Papiere, die du vielleicht irgendwann mal brauchst.«

»Hör auf!« Petra kam ihre eigene Stimme ganz fremd vor. Ihre Ohren klingelten, und Tränen brannten in ihren Augen. »Das ist nicht wahr. Meine Mutter hieß Ann-Louise! *Sie* war meine Mutter. Sie *ist* meine Mutter.«

35

Petra wusste kaum, wie sie von der Mondschnellen-Ruine weggekommen war. Nur, dass sie Viveka eine Nachricht geschrieben und sie darum gebeten hatte, Berit abzuholen. Dann war sie losgefahren. *Wer macht so etwas? Eine alte Dame mitten im Nirgendwo stehen zu lassen?*, dachte Petra, während sie hinter dem Steuer saß. *Soll ich zurückfahren?* Sie nahm ihr Handy in die Hand und las, dass Viveka auf dem Weg war. Sie stellte keine Fragen. Hatte Viveka gewusst, dass Berit ihr die Wahrheit sagen wollte?

Petra legte ihr Handy weg und starrte auf das Meer hinaus. Als sie am Hafen hielt, war dieser gewohnt menschenleer. Sie stellte den Motor ab und lehnte sich gegen die Kopfstütze. Die Mappe mit den Informationen, die ihre Herkunft beweisen sollten, hatte sie auf den Beifahrersitz geworfen, und jetzt starrte sie ratlos auf das vergilbte Papier.

Soll ich die Akte öffnen? Was, wenn sich herausstellte, dass ihr ganzes Leben auf einer Lüge beruhte?

Als Nick anrief, drückte sie ihn weg und schaltete ihr Handy aus. Sie wollte ihn nicht in die Sache hineinziehen. Nicht, wenn sie kurz vor einem Nervenzusammenbruch stand.

Ein Klopfen am Fenster erschreckte sie beinahe zu Tode.

Holger! Was wollte der denn hier? Langsam ließ sie das Fenster herunter.

»Brauchst du Hilfe?«

Er sah sie so fürsorglich an. So freundlich. Kannte er die Wahrheit über den Adventskalender auch?

»Ich …«, begann Petra und bemühte sich, das Zittern in ihrer Stimme zu unterdrücken. »Ich brauche etwas Zeit für mich.«

»Manchmal braucht man gerade dann Gesellschaft, wenn man glaubt, für sich sein zu müssen.« Ohne auf eine Erlaubnis zu warten, öffnete Holger die Beifahrertür, nahm die Mappe in die Hand und setzte sich. Lange saßen sie schweigend da und blickten über den Hafen, die Bootshäuser und das Meer hinaus.

»Wusstest du auch, wozu der Adventskalender da ist?«, fragte Petra schließlich.

»Lilly hat den Kalender gebastelt, als du noch klein warst. Viveka hat ihn vor etwas mehr als einem Jahr gefunden und seitdem überlegt, wie sie ihn dir zukommen lassen soll.«

»Ihr wusstet also alle, wo und wer ich war?«

»Es ist nicht an mir, dir das zu sagen.« Holger wirkte plötzlich besorgt.

»Bitte, Holger. Ich werde noch wahnsinnig.«

»Ich glaube, wir müssen uns erst mal stärken. Was hältst du davon, wenn wir zu mir nach Hause fahren und einen Brandy trinken?«

»Ich glaube nicht, dass ich gerade fahren sollte.« Petra starrte auf ihre Hände.

»Kein Problem. Dann fahre ich.«

*

Petra sah Holger zu, wie er ein Feuer im Kamin anzündete. Auf dem Weg hierher hatten sie nicht viel miteinander geredet, und sie rechnete ihm hoch an, dass er sie nicht drängte. Als er in die Küche ging, um ihre Drinks zu servieren, nestelte sie an der Mappe herum. Es wäre so einfach, sie ins Feuer zu werfen und so zu tun, als hätte es sie nie gegeben.

»Ich habe Viveka angerufen«, sagte Holger und kam wieder ins Wohnzimmer. »Sie hat Berit abgeholt und gesagt, dass Charlie so lange wie nötig bei ihnen bleiben kann.«

Petras Wangen wurden heiß. »Ich habe Berit allein an der Ruine gelassen. Und Charlie habe ich ganz vergessen.«

»Du standest unter Schock.« Holger hielt ihr ein Glas mit einer goldgelben Flüssigkeit hin. »Das wird dir guttun.«

Petra nahm das Glas entgegen und verkniff sich eine Grimasse, als sie an dem Getränk nippte. »Stark.«

Holger lächelte. »Das hoffe ich doch.« Er ließ sich in dem Sessel neben Petra nieder und starrte ins Feuer. »Lilly hat dich von Anfang an geliebt«, sagte er nach einer Weile. »Wie wir alle. Sogar Berit, die nicht begeistert von Lillys Schwangerschaft war.«

»Kannst du mir nicht sagen, was passiert ist?«, fragte Petra, obwohl sie Angst vor seiner Antwort hatte.

»Das sollten Viveka und Berit tun.« Holger starrte in die tanzenden Flammen. »Aber ich kann dir sagen, dass das Leben nicht immer in geraden Bahnen verläuft.« Er ließ die Schultern hängen und starrte vor sich hin, als hätte er vergessen, dass sie da war. Redeten sie immer noch von ihr, oder ging es jetzt um ihn?

»Hast du so etwas schon einmal erlebt?«, fragte Petra vorsichtig.

»Nicht so etwas wie du.« Holger blinzelte ein paarmal. »Aber ich habe meine Eltern verloren, als ich noch jung war. Algot, Berit und Vivcka haben mich gerettet, könnte man sagen.«

»Deine Eltern sind also gestorben?«

»Sie haben mich verstoßen.« Holger legte ein Holzscheit ins Feuer. »Ich bin als Jugendlicher auf die schiefe Bahn geraten und in ziemlich üblen Kreisen gelandet. Mit meinem Vater kam ich nicht besonders gut aus, und mehrere Jahre lang haben wir kaum miteinander gesprochen. Eines Tages sagten mir meine Eltern, dass sie das Dorf verlassen und mich nicht mitnehmen würden.«

»Das klingt ja schrecklich!«

»Das war es auch. Ich musste das Beste daraus machen, und so wie vorher konnte es nicht weitergehen.«

»Wie alt warst du damals?«

»Sechzehn. Algot hat mich davor bewahrt, in echte Schwierigkeiten zu geraten. Er bot mir eine Stelle in der Gärtnerei an und hat mir alles über Pflanzen beigebracht, was er wusste. Keine Ahnung, wo ich ohne ihn gelandet wäre. Er war wie ein Vater für mich.« Holger sah Petra an. »Meine leibliche Familie war nie für mich da, aber eine neue Familie habe ich hier in der Gärtnerei gefunden.«

»Willst du deshalb nicht dort aufhören?«

»Zum Teil, aber ich möchte auch Berit und Viveka nicht im Stich lassen, jetzt, wo so viele Veränderungen anstehen.« Holger erwiderte Petras Blick. »Glaub mir, ich bin mir der Situation in der Gärtnerei durchaus bewusst. Leider habe ich mich zu lang den meisten Dingen widersetzt, die mit der Modernisierung des Betriebes zu tun haben.«

»Warum eigentlich?«

»Weil ich es nicht verstehe.« Holger strich sich mit seinen schwieligen Händen über das Knie. »Weil ich ein dummer alter Mann bin, der Angst hat, dass sie mich nicht mehr brauchen, wenn ich meine Arbeit nicht mehr machen kann.«

Petra streckte die Hand aus und legte sie Holger auf die Schulter. »Du bist eine tragende Säule der Gärtnerei, und egal, wie viele Veränderungen es gibt, du wirst immer dort gebraucht. Ich kenne niemanden, der so viel über Pflanzen weiß wie du.«

»Ich denke nicht, dass ich …«, Holger hielt inne. »Egal. Was ich dir sagen will, ist, dass Berit und Viveka gute Menschen sind. Sie lieben dich und dachten, sie würden das Richtige tun. Manchmal geht nicht alles glatt, auch wenn wir die besten Absichten haben.«

»Ich weiß.«

»Wirst du dir die Akte ansehen?«

»Das muss ich wohl, oder?«

»Du musst gar nichts. Aber es könnte helfen.« Holger stand auf. »Ich lasse dich in Ruhe. Ich bin in der Küche, wenn du mich brauchst.«

Petra fummelte an der Mappe herum. Sie konnte nicht ignorieren, was dort stand, egal, was es war. Mit zittrigen Fingern löste sie das Gummiband, das die Mappe zusammenhielt.

Das oberste Papier war die Geburtsurkunde eines Mädchens mit demselben Geburtsdatum wie Petra. Sie starrte die Zahlen an. Das musste nicht unbedingt etwas zu bedeuten haben, dachte sie. Es konnte ein Zufall sein. Sie las weiter, und als sie den Namen ihres Vaters sah, kamen ihr die

Tränen. *Das bin ich,* erkannte sie. Es gab keine andere Erklärung.

Sie schloss die Augen. Warum hatte niemand etwas gesagt? Warum hatten ihre Eltern sie in dem Glauben gelassen, sie seien ihre einzige Familie? Und warum hatte sogar Alice sie angelogen?

Petra zog die Nase hoch. Sie konnte kaum glauben, dass ihr Vater eine Affäre mit Lilly gehabt hatte. Ihr lieber, wunderbarer Vater, der immer für die Familie da gewesen war. Hatte er ihre Mutter betrogen?

Eine Erinnerung aus ihrer Kindheit stieg in ihr auf. Sie hatte nicht schlafen können und war nach unten gegangen, um sich ein Glas Wasser zu holen, als sie aufgebrachte Stimmen aus dem Wohnzimmer hörte.

Um ihre Eltern nicht zu stören, hatte sie sich auf die Treppe gesetzt und ihrem Streit zugehört. Weswegen stritten sie sich? Schonen! Ja, sie hatten sich wegen Schonen gestritten. Ihre Mutter war unglaublich wütend gewesen und hatte gedroht, sie werde die Scheidung einreichen, wenn ihr Vater noch einmal dorthin fahren sollte.

Petra schluckte schwer und zwang sich, den Rest der Unterlagen zu lesen. Lilly war ein Jahr nach ihrer Geburt gestorben. Es gab Fotos von ihr auf der Entbindungsstation mit einem kleinen Baby. Petra sah sich Lillys Gesicht an. Sie stellte einige Ähnlichkeiten mit sich fest. Immer schon war sie eifersüchtig auf Alice und ihre Mutter mit ihren hellen Haaren und blauen Augen gewesen. Wenigstens wusste sie jetzt, wem sie ihren dunklen Typ verdankte.

*

Es war schon spät, als Petra am Hotel ankam. Sie musste mit Nick sprechen. Obwohl sie seine Anrufe früher am Tag weggedrückt hatte, wollte sie ihn nicht außen vor lassen. Sie hatten so viel miteinander geteilt, und ausnahmsweise wollte sie von Anfang an offen sein.

Petra blickte zu dem großen Gebäude hinauf, bevor sie tief durchatmete und die Eingangstür aufstieß.

»Wie kann ich Ihnen helfen?«, fragte die Empfangsdame freundlich lächelnd.

»Ich wollte fragen, ob Sie Nick Evans Bescheid geben könnten, dass ich hier bin?«

»Gerne.« Die Frau blickte auf den Computer und runzelte die Stirn. »Ich fürchte, er ist nicht mehr hier.«

»Ist er ausgegangen?«

»Nein, er hat gestern ausgecheckt.«

36

*Als mir Viveka von seiner anderen Familie
erzählte, zerbrach meine Welt in Stücke.
Ich wusste, dass ich nie mit ihm glücklich werden
würde, wenn ich dadurch das Glück einer
anderen zerstörte. Daher bin ich meinen eigenen
Weg gegangen. Vielleicht war das ein Fehler,
aber ich hatte keine andere Wahl.*

Der Adventskalender stand an seinem Platz auf dem Küchentisch. Unangetastet. Petra betrachtete das Gemälde mit den Dächern, dem Meer, der Gärtnerei und dem Hügel. Sie hatte in der Nacht kaum ein Auge zugetan und fühlte sich, als wäre sie von einer Dampfwalze überrollt worden. Mehrmals hatte sie darüber nachgedacht, Nick anzurufen, um mit ihm über das Geschehene zu sprechen, bis ihr einfiel, dass er sie ohne ein Wort verlassen hatte. Genauso wie sie ihn ein paar Wochen zuvor.

»Willst du ihn heute nicht aufmachen?«, fragte Charlie, den Mund voller Toast.

»Nicht jetzt.« Petra sah ihre Nichte an. Sollte sie ihr die Wahrheit sagen oder nicht? *Sie musste zuerst mit Viveka und Berit reden.* Aber nicht heute, dazu fehlte ihr die Kraft.

Sie schaltete die Kaffeemaschine aus. »Wollen wir heute etwas unternehmen? Nur wir beide?«

»Muss ich dann nicht lernen?« Charlie lächelte breit. »Toll, was machen wir?«

»Ich weiß nicht. Wollen wir nach Helsingborg fahren?« Sie musste eine Weile vom Hof wegkommen. Vielleicht in ein Hotel einchecken. Konnte sie sich das leisten? Petra nahm ihr Handy in die Hand, ignorierte Vivekas verpassten Anruf und suchte nach einem Hotel. Es war zu teuer. Das war im Moment nicht drin. Schon gar nicht nach allem, was zuletzt passiert war. Was, wenn sie wieder umziehen mussten? Wahrscheinlich gehörte die Wohnung nicht einmal ihr, eine Lüge wie alles andere.

Auf ein Klopfen an der Tür hin drehten Charlie und Petra die Köpfe in Richtung Flur.

»Mach nicht auf«, sagte Petra. »Ich will jetzt keinen Besuch haben.«

»Aber …«

»Tu einfach, was ich sage.« Dann rief sie sich selbst zur Räson. »Entschuldige, ich wollte dich nicht anschnauzen.«

»Warum sagst du mir nicht, was los ist? Du verhältst dich schon den ganzen Morgen so seltsam.«

»Es ist nichts Besonderes.« Petra ließ Wasser ins Waschbecken ein und fing an, das Geschirr zu spülen.

»Willst du wieder umziehen? In dem Fall komme ich nämlich nicht mit.«

Petra drehte sich um und sah Charlie an, die aufgestanden war und die Arme vor der Brust verschränkt hatte.

»Ich dachte, du willst zurück nach Stockholm?«

Charlie ließ die Arme sinken. »Mir gefällt es jetzt in Nyponviken besser. Wir haben hier so viele Leute, die sich um uns kümmern.«

Petra schluckte schwer. Charlie hatte recht. Sie konnten nicht einfach gehen. Sie konnte ihre Nichte nicht noch einmal aus ihrem Umfeld reißen. Außerdem konnten sie nirgendwohin. Verdammt, sie konnte sich nicht einmal ein Hotel für eine Nacht leisten.

»Wenn du dich mit Viveka und Berit zerstritten hast, solltest du mit ihnen reden.«

»Warum sagst du das?«

»Weil Viveka und Berit sich gestern fürchterlich gezankt haben. Viveka meinte, sie hätten dich jetzt endgültig verloren, und Berit hat geweint.«

37

*Keine Pflanze verbinde ich so sehr mit zu Hause
wie die Christrose. Sie war die Lieblingsblume meines
Vaters – und auch meine. Ich weiß noch, wie Vater
und ich ein ganzes Beet voller Christrosen anpflanzten.
Nach seinem Tod habe ich mich um die Rosen gekümmert,
aber Mutter wollte sie nicht länger behalten. Damals
habe ich den Grund dafür nicht verstanden, aber jetzt
ist es anders. Manchmal ist die Liebe so groß,
dass die bloße Erinnerung daran uns zerstören kann.*

Es war fast sieben Uhr morgens, als Petra vor Vivekas Haustür stand. Sie griff entschlossen nach dem Türklopfer und ließ ihn gegen das braun lackierte Holz fallen. Auf das laute Geräusch folgte Rufus' Bellen, und zu Petras Füßen wedelte Joschi mit dem Schwanz.

»Du hast Rufus wohl vermisst«, sagte Petra und streichelte Joschis Fell. Das Gespräch mit Viveka würde nicht einfach werden. Eigentlich wäre sie lieber nicht hinuntergegangen, aber Charlie zuliebe musste sie es tun.

»Petra?« Viveka öffnete die Tür weit. »Ich bin so froh, dass du da bist. Komm rein.«

Petra tat, wie ihr geheißen, und zog sich die Schuhe aus,

während sie überlegte, was sie sagen sollte. Die Worte, die sie sich zurechtgelegt hatte, waren wie weggeblasen. Alles, woran sie denken konnte, war, dass sie belogen wurde, seit sie in Nyponviken eingetroffen war. Länger sogar. Wahrscheinlich von Geburt an.

»Schläft Charlie noch?«, fragte Viveka und setzte sich an den Küchentisch.

»Wir waren gestern Abend lange auf und haben einen Film gesehen. Sie wird wohl noch eine Weile schlafen«, antwortete Petra und setzte sich ihr gegenüber. »Ich habe ihr einen Zettel hingelegt.«

»Sie ist so ein liebes Mädchen.«

»Ich weiß.« Petra hielt einen Moment inne, bevor sie erklärte: »Ich bin aber nicht hier, um über Charlie zu reden.«

»Ich weiß«, sagte Viveka leise. »Hast du alle Türchen geöffnet?«

»Nein.«

»Vielleicht ist es ganz gut, wenn du wartest. Willst du einen Kaffee?«

»Ich habe schon zwei Tassen getrunken.« Während sie überlegt hatte, ob sie mit Viveka und Berit reden oder direkt nach Stockholm zurückkehren sollte. »Hast du etwas von Majvor gehört?« Petra wusste, dass sie das Unvermeidliche hinauszögerte, aber sie brauchte Zeit zum Nachdenken.

»Ich habe gestern mit ihrem Neffen gesprochen.«

Petra versuchte, sich ihre Sorgen nicht anmerken zu lassen. »Werden sie Joschi abholen?«

»Nicht sofort. Majvor ist in der Geriatrie. Sie ist vor ein paar Wochen gestürzt und kommt nicht mehr allein zurecht, deshalb wird sie noch eine Zeit lang bei ihrem Neffen wohnen. Sie war überglücklich, als sie gehört hat, dass ihr euch um Joschi gekümmert habt. Sein richtiger Name ist allerdings Bertil.«

»Bertil?« Petra sah Joschi an, der sich neben Rufus niedergelassen hatte. Er sah ganz und gar nicht wie ein Bertil aus.

»Joschi passt besser zu ihm«, sagte Viveka, als hätte sie Petras Gedanken gehört.

»Wann wollen sie ihn abholen?«

»Sie kommen am Donnerstag hierher.«

In zwei Tagen. Das bedeutete, dass sie Charlie heute noch reinen Wein einschenken musste, damit sie sich in Ruhe von Joschi verabschieden konnte. Aber wie sagte man einem Kind, dass es sich von seinem besten Freund verabschieden musste? »Charlie wird am Boden zerstört sein.«

»Ich weiß«, sagte Viveka und legte ihre Hand auf Petras. »Wir müssen sie alle unterstützen, so gut wir können.«

Petra drückte Vivekas Hand. Sie war noch nicht bereit dafür. Sie war nicht bereit, mit Viveka über all das zu reden, was zwischen ihnen stand. »Ich glaube, ich muss zurück zu Charlie. Sie …«

»Geh nicht! Bitte!« Vivekas Stimme klang freundlich, ließ aber keinen Widerspruch zu.

»Ich weiß nicht, was ich sagen soll«, sagte Petra. »Alles fühlt sich so falsch an.«

»Kann ich anfangen?«

Petra nickte langsam und ließ sich in ihren Stuhl zurücksinken.

»Berit und ich haben lange gesprochen, und ich will mich dafür entschuldigen, dass ich dir nicht direkt die Wahrheit gesagt habe, als du hier angekommen bist. Wir hatten Angst, du würdest nicht bleiben wollen, wenn du alles auf einmal erfährst.«

»Im Grunde habt ihr mich verarscht.«

»Ich weiß, das hätten wir nicht tun sollen. Es stimmt, dass Lilly mehrere Adventskalender gemacht hat, die über das Tourismusbüro vertrieben wurden. Diesen hier hat sie aber nur für dich gemacht.« Viveka nestelte an der Tischdecke herum. »Gut, um ehrlich zu sein, war er noch nicht ganz fertig, als sie starb. Lilly hatte das Bild gemalt, die Texte geschrieben und einige Dinge gesammelt, die darin enthalten sein sollten. Ich habe alles ersetzt, was zu alt war, und die Händler darauf vorbereitet, dass du sie besuchen kommen würdest. Mit einigen von ihnen hatte Lilly noch persönlich gesprochen.«

»Aber das ist doch schon ewig her«, wandte Petra ein. »Konnten sie sich denn noch daran erinnern?«

»Die meisten schon.«

»Und was hat es mit dem Text auf der Rückseite auf sich? Der war doch vom Tourismusbüro.«

»Der stammt von einem Bekannten, der in einer Druckerei arbeitet«, erklärte Viveka. »Er hat mir auch geholfen, den Kalender herzustellen. Lillys vorherige Kalender waren ganz gewöhnliche Papierkalender, die nur Text und Bilder enthielten. Dieser hier war etwas Besonderes.«

»Aber warum hat sie den Kalender für mich gestaltet?«

»Weil sie wollte, dass du weißt, was wirklich passiert ist und wie sie für deinen Vater und dich empfand.«

»Ich weiß nicht, ob ich das hören will«, sagte Petra mit leiser Stimme.

»Bitte gib dir einen Ruck. Lilly wollte dich wissen lassen, dass sie dich nicht im Stich gelassen hat.«

Petra zögerte. Es wäre so einfach, wegzugehen. *Aber das kann ich nicht*, dachte sie. *Ich kann nicht so tun, als wäre das alles nicht passiert.*

»Okay, ich bin ganz Ohr.«

Viveka atmete aus. »Lilly und dein Vater waren wirklich sehr ineinander verliebt. Ich habe sie zusammen gesehen, sie hatten nur Augen füreinander. Das Problem war, dass er nicht ehrlich zu Lilly war. Er hatte schon eine Familie.«

»Die er betrogen hat.«

»Ann-Louise und dein Vater hatten eine schwere Zeit hinter sich.«

Petra schnaubte. »Das entschuldigt aber nicht, was er getan hat.«

»Ganz und gar nicht, aber ich glaube, dass Lilly und dein Vater nicht anders konnten.«

»Sie haben sich ineinander verliebt, obwohl es nicht richtig war.«

»Zuerst war es eine Freundschaft. Und daraus wurde dann mehr. Als Lilly herausfand, dass dein Vater eine Frau und ein Kind hatte, war es zu spät. Zu diesem Zeitpunkt war sie bereits mit dir schwanger.«

»Was hat Papa dann gemacht?«

»Dein Vater war nicht in Nyponviken, als sie es bemerkte. Sie wollte es ihm sagen, wenn er zurückkam. Das Problem war allerdings, dass ich ihm zuerst begegnet bin.«

»In Stockholm?«

»In Norrtälje. Ich war bei einer Freundin zu Besuch, und da stand er, Hand in Hand mit einer Frau und einem vielleicht neunjährigen Mädchen.« Viveka umklammerte ihre Kaffeetasse so fest, dass ihre Fingerknöchel weiß hervortraten. »Ich war so wütend. Ich wusste, dass Lilly schwanger war, und dieser … Mistkerl … hatte nicht nur Lilly, sondern auch seine Familie hintergangen und betrogen.«

War das ihr Vater, von dem sie sprachen? Petra konnte es nicht glauben. Er war der netteste Mann gewesen, den sie je gekannt hatte. Immer für seine Familie da gewesen. Jeden Freitag kam er mit Blumen für seine Frau nach Hause, unternahm Ausflüge mit ihnen und liebte sie bedingungslos.

»Natürlich habe ich Lilly davon erzählt, und von da an hat sie sich geweigert, ihn wiederzusehen, weil sie seine Familie nicht zerstören wollte.«

»Obwohl sie bald eine eigene Familie haben würde, um die sie sich kümmern musste?«

»Ich glaube, Lilly wusste, dass ihre Beziehung zum Scheitern verurteilt war. Als sie von den Lügen deines Vaters erfuhr, wurde ihr klar, dass es vorbei war.«

»Also hat sie sich entschieden, alles allein durchzuziehen«, flüsterte Petra.

»Es tut mir so leid, Petra, ich wollte nicht, dass es so weit kommt«, sagte Viveka zögernd. »Ich habe Alice die Wahrheit gesagt, als sie vor anderthalb Jahren deine Geburtsurkunde gefunden hat. Natürlich wusste sie schon einiges, weil sie als Kind mitbekommen hat, wie du in die Familie gekommen bist. Aber sie kannte die Hintergründe nicht und wusste nicht, wer deine Mutter war. Wir haben versucht, einen Weg zu finden, um dir die Wahrheit auf möglichst schonendem Weg beizubringen und …«

»War Alice in alles eingeweiht?«, schnitt Petra ihr das Wort ab. Warum hatte Alice nichts gesagt, als sie die Geburtsurkunde entdeckte?

»Sie hat mich kontaktiert, als sie die Akte fand, die Berit dir gestern gegeben hat.«

»Aber warum hatte Berit sie?«

»Ich habe Alice vor einem Jahr in Stockholm getroffen. Ich habe ihr von dem Kalender erzählt, und es war ihre Idee, dass du durch ihn die Wahrheit herausfinden sollst. Damals hat sie mir auch die Akte gegeben.«

»Das muss ungefähr zu der Zeit gewesen sein, als sie erfuhr, dass ihr Krebs unheilbar war.« Petra biss sich auf die Lippe, um nicht in Tränen auszubrechen.

»Ja, deine Schwester war der Meinung, dass du zu diesem Zeitpunkt keine weiteren lebensverändernden Ereignisse verkraften konntest.« Viveka öffnete eine der Küchenschubladen und holte einen dicken Umschlag heraus. »Alice wollte, dass ich dir das hier gebe, wenn du die Wahrheit über deine Vergangenheit herausfindest.«

Petra wusste nicht, was sie sagen sollte. Es schien alles so unwirklich. Ihr Vater hatte ihr Mutter betrogen … aber konnte sie sie überhaupt noch so nennen? Durfte sie bei dem Wort ›Mama‹ an Ann-Louise denken? Sie fuhr sich mit der Hand über die Wange. Sie wollte nicht weinen. Nicht vor Viveka.

»Ich muss das erst einmal verdauen.« Ihr Stuhl fiel klappernd auf den Boden, als sie aufstand. Ohne ihn aufzuheben, nahm sie den Umschlag von Viveka entgegen und verließ den Raum.

*

Petra stand in der Wohnung und umklammerte den Brief von Alice. Was Viveka ihr erzählt hatte, war so unfassbar absurd, dass sie sich fragte, ob das alles der Wahrheit entsprach.

»Darf ich heute zu Anna gehen?«, fragte Charlie von ihrem Platz am Küchentisch aus. »Sie hat heute einen Studientag, und ich darf Joschi mitbringen.«

Oje, die Angelegenheit mit Joschi hatte sie ganz vergessen. Petra versuchte, ihre Gedanken zu sortieren. Sie musste Charlie von Majvor erzählen. Und sie musste ihr die Wahrheit über den Adventskalender sagen. Aber nicht jetzt, dachte sie. Zuerst musste sie sich zusammenreißen.

»Wenn du mit deinen Hausaufgaben fertig bist, darfst du hingehen«, sagte sie in einem so beiläufigen Tonfall, wie es ihr möglich war.

»Ich fange gleich an.«

»Brauchst du Hilfe?«

»Wohl kaum«, antwortete Charlie, lächelte aber dabei. »Gehst du nicht zur Arbeit?«

»Ich dachte, ich gehe erst ein bisschen spazieren. Bist du sicher, dass du zurechtkommst?«

»Absolut sicher.« Ihre Nichte schnappte sich einen Apfel aus der Schale auf dem Küchentisch und verschwand in ihrem Zimmer.

Es war zum Heulen. Gerade als Charlie und sie sich endlich eingelebt hatten, musste so etwas passieren.

38

*Ich weiß, dass ich unsere Liebe bereuen
sollte – aber das kann ich nicht, denn
schließlich hat er mir dich geschenkt. Ich hoffe,
dass du weißt, wie sehr du geliebt wirst.*

In den frühen Morgenstunden klapperte das ganze Dach im Wind, und der Kamin dröhnte. Es schien fast so, als ob die Böen versuchten, das Haus anzuheben.

Petra ging ins Wohnzimmer und ließ sich in den Sessel sinken. Hier hatte sie in den letzten Wochen so oft gesessen. In Lillys Wohnung. Sie war ihr Erbe, so viel war ihr jetzt klar. Petra wusste nicht, was schlimmer war. Dass ihre Eltern und Alice nichts gesagt hatten oder dass Berit und Viveka nie versucht hatten, sie zu finden, und sie dann noch weiter angelogen hatten, als sie hier aufgetaucht war. Das ganze Dorf hatte sie belogen, zur Hölle noch mal! Warum hatten sie so etwas getan?

Petra tippte auf ihrem Handy herum und wünschte, sie hätte den Mut, Nick noch einmal anzurufen. Aber er hatte sie verlassen. Es ihr förmlich heimgezahlt. Und er antwortete weder auf Anrufe noch auf Nachrichten. Obwohl sie ein paar Wochen zuvor genau das Gleiche mit ihm gemacht hatte, hätte sie nicht gedacht, dass er ohne ein Wort aus Nyponviken verschwinden würde. Schon gar nicht, nachdem sich herausgestellt hatte, dass alles ein Missverständnis gewesen war. Jetzt wurde ihr klar, dass ihre Vorstellung, einfach den Moment zu genießen, solange er da war, absurd gewesen war. Sie empfand so viel mehr für Nick. Warum hatte sie nicht auf ihr Bauchgefühl gehört? Warum hatte sie ihn nicht auf Distanz gehalten, um nicht wieder verletzt zu werden?

Es klopfte an der Tür, und sie erstarrte. Wer kam so früh am Morgen zu Besuch? War es Nick? Nachdem sie die Tür zu Charlies Zimmer geschlossen hatte, öffnete sie.

»Berit! Viveka!«

»Wir haben gesehen, dass Licht brennt, und wollten vor dem Frühstück mit dir reden.« Berit umklammerte den dunklen Griff ihres Gehstocks. »Ich möchte mich auch entschuldigen, dass ich dich bei der Ruine so überrumpelt habe.«

Petra trat zurück. »Wollt ihr nicht reinkommen? Ich habe gerade Kaffee aufgesetzt.«

»Schläft Charlie noch?«, fragte Viveka.

»Wie ein Stein.«

Viveka nickte und half Berit aus ihrem Mantel. Die alte Dame wirkte heute etwas krumm, und ihr weißes Haar war nicht so ordentlich gekämmt wie sonst.

»Sollen wir uns setzen?«, fragte Petra und führte sie in die Küche.

»Ich war seit Lillys Tod nicht mehr hier drin«, murmelte Berit und ließ sich auf einen Küchenstuhl sinken.

Viveka tätschelte Berits Hand. »Es tut mir leid, dass wir

so hereinplatzen«, sagte sie zu Petra, »aber wir wollten sichergehen, dass es dir gut geht, nach allem, was passiert ist.«

»Und ich möchte meine Sicht der Dinge schildern.« Berit lehnte ihren Stock gegen den Tisch.

»Es tut mir leid, dass ich dich bei der Ruine habe stehen lassen«, erwiderte Petra und versuchte, ihre Gefühle zu ordnen.

»Du bist impulsiv, genau wie meine Lilly. Sie war immer so aufbrausend. Mal ging es um dies, mal um jenes.« Berit nahm das Glas Wasser, das Viveka ihr reichte, dankbar an. »Eigentlich hauptsächlich mir gegenüber. Wir hatten … Schwierigkeiten, einander zu verstehen.«

»Weil du wolltest, dass sie mehr aus ihrem Leben macht?« Petra setzte sich neben sie. Obwohl sie wütend und traurig war, wollte sie mehr über Lilly erfahren.

»Auch.« Berit nickte in Richtung eines der Bilder an der Wand. »Sie hatte Talent, aber ich habe mir Sorgen gemacht, dass sie darüber vergisst, ihr Leben zu leben. Viveka hatte uns bereits verlassen, um ihrem Traum zu folgen.« Berit schaute kurz zu ihrer Tochter, bevor sie den Blick wieder auf Petra richtete. »Und ich hatte Angst, auch Lilly zu verlieren.«

»Also hast du sie davon abgehalten, das zu tun, was sie liebte?«

»Ich habe versucht, sie umzustimmen. Aber sie hat nicht auf mich gehört. Und dann hat sie deinen Vater getroffen. Er war ein gut aussehender Mann, aber viel zu alt für meine Lilly.«

»Ich glaube nicht, dass das Alter so wichtig ist, wenn man

sich verliebt. Meine Oma …« Petra hielt inne. »Ich weiß gar nicht mehr, wie ich über meine Familie reden soll.«

»Du kannst weiterhin Oma sagen. Ich verstehe das.«

Petra nickte. Sie merkte, wie schmerzhaft es für Berit war, über ihre tote Tochter und die Vergangenheit zu sprechen, und spürte, wie sie selbst gegen ihren Willen etwas auftaute. »Es tut mir leid.«

»Das muss es nicht. Es ist, wie es ist. Manchmal führt uns das Schicksal auf unerwartete Wege.«

Petra verstand genau, was Berit meinte. Sie hätte nie gedacht, dass sie einmal hier landen würde, in einem kleinen Dorf im Nordwesten von Schonen, weit weg von Stockholm und London. Oder dass sie einmal ihren Beruf aufgeben würde. Aber das Leben verlief nicht immer nach den eigenen Vorstellungen und Wünschen.

»Dein Vater hat erst von dir erfahren, als du bereits einen Monat alt warst.«

»Warum hat Lilly nicht früher etwas gesagt?«

»Ich weiß nur, dass sie ihre Beziehung beendet hat, als ihr klar wurde, dass er schon eine Familie hatte.« Berit seufzte. »Als dein Vater erfuhr, dass es dich gibt, kam er hierher, und sie hatten einen irrsinnigen Streit.«

Petra dachte an ihren Vater und spürte, wie die Wut in ihr hochkochte.

»Er war sogar bereit, seine Familie für dich und Lilly zu verlassen.«

Petra zuckte zusammen. »Was?«

»Er sagte, er liebe Lilly immer noch, aber sie wollte nichts mehr mit ihm zu tun haben.« Berit seufzte erneut. »Er hat sie tagelang bedrängt, aber sie wollte nicht nachgeben. Ich weiß noch genau, wie aufgewühlt er war, als er nach Stockholm zurückgereist ist.«

»Wie konnte er auch nur daran denken, Mama und Alice zu verlassen?«

»Sie hatten eine Ehekrise«, warf Viveka ein. »Er hat mich in Stockholm besucht, nachdem er hier gewesen war. Weil Lilly nichts mehr mit ihm zu tun haben wollte, war er am Boden zerstört. Er hatte sogar Ann-Louise von dir und seinen Gefühlen für Lilly erzählt.«

Petra schaute sie ungläubig an. »Ich verstehe nicht, wie er so etwas tun konnte.«

»Manchmal kann man sich gegen seine Gefühle nicht wehren. Aber es kam alles ganz anders. Dein Vater und Ann-Louise hatten zwar eine Zeit lang Probleme, aber danach standen sie sich näher als je zuvor, und als Lilly starb, hat sich Ann-Louise um dich gekümmert, als wärst du ihr eigenes Kind.«

»Sie war eine wunderbare Mutter«, krächzte Petra. Ann-Louise war diejenige gewesen, die sie getröstet hatte, wenn sie traurig war, die sie überallhin begleitet und stundenlang mit ihr für Prüfungen gelernt hatte. Nicht ein einziges Mal hatte sie Alice bevorzugt. »Was genau ist mit Lilly passiert?«

»Das weiß niemand so genau.«

»Lilly ist immer an den Klippen spazieren gegangen, wenn sie allein sein wollte«, erklärte Berit. »Sie ging dorthin, um ihre Gefühle zu sortieren. Wir haben uns oft Sorgen gemacht, weißt du? Sie war immer so unberechenbar und hatte ihre Emotionen nicht richtig unter Kontrolle. An jenem Morgen war sie furchtbar wütend, weil dein Vater angekündigt hatte, das Sorgerecht für dich einzuklagen. Lilly hatte dich wie immer bei mir gelassen, aber diesmal kam sie nicht zurück.«

»Wir haben sie gesucht«, sagte Viveka. »Ich, Holger und ein paar Leute aus dem Dorf. Erst gegen Abend wurde sie von einem Ehepaar gefunden, das hier Urlaub machte. Sie lag am Fuß der Klippen. Tot.«

»Ist sie hinuntergestürzt?«

»Wir wissen nicht, was genau passiert ist, aber wir gehen davon aus.« Berits Blick wurde ausdruckslos. »Sie war wohl sofort tot. Einige Zeit danach hat dein Vater dich zu sich genommen.«

»Dein Vater hat um das Sorgerecht für dich gekämpft, seit er von deiner Existenz erfahren hatte. Aber Lilly wollte ihn nicht in dein Leben lassen und war geradezu besessen davon, ihn von dir fernzuhalten«, fügte Viveka hinzu.

»Der Tag, an dem er dich abgeholt hat, war einer der schlimmsten in meinem Leben«, sagte Berit und wischte sich ein paar Tränen von der Wange. »Ich habe versucht, ihn aufzuhalten. Wir haben mehrere Anwälte kontaktiert, aber irgendwann wurde uns klar, dass wir keine Chance hatten. Du warst seine Tochter, und ein Gerichtsverfahren hätte dir mehr geschadet als genutzt.«

»Ich verstehe einfach nicht, warum wir nie hierhergekommen sind, um euch zu besuchen. Ihr seid doch meine Familie.«

»Dein Vater und Ann-Louise wollten sich ein neues Leben aufbauen, und nach dem Fehltritt deines Vaters war es wahrscheinlich wichtig, dass …« Berit verstummte.

»So war es einfacher, für uns alle«, sagte Viveka, beugte sich vor und strich mit der Hand über Petras Wange. »Als

Alice sich bei mir gemeldet hat, haben wir gehofft, dich wiederzusehen.«

»Enthält der Rest des Kalenders noch weitere Überraschungen?«

»Nein, zumindest keine unangenehmen.«

Petra versuchte, all der Gefühle Herr zu werden, die in ihrem Inneren herumschwirrten. »Danke, dass ihr hergekommen seid und mir gesagt habt, was passiert ist.«

»Du hast ein Recht darauf, die Wahrheit zu erfahren.« Berit schaute aus dem Fenster auf die Apfelbäume. »Lilly hat den Apfelgarten geliebt. Sie konnte stundenlang auf einem Baum sitzen und malen. Ich weiß nicht, wie oft wir sie gesucht haben und sie dann mit einem glücklichen Lächeln von irgendeinem Ast heruntergesprungen ist«, sagte sie und räusperte sich. »Ich habe Viveka bereits die Gärtnerei übertragen, aber ich möchte dir auch etwas geben. Neben der Wohnung sollst du den Apfelgarten bekommen. Er war einer von Lillys Lieblingsorten, und jetzt gehört er dir.«

*

Nachdem Berit und Viveka gegangen waren, war es still in der Wohnung, und Petra versuchte, zu verdauen, was sie erfahren hatte. Ihr Blick fiel auf den Umschlag von Alice. Sie hatte ihn immer noch nicht geöffnet, aber vielleicht war es jetzt an der Zeit? Langsam ritzte sie das dicke Kuvert auf und zog mehrere versiegelte Briefe heraus, von denen einer ihren Namen trug. Sie wog ihn in der Hand und starrte auf Alice' vertraute Handschrift, bevor sie tief durchatmete und den Umschlag öffnete.

Petra, meine geliebte kleine Schwester,

*bestimmt bist du jetzt unglaublich wütend auf mich.
Das tut mir leid! Aber als ich deine Geburtsurkunde
fand, war ich schon krank, und ich wollte nicht,
dass du noch mehr Bürden tragen musst. Vielleicht
war ich auch einfach egoistisch und hatte Angst,
dich zu verlieren.*
*Für mich warst du immer meine Schwester, egal,
ob wir nun ganze Geschwister sind oder nur halbe.
Und ich weiß, dass Mama dich immer als ihr Kind
gesehen hat. Obwohl sie dich nicht auf die Welt
gebracht hat, warst du genauso ihre Tochter wie
ich. Sie hat dich immer ihr kleines Wunder genannt.
Das Baby, nach dem sie sich so lange gesehnt hatte,
das sie und mein Vater aber nicht bekommen konnten, weil sie sich zwei Jahre nach meiner Geburt
die Eierstöcke entfernen lassen musste. Ja, sie hatte
die gleiche Krankheit wie ich. Aber bei ihr hat man
sie rechtzeitig erkannt und behandeln können.*
*Wenn du diesen Brief erhältst, bin ich schon einige
Monate nicht mehr bei dir und Charlie. Ich bin
so stolz auf dich, Petra. Auf alles, was du aus deinem
Leben gemacht hast, darauf, dass du meine Schwester bist und dass du Charlies Mutter sein wirst, wenn
ich nicht mehr da bin.*
*Ihr seid euch so ähnlich, du und Charlie, und ich
weiß, dass ihr eure Kämpfe ausfechten werdet.
Aber ich weiß auch, dass ihr euch liebt, so wie ich
euch liebe. Ihr werdet euch schon zusammenraufen.*

*Und ihr werdet ein wunderbares Leben zusammen
haben.*

*In dem Umschlag findest du Briefe für Charlie. Bitte
gib sie ihr, wenn die Zeit dafür gekommen ist.*

*Ich kann es nur noch einmal sagen: Es tut mir furcht-
bar leid, dass ich nicht ehrlich zu dir war. Aber du
sollst wissen, dass du die beste Schwester bist, die man
sich vorstellen kann, und dass ich dich liebe. Jetzt und
für immer.*

Alice

Petra ließ das Blatt Papier sinken. Sie war nicht böse auf
Alice, so viel war klar. Ihre Schwester hatte getan, was sie für
das Beste hielt, und irgendwie konnte sie sogar verstehen,
warum.

Sie schaute sich die Briefe an Charlie an. Auf jeden Umschlag hatte Alice notiert, wann sie ihn aushändigen sollte,
und Petras Hand zitterte, als sie die unverwechselbare Handschrift ihrer Schwester las. *An Charlie zum dreizehnten Geburtstag, Glückwunsch zum Schulabschluss, Viel Erfolg auf
der Uni, Glückwunsch zu deinem ersten Job, zu deiner Ver-
lobung, zu deinem Hochzeitstag …*

Es waren insgesamt zwanzig Umschläge, und Petra unter-
drückte ein Schluchzen. Alice hatte an alles gedacht. Selbst
nach ihrem Tod war sie noch für ihre Tochter da.

39

Petra räumte Papier und Schnur vom Verkaufstresen. Trotz des emotionalen Aufruhrs der letzten Tage war sie froh, heute wieder zur Arbeit gegangen zu sein. Es tat gut, sich für eine Weile auf etwas anderes zu konzentrieren, und sie hatte die Gärtnerei wirklich vermisst.

Wie schnell man sich doch an etwas Neues gewöhnt, dachte sie und wischte mit einem Tuch über den Tresen. Das Angebot des Weihnachtsladens und der Gärtnerei war in den letzten Tagen in sich zusammengeschrumpft. Als hätte plötzlich die ganze Welt gemerkt, dass es ihr an Weihnachtsschmuck und Blumen fehlte. Einige Regale waren komplett leer geräumt.

»Ich glaube, wir können jetzt Feierabend machen.« Holger klimperte mit den Schlüsseln.

»Was für ein Tag.« Petra schaltete das Licht im hinteren Gewächshaus aus und ging mit Holger zur Tür hinaus.

»Noch ein paar solcher Tage und wir haben die schlimmste Krise überstanden«, erwiderte Holger.

Petra wartete, während er die Tür abschloss. »Ich habe mich noch gar nicht bei dir dafür bedankt, dass du neulich so nett zu mir warst.«

»Ach, nicht der Rede wert.«

»Doch, ist es.«

Holger räusperte sich. »Und wie geht es dir jetzt?«

»Besser.« Petra steckte die Hände in die Taschen. »Es fällt mir immer noch schwer, das alles zu verarbeiten, aber ich bin froh, dass ich die Wahrheit über Lilly herausgefunden habe.«

»Und ich bin froh, dass du dich entschieden hast, auf dem Hof zu bleiben.«

»Ich auch.« Petra sah sich die Häuser um sie herum an. »Das ist unser Zuhause, und ich kann mir gar nicht mehr vorstellen, irgendwo anders zu leben.« Genauso war es. In der kurzen Zeit, die sie hier waren, hatten sie und Charlie sich ein neues Leben aufgebaut, und das wollte sie nicht aufgeben. »Glaubst du, wir müssen Schnee schippen, um die Eisbahn benutzen zu können?«, fragte sie, um die Stimmung aufzulockern. »Ich dachte mir, dass Charlie vielleicht Lust hat, Schlittschuh zu laufen.«

»Ich kann das für dich erledigen.«

»Nein, nein, das ist nicht nötig. Du bist bestimmt todmüde nach dem heutigen Tag.«

Holger starrte sie grimmig an. »Ich bin fitter, als du denkst.«

»So habe ich das nicht gemeint … ich meinte nur, es waren so viele Leute da! *Ich* bin vollkommen durch.«

»Und trotzdem willst du Schlittschuh laufen gehen?«

»Ich dachte, es wäre gut, etwas Schönes mit Charlie zu unternehmen, bevor ich ihr die Wahrheit über Joschi sage. Majvors Neffe holt ihn morgen ab.« Petra biss sich auf die Lippe. Sie war so mit den Enthüllungen über Lilly beschäftigt gewesen, dass sie noch nicht mit Charlie gesprochen hatte, und jetzt meldete sich ihr schlechtes Gewissen. Warum hatte sie es ihr nicht gleich gesagt? *Ich hätte es nicht aufschieben dürfen,* dachte sie.

»Sie wird traurig sein«, sagte Holger.

»Ich weiß. Ich habe richtig Angst davor, ihr zu sagen, dass wir ihn zurückgeben.«

»Du solltest es so schnell wie möglich tun.« Holger begegnete Petras Blick. »Am besten jetzt gleich.« Er nickte in Richtung Veranda, wo Charlie gerade aus Schneebällen und einer Kerze eine Schneelaterne baute. »Charlie wird traurig sein, aber sie ist stark. Das seid ihr beide.«

*

»Ich muss mit dir über etwas reden«, sagte Petra einen Moment später zu Charlie.

Sie zog ihre Jacke aus und sah ihre Nichte an, die plötzlich unsicher wirkte.

»Okay?«

»Sollen wir uns ins Wohnzimmer setzen?«

»Wir ziehen doch nicht weg, oder?« Charlie sah Petra besorgt an. »Bitte sag mir, dass wir nicht von hier wegziehen.«

Petra versuchte, die Hand auf Charlies Arm zu legen, aber das Mädchen schüttelte sie ab.

»Es geht um Joschi. Wir haben sein Zuhause gefunden.«

Charlie blinzelte, und Tränen stiegen ihr in die Augen.

»Es tut mir so leid, Schatz, aber er gehört schon jemandem.«

»Warum hat sich derjenige dann nicht um ihn gekümmert? Warum hat er ihn einfach zurückgelassen?«

»Seine Besitzerin ist krank geworden. Sie hat ihn schon, seit er ein kleiner Welpe war.«

»Wem gehört er?«

»Einer Frau namens Majvor«, erklärte Petra. »Sie liegt seit einiger Zeit im Krankenhaus und macht sich große Sorgen um Bertil.«

»Bertil?«

»Ja, das ist Joschis richtiger Name.«

Charlie nahm Joschi in den Arm. »Und wenn sie nicht nett zu ihm ist?«

»Ich bin mir ziemlich sicher, dass sie es ist. Viveka hat mir erzählt, dass er ausgebüxt ist, als der Rettungswagen sie abgeholt hat. Ein Glück, dass er gefunden wurde.«

»Ich will ihn nicht zurückgeben«, murmelte Charlie und vergrub das Gesicht in seinem Fell.

»Aber wir haben darüber gesprochen, dass sein Besitzer wahrscheinlich irgendwann auftaucht.«

»Ich weiß.« Charlies Stimme war kaum hörbar. »Aber er ist mein bester Freund. Mit ihm rede ich über alles.« Sie ließ sich auf das Sofa sinken, Joschi dicht neben sich, und es schien fast, als ob der Hund spürte, dass etwas nicht stimmte. Er kuschelte sich dicht an das Mädchen und legte den Kopf an ihr Kinn.

Petra ließ sich auf der Sofakante nieder. »Ich weiß, dass du traurig bist, und ich wünschte, wir könnten ihn behalten. Aber er hat ein Zuhause, und da ist jemand, der ihn liebt und vermisst.«

»Alle, die mir wichtig sind, gehen weg.« Charlie schluchzte auf. »Niemand bleibt bei mir.«

»Ich gehe nicht weg.« Petra zog sie und Joschi in ihre Arme. »Ich werde immer für dich da sein.«

40

DONNERSTAG, 22. DEZEMBER

*Die Buchhandlung ist über hundert Jahre alt
und ein ganz besonderes Juwel, deshalb habe ich sie
bis zum Schluss aufgehoben. Hier habe ich viele
Stunden verbracht, auch mit dir nach deiner Geburt.
Statte der Buchhandlung einen Besuch ab, und sag,
dass ich dich geschickt habe. Sie wissen Bescheid.*

Majvor kam früh am nächsten Morgen. Sie hatte ihren Neffen dabei, und als Joschi sie sah, kläffte er und zog an der Leine. Petra, die gerade mit Joschi und Charlie spazieren gegangen war, ließ ihn los. Als er frei war, sauste der Hund über den Hof zu Majvor, deren faltiges Gesicht vor Freude strahlte.

»Mein lieber, kleiner Freund, was habe ich dich vermisst«, sagte sie, bevor sie Petra und Charlie in die Augen sah. »Danke, dass ihr euch für mich um Bertil gekümmert habt. Ich habe mir solche Sorgen gemacht.« Sie beugte sich hinunter und umarmte den Hund. »Er ist mein liebster Freund, wisst ihr. In meinem Alter sind viele Bekannte schon verstorben. Ihr könnt euch nicht vorstellen, was er mir bedeutet.«

Petra schaute Charlie an, die schweigend neben ihr stand und immer wieder schluckte, als versuchte sie, ihre Tränen zurückzudrängen.

»Wir haben Joschi, ich meine Bertil, gerne bei uns wohnen lassen.« Petra trat vor und begrüßte die Besucher. »Charlie hat sich um ihn gekümmert, als wäre er ihr eigener Hund.«

Majvor sah Charlie an. »Du kannst uns gerne besuchen, wenn ich wieder zu Hause bin. Ich glaube, Bertil wäre traurig, wenn seine neue Freundin einfach aus seinem Leben verschwinden würde.«

»Das würde ich gerne«, sagte Charlie. »Er ist auch mein bester Freund …« Majvor streckte Charlie die Arme entgegen, und ohne zu zögern, trat das Mädchen auf sie zu und vergrub das Gesicht in Joschis Fell. Sie wirkten wie eine Dreieinigkeit, die alte Dame, das junge Mädchen und der kleine Hund.

»Möchten Sie noch auf einen Kaffee reinkommen, bevor Sie gehen?«, fragte Petra.

»Das schaffen wir leider nicht«, antwortete Majvors Neffe. »Meine Familie ist gestern angereist, und wir haben viel zu tun.«

»Ich gehe kurz hoch und hole Jo… ich meine *Bertils* Sachen.«

»Ist schon gut«, antwortete Majvor. »Er ist ja auch ohne Zubehör gekommen. Behaltet ruhig, was ihr gekauft habt. Dann hat er ein paar vertraute Sachen, wenn er euch besuchen kommt.«

∗

Petra ging die Hauptstraße entlang und hielt Ausschau nach der Buchhandlung. Nachdem sie das zweiundzwanzigste Türchen geöffnet hatte, hatte sie Charlie gefragt, ob sie mitkommen wolle, aber ihre Nichte hatte es vorgezogen, auf dem

Hof bei Rufus, Viveka und Berit zu bleiben. Sie hatten lange über Joschi gesprochen, nachdem Majvor und ihr Neffe mit ihm weggefahren waren, und obwohl Charlie traurig wirkte, hatte sie weder einen Wutanfall bekommen noch sich eingeigelt. Stattdessen hatte sie sich mit Rufus an den Kamin im Café gesetzt und sich von Berit mit Gebäck, Saft und Tee verwöhnen lassen. Dass Charlie sich bei Viveka und Berit so sicher fühlte, machte Petra überglücklich. Holger hatte recht. Sie waren gute Menschen, und je mehr Zeit sie mit ihnen verbrachte, desto mehr schloss sie selbst sie ins Herz.

Petra blieb vor der Buchhandlung stehen. Hier befand sich also der nächste Hinweis! Als sie die Tür öffnete, ertönte eine helle Glocke. Es war, als würde man einige Jahrzehnte in der Zeit zurückgehen, dachte Petra und bewunderte die dunkelbraunen Regale, die vom Boden bis zur Decke reichten und randvoll mit Büchern gefüllt waren.

»Hallo!«

Überrascht drehte Petra sich um. Maja hatte hinter ihr den Laden betreten.

»Hallo! Es tut mir so leid, dass ich in den letzten Tagen nichts von mir habe hören lassen. Ich habe …«

»Du hattest viel zu tun, ich weiß.« Maja legte ihr die Hand auf den Arm. »Es tut mir leid, dass ich dir nichts gesagt habe, aber Viveka meinte, du bräuchtest Zeit, um anzukommen, bevor du die Wahrheit über Lilly herausfindest.«

»Ich vergesse immer wieder, dass wir in einem kleinen Dorf leben und jeder hier schon alles weiß«, antwortete Petra müde. »Aber Viveka hatte recht. Ich gebe es nur ungern zu, aber vielleicht war es ganz gut, Lillys Geschichte auf diese Weise zu erfahren.«

»Wie geht es dir jetzt?«

»Ich bin immer noch durcheinander und versuche, alles zu begreifen und zu verstehen. Es ist … schwierig.«

»Das verstehe ich. Du weißt, dass ich für dich da bin, wenn du reden willst.«

»Ich danke dir.« Petra wusste, dass Maja es ernst meinte. Dass sie nicht nur mit leeren Worten um sich warf. Sie war ein ehrlicher Mensch. »Ich weiß deine Freundschaft wirklich zu schätzen. Du bist meine einzige Freundin hier, um ehrlich zu sein.«

»Du wirst noch mehr Leute kennenlernen, wenn ihr hierbleibt. Das tut ihr doch, oder?«

»Ich denke schon. Uns gefällt es hier, und ich merke langsam, dass Nyponviken uns andere Dinge als Stockholm zu bieten hat. Außerdem habe ich als Kind immer davon geträumt, auf einem großen Bauernhof zu leben. Die Gärtnerei kommt diesem Traum schon sehr nahe.« Petra überlegte, ob sie vielleicht noch unterbewusste Erinnerungen an ihr erstes Jahr hier hatte. Konnten sich Babys an Dinge erinnern? Oder bildete sie sich das nur ein?

»Das finde ich toll. Wir können weiter Zeit miteinander verbringen«, sagte Maja und umarmte Petra. »Ich muss jetzt gehen, aber wollen wir nicht versuchen, zwischen den Jahren etwas zusammen zu unternehmen?«

»Sehr gerne.« Petra schaute Maja hinterher, als sie die Buchhandlung verließ, und begann dann, ein wenig zu stöbern. Nachdem sie sich einige Bücher angesehen hatte, ging sie zur Kasse. Obwohl Viveka gesagt hatte, dass der Adventskalender keine unangenehmen Überraschungen mehr enthalten würde, war sie nervös.

»Sie sind also Petra?«, fragte der ältere Mann hinter dem Tresen. Er kicherte, als er ihren verblüfften Gesichtsausdruck sah. »Ich habe Sie und Ihre Freundin gehört.«

»Tut mir leid. Ich wollte nicht meine Lebensgeschichte in die Welt hinausposaunen.«

»Ach, ich habe in meinem Leben schon viel gehört. Im Gegensatz zu anderen beherrsche ich die Kunst, Geheimnisse für mich zu behalten.« Der Mann holte eine Schachtel hervor und entnahm ihr ein Kinderbuch mit bunten Illustrationen auf dem Cover. »Das wartet schon seit vielen Jahren auf Sie, so viel kann ich Ihnen sagen.«

Petra fuhr mit den Fingern über den Einband. Ob Lilly ihr daraus vorgelesen hatte, als sie klein war? »Wie schön«, murmelte sie.

»In dem Buch geht es darum, sich zu verirren und den Weg nach Hause wiederzufinden.« Der Buchhändler lächelte Petra herzlich an. »Willkommen zu Hause.«

41

*Als er sagte, dass er dich mit nach Stockholm
nehmen wolle, brach es mir das Herz. Ich wollte dich
bei mir behalten, und allein der Gedanke daran,
dich zu verlieren, nahm mir die Luft zum Atmen.
Was auch immer die Zukunft mit sich bringt,
meine geliebte Tochter: Du sollst wissen, dass ich
immer für dich gekämpft habe.*

»Wollen wir die Weihnachtsstrümpfe hier aufhängen?«, fragte Charlie und deutete auf den Kaminsims.

»Sieht gut aus.« Petra schaute von der Kiste mit den Sachen auf, die sie aus Stockholm mitgebracht hatte. Sie hatten schon fast alles ausgepackt, aber diesen Karton, in dem auch ihre Weihnachtsstrümpfe aus London waren, hatte sie vergessen, weil sie ihn beim Einzug direkt in einen der Schränke verfrachtet hatte.

»Darf ich auf den Dachboden gehen und gucken, ob ich da noch irgendetwas finde?«

»Und was ist mit den Strümpfen?«

»Die laufen nicht weg«, sagte Charlie. »Ich habe Lust, ein bisschen da oben herumzustöbern.«

»Na ja, ich weiß nicht.«

»Bitte!«

Petra lenkte ein. »Na gut, aber ich komme mit.«

Sie klappte die Leiter zum Dachboden herunter und kletterte hinauf. Nach ein bisschen Herumsuchen fand sie einen Lichtschalter, und der Dachboden wurde von einem gelben Schein erhellt. Es war nicht so chaotisch, wie sie befürchtet hatte; die Kisten waren ordentlich nebeneinander aufgereiht.

»Hier gibt es aber viel Zeug«, stellte Charlie fest, als sie durch die Luke kletterte.

Petra sah ihre Nichte an. Sie hatte ihr noch nicht die Wahrheit über Lilly erzählt, aber vielleicht war es jetzt an der Zeit?

»Also, ich …«

»Wow! Schau mal, was für ein schöner Tisch! Der ist viel schöner als der, den wir haben.«

»Vielleicht können wir ihn irgendwann nach unten holen«, meinte Petra geistesabwesend. »Hey, Charlie …«

»Und guck mal hier! Hier sind zwei Kartons mit der Aufschrift *Weihnachten*.«

Noch mehr Weihnachtssachen? Petra schaute in einen der Kartons hinein, und ihr fuhr der Schreck in die Glieder. Da war die Schachtel mit der Christbaumkugel, die Lilly im Kalender beschrieben hatte. Die, auf der die Gärtnerei abgebildet war.

»Wow, ist die schön«, sagte Charlie, die dicht neben ihr stand.

»Ja, wunderschön.« Petra bewunderte die Kugel und drehte sie vorsichtig um, bevor sie sie wieder in die Schachtel legte. »Komm, wir bringen sie nach unten. Der Rest muss bis zum nächsten Jahr warten.«

»Wir ziehen also nicht von hier weg?«, fragte Charlie mit leiser Stimme.

»Ich habe mir überlegt, dass wir hierbleiben sollten. Aber nur, wenn du willst.«

Petra wurde fast von den Beinen gerissen, als Charlie sich in ihre Arme warf. »Ich will!«

»Dann ist es jetzt entschieden.« Petra umarmte Charlie. »Ich glaube, wir werden hier eine tolle Zeit haben.«

»Ich weiß, dass wir das haben werden.« Charlie ließ Petra los und hob einen Wichtel auf. »Warum nehmen wir nicht trotzdem noch ein paar von denen mit? Mama hat Weihnachtskram geliebt.«

»Ja, du hast recht«, sagte Petra und lächelte. »Alice wäre bestimmt sauer, wenn sie wüsste, dass wir vorhaben, Weihnachten ohne Wichtel zu feiern.«

Charlie erwiderte ihr Lächeln. »Sie konnte ziemlich wütend werden, wenn etwas nicht nach ihrer Nase ging.«

»Furchtbar wütend«, sagte Petra und legte den Arm um Charlies Schultern. *Ich werde ihr nach Weihnachten von Lilly erzählen,* dachte sie. Sie hatten noch so viel Zeit. »Sollen wir einfach beide Kisten mit nach unten nehmen? Alice zuliebe?« Wahrscheinlich würden sie sich vor lauter Wichteln und anderem Plunder kaum bewegen können, aber Petra wollte ihrer Nichte ein unvergessliches Weihnachtsfest bescheren. Trotz allem, was im letzten Jahr geschehen war.

»Ja, ich denke schon«, antwortete Charlie. »Und wir müssen Kekse backen.«

»Da bin ich nicht unbedingt ein Profi.«

»Das war Mama auch nicht. Also alles bestens.«

42

Hinter dieser letzten Tür findest du all meine Liebe, und egal, wie sich die Dinge zwischen deinem Vater und mir entwickeln, du sollst wissen, dass ich immer für dich da sein werde. Jetzt und bis in alle Ewigkeit. Ich liebe dich, Petra. Ich bin dankbar, dass ich deine Mutter sein darf.

Petra nahm das Päckchen aus dem letzten Türchen und öffnete es vorsichtig. Es war ein Armband. Ein dünnes Goldarmband mit einem kleinen Diamanten, der funkelte, als sie das Handgelenk bewegte.

»Was hast du da?«, fragte Charlie mit verschlafener Stimme von der Tür aus.

»Ein Geschenk.«

»Du hast schon ein Geschenk?« Ihre Nichte war mit einem Schlag wach und eilte an Petras Seite. »Hast du es aus dem Weihnachtsstrumpf genommen?«

»Ich glaube nicht, dass da etwas drin ist«, sagte Petra und hielt inne, als sie sah, dass auch ihr Strumpf prall gefüllt war.

»Wie …?«

»Das war der Weihnachtsmann«, sagte Charlie kichernd und holte die beiden Strümpfe vom Kamin. »Sollen wir die Geschenke zusammen aufmachen?«

Petra sah auf die Uhr. Es war zehn vor neun. »In Ordnung. Aber darf ich anfangen?«

Charlie warf ihr einen überraschten Blick zu und nickte irritiert. Petra entfaltete das Papier ihres Geschenks, und als sie sah, was es enthielt, stiegen ihr die Tränen in die Augen. »Wie schön«, murmelte sie.

Ehe sie sich's versah, schlang Charlie die Arme um ihren Hals. »Ich habe dich lieb, Petra.«

»Und ich dich erst.« Petra umarmte ihre Nichte so fest sie konnte. »Das ist das schönste Geschenk, das ich je bekommen habe«, sagte sie und betrachtete das gerahmte Foto. Es zeigte Petra, Charlie und Alice. Sie lachten in die Kamera, und Petra erinnerte sich daran, dass Charlie kurz vorher einen Wutanfall gehabt hatte, weil sie ihr kein Eis kaufen wollten. Sie war damals noch ganz klein gewesen, und Petra hatte sie kitzeln müssen, um ihr einen freundlichen Gesichtsausdruck zu entlocken.

»Du hast mich wieder glücklich gemacht«, sagte Charlie. »Wie damals auch schon.«

Petra drückte das Bild an ihre Brust. »Willst du deine Geschenke aufmachen?« Noch einmal schaute sie auf die Uhr. Zwei Minuten vor neun. »Nimm zuerst das blaue Päckchen.«

Charlie schaute so misstrauisch, dass Petra lachen musste. »Keine Angst, es beißt nicht.«

Sie beobachtete ihre Nichte dabei, wie sie das Päckchen öffnete und eine Hundeleine herauszog.

»Soll die für mich sein?«

»Ja. Für dich oder für …« Petra sah auf, als es klopfte. »Ich glaube, du solltest mal schauen, wer an der Tür ist.«

Charlie flitzte los, und ihre Freudenschreie vermischten

sich mit Jakobs Stimme, bevor sie beide im Wohnzimmer erschienen. In seinen Armen lag einer der Labradorwelpen aus der Praxis.

»Ich habe gehört, dass Joschi umgezogen ist«, sagte Jakob, und Charlie nickte sprachlos. »Deshalb habe ich mich gefragt, ob du dich vielleicht um diesen Welpen hier kümmern könntest?« Der kleine Labrador wedelte mit dem Schwanz, und Charlie sah zögernd zu Petra, die nickte.

»Sie gehört dir«, flüsterte sie.

»Mir?« Charlie war kaum zu verstehen.

»Die Kleine hier braucht jemanden, der für sie da ist. Meinst du, das schaffst du?«

»Gehört sie wirklich mir?«

Petra lächelte Jakob an und wusste, dass es die richtige Entscheidung gewesen war, ihn anzurufen.

Jakob reichte Charlie den kleinen Hund, der ihr sofort einmal quer übers Gesicht leckte. »Frohe Weihnachten, Charlie.«

»Hier versteckt ihr euch also«, ertönte eine Stimme aus dem Flur, und Maja steckte den Kopf ins Wohnzimmer. »Ihr verpasst das Weihnachtsfrühstück.«

»Wir machen uns gerade fertig. Bin gleich wieder da«, sagte Petra und sammelte das Geschenkpapier ein.

»Super!« Maja stutzte. »Was für einen süßen kleinen Hund hast du denn da?«

»Das ist jetzt meiner.« Charlie sah aus, als könnte sie ihr Glück nicht fassen. »Ich werde mich gut um sie kümmern.«

»Da bin ich mir sicher, und du hast ja auch noch Petra, die kann dir helfen.«

Charlie nickte. »Wir passen alle gemeinsam auf sie auf.«

»Ich kann gleich damit anfangen, während du dich anziehst.«

Widerwillig übergab Charlie den Welpen an Maja.

»Es hat also doch geklappt.« Maja schenkte Jakob ein verschmitztes Lächeln. »Jakob, Retter der Witwen und Waisen.«

Jakob gluckste. »Retter der unschuldigen Tiere, Teenager und Café-Angestellten«, sagte er und zerzauste ihr das Haar. »Ich fürchte, ich muss jetzt gehen.«

»Schon?«, fragte Maja.

»Ich muss heute arbeiten.« Jakob umarmte sie beide. »Frohe Weihnachten. Nächstes Jahr wird ein tolles Jahr für uns alle, oder?«

»Auf jeden Fall!«, erwiderte Petra.

»Das sehe ich auch so«, sagte Maja. »Das ist auch bitter nötig.«

*

Ein paar Stunden später stand Petra in Vivekas Küche und blickte auf die Schneewehen vor dem Fenster. Aus dem Wohnzimmer ertönten Gekicher und fröhliches Geschnatter, und sie lächelte, als sie das Bellen des Welpen hörte, gefolgt von Charlies Lachen.

»Was für ein Tag«, sagte Holger hinter ihr.

»In der Tat.« Petra drehte sich um. »Wie läuft's denn da drin?«

»Gut. Ich habe Berit und Viveka an Heiligabend schon lange nicht mehr so aufgeregt gesehen.« Er hielt ihr ein Weihnachtsgeschenk hin. »Das ist für dich.«

»Was ist das?«

»Das sage ich dir doch nicht. Mach es auf!«

»Was macht ihr zwei denn da?« Viveka spähte in den Raum.

»Ich habe gerade ein Weihnachtsgeschenk von Holger bekommen.«

»Huh, spannend.« Viveka kam neugierig näher. »Du hast dich dieses Jahr nicht lumpen lassen, Holger.«

Die Wangen des älteren Mannes liefen rot an. »Ich dachte, das könnte sie gebrauchen«, murmelte er. »Guck mal rein.«

Petra tat, was er sagte. Es war ein Buch über berühmte Friseure und ihre Kreationen.

»Ich …«

Holger warf ihr einen vielsagenden Blick zu. »Ich dachte, ich gebe dir einen kleinen Schubs in die richtige Richtung.«

»Wie meinst du das?«

»Du solltest mal hören, wie du klingst, wenn du über deinen Salon sprichst. Und außerdem hat Nick mir erzählt, wie sehr du deinen Job als Friseurin geliebt hast.«

»Ich habe jetzt einen anderen Job.«

»Niemand sollte seinen Traum für jemand anderen aufgeben müssen«, sagte Viveka.

»Ihr versteht das nicht.« Petra wog das Buch in den Händen. »Ich … ich habe Angst, dass ich Charlie verliere, wenn ich wieder als Friseurin arbeite.«

Der ältere Mann runzelte die Stirn. »Warum das denn?«

»Als ich Friseurin war, war mein Job mein Leben. Ich habe es geliebt, im Salon zu stehen und das Beste aus meinen Kunden herauszuholen. Aber ich habe meine Familie vernachlässigt. Zurück in Stockholm in meinem eigenen Salon habe ich fast noch mehr gearbeitet als in London. Als Alice krank wurde, wurde mir klar, was ich verpasst hatte, aber da war es zu spät. Ich will nicht riskieren, bei Charlie denselben Fehler zu machen.«

»Du hast also Angst, in deinem Traumberuf zu arbeiten, weil du glaubst, du würdest wieder zu sehr darin aufgehen?«

»Ja.«

Holger schüttelte den Kopf. »Du wirst Charlie nicht vernachlässigen.«

»Aber …«

»Du wirst deine Familie nicht vernachlässigen, weil du erkannt hast, wie wichtig sie für dich ist. Aber wenn du etwas aufgibst, was du liebst, wird dein Leben ärmer sein. Glaub mir, ich habe schon mit angesehen, was so etwas anrichten kann.«

»Redest du jetzt von mir?«, fragte Viveka, die neben Holger stand. »Da liegst du falsch. Ich habe nie etwas aufgegeben, das ich nicht aufgeben wollte.«

»Aber du wolltest Stockholm damals doch nicht verlassen«, wandte er ein.

»Doch, ich liebe die Gärtnerei und kann mir nicht mehr vorstellen, etwas anderes zu tun. Das ist mein Leben. Und tatsächlich habe ich damals ziemlich schnell gemerkt, dass der Job in der Oper nicht zu mir passte.« Viveka machte eine kurze Pause. »Ja, das Schneidern habe ich geliebt, und ich liebe es immer noch. Aber ich würde es nicht mehr zu meinem Beruf machen wollen.«

»Jetzt verstehe ich gar nichts mehr«, sagte Holger.

»Ich wollte nach Hause, zu meiner Familie«, antwortete Viveka.

Holgers Blick trübte sich, und er nahm Vivekas Hand. »Ich bin froh, dass du nach Hause gekommen bist«, sagte er mit leiser Stimme.

»Was machen denn alle hier drinnen?«, fragte Charlie von der Tür aus. »Wir müssen Viveka ihr Weihnachtsgeschenk geben.«

Viveka räusperte sich.

Petra holte ihren Laptop und folgte den anderen ins Wohnzimmer. Sie hoffte, dass das Geschenk das Richtige war. Wenn Viveka bereits beschlossen hatte, den Hof zu verkaufen, würde es sie nur daran erinnern, was bald verloren sein würde. Aber Petra wollte ihr unbedingt zeigen, was aus der Gärtnerei herauszuholen war und wie sie mehr Kunden erreichen konnten. Als sie den richtigen Tab gefunden hatte, drehte sie den Bildschirm zu den anderen um.

»Weißt du noch, wie ich dir von der Website erzählt habe? Jetzt ist sie fertig und …«

Sie wurde von Charlie unterbrochen, die nicht an sich halten konnte.

»Petra hat die Texte geschrieben und alle Bilder gemacht, aber ich habe ihr dabei geholfen. Nick auch. Und guck dir das an! Als wir ein Bild von euch zusammen machen wollten, haben wir das direkt auf die Website gestellt!«

Viveka schwieg lange.

»Was habt ihr euch alle nur für eine Arbeit gemacht. Ich bin völlig sprachlos«, sagte sie schließlich mit belegter Stimme.

»Ich wusste nicht, was ich tun sollte. Aber wenn ich daran denke, dass du vielleicht …«, brach es aus Petra heraus.

»Ich werde die Gärtnerei nicht verkaufen«, sagte Viveka. »Wir haben im Dezember so viel eingenommen, dass wir uns eine Weile über Wasser halten können. Und ich habe unerwartet einen Investor bekommen.«

»So unerwartet bin ich jetzt auch wieder nicht«, sagte Holger.

»*Du* willst in die Gärtnerei investieren?«, fragte Petra.

»Was soll ich sonst mit meinem Geld machen?« Holger steckte die Hände in die Taschen. »Dieser Hof bedeutet mir wahrscheinlich genauso viel wie Berit und Viveka. Außerdem könnt ihr mir nicht vorschreiben, mich zur Ruhe zu setzen, wenn mir ein Teil des Betriebes gehört.«

»Ich habe schon vermutet, dass du Hintergedanken hast«, sagte Viveka fröhlich. »Aber wir brauchen auch jüngere Leute, die uns helfen. Ich habe Kontakt zu einer Gartenbauschule aufgenommen, mit der wir ab diesem Frühjahr zusammenarbeiten werden. Sie helfen uns hier, und wir führen dafür einen Teil ihrer Ausbildung durch.«

»Das klingt fantastisch«, sagte Petra. »Und vernünftig, denn ich werde nicht mehr lange hier sein.«

Die anderen starrten sie an.

»Aber du hast doch gesagt …«, begann Charlie.

»Wir bleiben auf dem Hof«, beschwichtigte Petra sie schnell. »Aber ich fange wieder an, als Friseurin zu arbeiten.« Sie hielt Holgers Geschenk in die Höhe. »Es ist an der Zeit.«

Viveka zog Petra in ihre Arme. »Endlich.« Sie drückte sie fest an sich. »Wir werden dich vermissen, aber nichts macht mich glücklicher, als zu hören, dass du deinen Traum verfolgen wirst.«

*

Petra blickte auf die glitzernde Schneedecke über der Apfelplantage und hob ihre Tasse mit heißer Schokolade an den Mund. Sie hatten einen schönen Abend bei Viveka verbracht, und zum ersten Mal seit Langem hatte sie sich ganz entspannt gefühlt. Obwohl die letzten Tage so viele schockierende Enthüllungen bereitgehalten hatten, war sie froh, endlich die Wahrheit über ihre Vergangenheit erfahren zu haben. Sie würde ihre Eltern nie fragen können, warum sie ihr die Wahrheit so lange verschwiegen hatten, aber sie war nicht mehr wütend auf sie. Es hatte keinen Sinn.

Und es war ebenso sinnlos, auf Berit und Viveka wütend zu sein.

»Bist du zufrieden mit dem Tag?«, fragte sie, als Charlie auf den Balkon trat und sich mit dem Hündchen auf dem Schoß in einen der Sessel sinken ließ.

»Ja! Bonnie ist das beste Weihnachtsgeschenk, das ich je bekommen habe.« Charlie schaute in den Himmel. »Glaubst du, Mama kann uns jetzt sehen?«, fragte sie.

»Ich glaube schon. Sie ruft wahrscheinlich gerade, wir sollen endlich ins Bett gehen, weil …«

»… morgen auch noch ein Tag ist«, warf Charlie ein. »Ich vermisse sie.«

»Ich auch.« Petra nestelte an der Decke in ihrem Schoß herum. »Ich muss mit dir über etwas reden. Es geht um *meine* Mutter.«

»Ich weiß schon, was du sagen willst.«

Petra blinzelte. »Was weißt du?«

»Ihr wart nicht zu überhören. Außerdem hat mir Viveka erzählt, dass ihr verwandt seid.«

»Was, also … Das hätte sie nicht tun sollen …«

»Du warst so traurig, und ich habe mit Viveka gesprochen, weil ich dachte, es hätte etwas mit mir zu tun«, unterbrach Charlie sie.

»Aber warum hast du nicht mit mir gesprochen?«

»Ich wollte nicht, dass du noch trauriger wirst. Und ich hatte Angst … Wir bleiben doch weiterhin zusammen, oder?«

»Natürlich.« Petra legte den Arm um Charlie. »Du bist doch meine Familie.«

So war es. Egal, was geschehen war, sie gehörten zusammen. So, wie sie zu ihren Eltern und Alice gehört hatten. Und wie sie zu Berit, Viveka, Holger und Maja gehörten, einer wild zusammengewürfelten Truppe von Menschen, die einander wichtig waren und sich gegenseitig unterstützten.

»Meinst du, Nick kommt auch wieder hierher zurück?«, fragte Charlie nach einer Weile.

»Keine Ahnung.«

»Aber wenn du ihm sagst, dass du das willst?«

»Es ist nicht immer so einfach«, antwortete Petra. Seit Nick Nyponviken verlassen hatte, hatte sie versucht, sich mit der Tatsache abzufinden, dass sie sich nicht mehr wiedersehen würden. Andererseits fiel es ihr schwer, das zu akzeptieren. Es fühlte sich einfach nicht richtig an, dass alles auf diese Weise enden sollte.

»Kannst du ihn nicht anrufen?«

Petra schüttelte den Kopf. Sie hatte schon versucht, Nick anzurufen. Mehrmals. Aber vielleicht sollte sie einen letzten Versuch starten und ihm sagen, was sie wirklich für ihn empfand? Dann ging es um alles oder nichts.

»Was hältst du davon, wenn ich morgen nach Stockholm fahre?«, fragte sie vorsichtig.

»Wenn du Nick besuchen willst, kriegst du von mir ein klares Ja! Ich weiß, dass er sich freuen wird.«

»Ich hoffe, du hast recht«, antwortete Petra und drückte Charlies Hand. *Denn wenn du dich irrst, werde ich am Boden zerstört sein.*

43

SONNTAG, 25. DEZEMBER

Viveka drückte Petras Hand, als sie das Auto auf dem Parkplatz am Bahnhof zum Stehen brachte. »Willst du, dass wir mit dir auf den Zug warten?«

»Nicht nötig«, antwortete Petra. Beinahe hätte sie es sich heute Morgen anders überlegt, und wäre da nicht Charlies Enthusiasmus am Frühstückstisch gewesen, hätte sie sich wahrscheinlich nicht dazu aufgerafft, nach Stockholm zu fahren. Aber jetzt war sie auf dem Weg, um mit Nick zu sprechen und ihn zu fragen, ob er sich eine gemeinsame Zukunft mit ihr vorstellen konnte.

»Es wird schon gut gehen.« Viveka lächelte aufmunternd. »Los, ab zum Gleis, damit du den Zug nicht verpasst.«

»Toi, toi, toi«, warf Charlie vom Rücksitz aus ein.

»Drückt mir die Daumen«, sagte Petra und stieg aus dem Wagen. Dann kam ihr ein Gedanke, und sie drehte sich noch einmal zu den anderen beiden um. »Was mache ich, wenn er nicht in Stockholm ist?«

»Wie meinst du das?«, fragte Charlie.

»Vielleicht ist er über Weihnachten in Irland.«

»Ja, dann musst du wohl dorthin fliegen.«

»Sollte ich mit dem Besuch nicht besser bis nach Weihnachten warten?«

»Nein! Ich denke, du solltest jetzt gehen«, antwortete Charlie mit Nachdruck.

»Das finde ich auch. Auf, auf«, sagte Viveka. »Wenn du dort bist, wird sich alles klären.«

»Ich hoffe, ihr habt recht.« Petra richtete sich auf und hob ihre Reisetasche hoch. Es waren nur noch fünf Minuten bis zur Abfahrt des Zuges, aber sie hatte bereits ihr Ticket auf dem Handy und musste nur noch einsteigen.

Als sie den Bahnsteig betrat, fuhr der Zug gerade ein, und sie spurtete am Gleis entlang auf der Suche nach dem richtigen Waggon. An der Tür wartete sie, bis eine Familie mit Kinderwagen und Gepäck wie für eine Weltreise ausgestiegen war. Ach du liebes bisschen, was tat sie hier eigentlich? Sie packte ihre Reisetasche mit festem Griff und machte einen Schritt auf die Tür zu.

»Petra!«

Nick? Langsam drehte sie sich um. Das Herz schlug ihr bis zum Hals. Was hatte er hier zu suchen?

»Fährst du weg?«

Petra räusperte sich und suchte nach ihrer Stimme, die sich offenbar verabschiedet hatte. »Ich dachte, du wärst in Irland oder so.«

»Ich war vor Weihnachten dort.« Ihre Blicke trafen sich, und er trat einen Schritt näher an sie heran. »Ich habe versucht, dich anzurufen und dir zu sagen, warum ich wegmusste, aber du bist nicht rangegangen, also habe ich dir eine Nachricht geschickt, aber …«

»Ich habe keine Nachricht bekommen«, unterbrach Petra ihn, bevor sie sich daran erinnerte, dass er tatsächlich versucht hatte, sie anzurufen. Am selben Tag, an dem sie die

Wahrheit über Lilly herausgefunden hatte, und nicht in der Lage gewesen war, seine Anrufe anzunehmen.

»Ich weiß. Die Nachricht ist nicht rausgegangen. Aber das habe ich erst gemerkt, als ich zurück nach Schweden kam. Ich hatte mein Handy in Stockholm liegen lassen.« Nicks Blick wurde sanfter. »Alles war so stressig und bescheuert, dass ich dachte, es wäre besser, zu warten, bis ich Zeit habe, vernünftig mit dir zu reden.«

»Ich habe auch versucht, dich anzurufen und dir zu schreiben. Ich …«

»Du verpasst den Zug«, sagte Nick.

»Ich muss nicht mehr los.«

»Nicht?«

Petra schüttelte den Kopf. »Ich wollte zu dir fahren.«

»Nach Stockholm?«

»Ja, und wenn du nicht da gewesen wärst, wäre ich nach Irland geflogen.« Petra lachte, als sie seinen verblüfften Gesichtsausdruck sah. »Ich wollte nicht auseinandergehen, ohne dir vorher zu sagen, was ich für dich empfinde.«

Nick sah Petra mit unergründlichem Blick an, und sie schluckte. Jetzt musste sie den Sprung ins kalte Wasser wagen, auch wenn sie riskierte, verletzt zu werden.

»Ich liebe dich«, sagte sie. »Ich weiß, dass du nicht in einem kleinen Dorf auf dem Land leben willst und dass wir völlig unterschiedliche Leben führen, aber …«

»Ich will dich«, unterbrach er sie.

»Du willst …«, ihre Stimme brach.

»Ich liebe dich auch.« Nick trat noch näher an sie heran und legte sanft die Arme um ihre Taille. »Ich will dich, und ich will mit dir zusammenleben.«

Petra sah zu ihm auf, und die Wärme in seinem Blick ließ ihren Magen kribbeln.

»Charlie und ich haben beschlossen, hierzubleiben. Vielleicht können wir eine Fernbeziehung führen und in ein paar Jahren …«

»Ich möchte hier mit euch leben«, sagte Nick schnell und strich ihr eine Haarsträhne aus dem Gesicht.

»Und dein Job?«

»Da ist noch nicht alles geklärt, aber es sieht so aus, als könnte ich von Nyponviken aus arbeiten. Manchmal muss ich natürlich in die Zentrale fahren, aber das meiste kann ich von hier oder von Helsingborg aus erledigen.« Er zog sie an sich heran. »Eigentlich bin ich ein Landei und habe die Stadt nie wirklich gemocht. Und wie es der Zufall will, bin ich wahnsinnig in eine Frau aus einem kleinen Dorf in Schonen verknallt.«

In Petras Kopf drehte sich alles. »Aber …«

»Ich habe Nyponviken verlassen, um nach Stockholm zu fahren und alles zu klären. Vielleicht hätte ich früher mit dir reden sollen, aber ich wollte erst sehen, ob es überhaupt möglich ist, von hier aus zu arbeiten«, sagte Nick. »Ich möchte wieder mit dir zusammen sein, Petra. Und zwar fest.«

»Ich werde wieder als Friseurin arbeiten.«

Nick lächelte. »Ich habe nichts anderes erwartet.«

»Hast du nicht?«

»Du liebst deinen Job, warum solltest du ihn aufgeben?«

»Ich habe nicht geglaubt, dass ich alles haben kann.« Petra küsste ihn sanft. »Habe ich dir schon gesagt, dass ich dich liebe?«

»Das kannst du gerne noch ein paarmal wiederholen«,

murmelte er gegen ihre Lippen. »Ich werde es nämlich auf jeden Fall noch sehr oft sagen.«

Aus dem Augenwinkel nahm Petra eine Bewegung wahr, und als sie sich umdrehte und Viveka und Charlie in einiger Entfernung neugierig zu ihnen herüberspähen sah, lächelte sie und griff nach Nicks Hand. »Na komm. Gehen wir nach Hause.«

DANK

Ich freue mich sehr, dass Sie *24 Wege nach Hause* gelesen haben! Dieses Buch spukte mir schon lange im Kopf herum, und es hat wirklich viel Spaß gemacht, ein neues Buch zu schreiben, das zur Weihnachtszeit spielt.

Das Dorf Nyponviken gibt es in Wirklichkeit nicht, aber wer mit der Gegend vertraut ist, wird einige Gemeinsamkeiten mit dem Ort Båstad entdecken können. Dort habe ich mich zu der Geschichte inspirieren lassen.

Während des Schreibprozesses wurde ich natürlich von vielen Menschen unterstützt und ermutigt, denen ich hiermit danken will: Jennifer Lindström, Lena Sandfridsson und Annie Murphy, die mir mit Vorschlägen geholfen haben, wie ich weiter an meinem Manuskript feilen und es verbessern kann. Ich bin so froh, dass ich mit euch arbeiten durfte!

Danke an Emma Graves für das fantastische Buchcover der Originalausgabe.

Sara Dobareh, Edith Enberg, Maria Enberg und alle anderen, die mit meinen Büchern arbeiten: Danke, dass ihr sie für mich in die Welt hinaustragt.

Von all denen, die mir bei meinen Recherchearbeiten geholfen haben, möchte ich mich besonders bei Valeria Egus-

348

quiza und Janet Abrahamsson bedanken, die geduldig auf jede meiner Fragen geantwortet und ihr Wissen mit mir geteilt haben.

Veronica Linarfve: Vielen Dank, dass du den endgültigen Titel gefunden hast, nachdem wir einen ganzen Abend lang unzählige Ideen gewälzt haben.

Patrik und meine wunderbaren Kinder Alexander, Isabelle, Vilhelm und Maximilian: Danke, dass ihr mich immer ansport und an mich glaubt. Was würde ich nur ohne euch tun?

Danke an Mary Ringström, dass du wie immer in der Endphase mein Buch gelesen hast.

Und zum Schluss möchte ich mich bei Ihnen dafür bedanken, dass Sie dieses Buch gelesen haben. Ich hoffe, dass Sie eine tolle Zeit mit Petra, Charlie, Viveka, Berit, Holger, Maja und Nick verbringen konnten!

PS: *24 Wege nach Hause* ist eine fiktive Erzählung, und eventuelle Faktenfehler nehme ich auf meine Kappe.

Wenn Sie mir folgen möchten, finden Sie mich hier:
Instagram: @jenny_fagerlund
Website: jennyfagerlund.se
Facebook: Jenny Fagerlund

—

»Eine liebenswürdig erzählte Geschichte, die mit einem Dutzend verstreuter, kleiner Happyends zum Schluss leuchtet.« NDR KULTUR

336 Seiten / Auch als E-Book

In Stockholm geht es auf Weihnachten zu – das Fest, das Emma mehr als alles andere fürchtet. Seit Niklas, ihre große Liebe, bei einem Autounfall an Heiligabend ums Leben kam, vergräbt sie sich in ihrer Trauer. Doch als Emma in einer schicksalhaften Begegnung merkt, wie gut es tut, anderen zu helfen, fasst sie den Plan für einen ganz eigenen Adventskalender: Jeden Tag eine gute Tat! Ein Projekt, durch das sie sich selbst wieder findet – und vielleicht auch eine neue Liebe …

www.dumont-buchverlag.de **DUMONT**

—

»Jenny Fagerlund versteht es, den Leser mit dieser zauberhaften Lektüre in ihren Bann zu ziehen.« RUHR NACHRICHTEN

336 Seiten / Auch als E-Book

Moa dachte immer, ihre Großmutter Elsa und sie hätten alle Zeit der Welt. Doch dann verstirbt Elsa unerwartet. Kurz nach ihrem Tod beginnen Briefe bei Moa einzutrudeln. Briefe, in denen ihre Großmutter sie teilhaben lässt an ihrer dramatischen Lebensgeschichte – und ihr ganz konkrete Aufträge erteilt. Endlich beginnt Moa, sich etwas Eigenes aufzubauen, fernab von den Ansprüchen anderer …